李燕蓉 著

半面妆

晋军新方阵·第三辑

山西出版传媒集团
北岳文艺出版社

图书在版编目（CIP）数据

半面妆 / 李燕蓉著 .— 太原：北岳文艺出版社 ,2016.5（2023.6重印）
（晋军新方阵 / 杜学文主编 . 第三辑）
ISBN 978-7-5378-4753-7

Ⅰ . ①半… Ⅱ . ①李… Ⅲ . ①短篇小说 – 小说集 – 中国 – 当代
Ⅳ . ① I247.7

中国版本图书馆 CIP 数据核字 (2016) 第 091756 号

书　名：半面妆　　　责任编辑：吴国蓉
著　者：李燕蓉　　　书籍设计：张永文

出版发行：山西出版传媒集团·北岳文艺出版社
地　址：山西省太原市并州南路 57 号
邮编：030012
电话：0351-5628696（发行部）0351-5628688（总编室）
传真：0351-5628680
网址：http://www.bywy.com　E-mail：bywycbs@163.com
经销商：新华书店　印刷装订：山西万佳印业有限公司

开本：890mm x1240mm　1/32 总字数：412 千字
印张：7 版次：2016 年 5 月第 1 版 印次：2023 年 6 月山西第 3 次印刷
书号：ISBN 978-7-5378-4753-7
定价：39.00 元

本书版权为本社独家所有，未经本社同意不得转载、摘编或复制

李燕蓉　女，山西人，中国作家协会会员，山西省文学院签约作家，曾就读于鲁院第十八期高研班。1997年就职于晋中市文联，从事《乡土文学》美编工作，2004年开始写小说，发表作品80多万字。作品散见于《十月》《北京文学》《青年文学》《钟山》《山花》《山西文学》《黄河》等杂志。作品多次被《小说选刊》和《中篇小说选刊》选载。曾参加2007年全国青创会。2010年《飘红》获第五届"赵树理文学奖"短篇小说奖。2012年中篇小说集《那与那之间》入选21世纪文学之星丛书。

序

潞 潞

《晋军新方阵·第三辑》即将付梓出版。

在山西文坛,"晋军"之称谓始于20世纪80年代,一批文学新锐随着改革开放的时代潮流走上文坛,他们跃马扬戈、左右奔突,使文坛瞩目。其时不仅山西,而是整个中国都处于文学的黄金时代。我也有幸被时代的大潮裹挟,成为当年"晋军"中的一员。时隔三十年,山西省作家协会推出《晋军新方阵》系列丛书,再度为山西澎湃的文学浪潮推波助澜,沿用"晋军"这一称谓,其意无疑是想展示今日山西作家、诗人的阵容和实力。山西文学院具体承办这项工作,正值我在文学院任职,参与了这套丛书一至三辑的运作,这在我的文学生涯中自然是一件幸事。

《晋军新方阵·第三辑》与《晋军新方阵·第二辑》的格局大致相同,收录了四部中短篇小说集、三部诗集、三部散文集,而《晋军新方阵·第一辑》收录的是十部中短篇小说集。山西号称"文学大省",确实如此。不管文学如何被边缘化,这块黄土地上永远有人做着文学梦,永远有人孜孜不倦地写作着,也许是《诗经》以来的文学传统使然,也许生命个体需要这样的表达和抒发。《晋军新方阵》只是从他们中遴选出的一小部分,"冰山"的绝大部分仍掩藏在生活深处,有待于今后不断发掘和显示。

对于本辑作品,虽然我在编选过程中已经阅读,但由于文学的内涵和外延日益变得复杂,作家本身的内心和面孔也游移多变,一一谈论他们大概是件费力不讨好的事。尽管如此,我还是愿意表达阅读中一些明晰的感受。

首先,这是一些非常热爱文学的作家和诗人。为什么这么说?真正的文学有自身的逻辑和规范,它排除各种功利的实用性,只对那些纯粹的作家和诗人敞开。我认为眼前这些作品是纯粹的文学,他们不是拿文学说事,不是把文学作为工具的。他们不期待用文学来获取任何功利,不在于一定要有"专业作家"的头衔,而在于你对于文学的态度和认知。他们的作品是对其身份的有力确认。

其次,不管小说、诗歌还是散文,从内容到形式都不再囿于山西这片地域,他们的文学观念是开放的,美学追求是高品位的,用某一种风格来界定他们早已经不适用了。即使那些描绘黄土地上人与事的作品,也表现出了人的想象力的丰富性、表达方式的多样性。山西曾经有着优秀的文学传统，但他们的创作已经在继承传统的基础上超越了传统。山西作家的创作不仅是山西的文化财富，更是对中国当代文学的贡献。

还有一点极其宝贵，那就是我在这些作品中看到了可能性。可能性是最吻合存在的表述。存在的丰富性、神秘性、不确定性，或许只有通过各种各样的可能才能显示。一段故事没有结局，一些面孔若有若无，没有答案，无需答案，没有判断，无需判断。生命的存在不正是由各种可能性构成的吗？阅读中，我对山西作家和诗人的敬佩之情油然而生，他们用一只手抓住了生命和文学这两个世界，并预示着文学未来的可能。作者有作者的可能性，读者有读者的可能性，我们只有充分地理解、感受、探寻形形色色、无穷无尽的可能性，文学才会进步，才会繁荣，才能表现我们这个色彩斑斓而又变化无穷的充满了诗一般魅力的时代。

是为序。

2016 年 6 月 1 日

目录

- 001 / 半面妆
- 020 / 有风从湖面掠过
- 034 / 蹲在黑夜里的男人
- 068 / 底色
- 085 / 出界
- 133 / 春暖花开
- 146 / 让我落在尘埃里
- 161 / 来吧,猫
- 171 / 阳光下的皮弹弓
- 185 / 等待

半面妆

张昌顺的办公室坐落在三楼西北角，从他入住起，这间屋子就终日关着门，开着窗，即使三九天也不例外。来送报表的人一般匆匆而来，匆匆而去，很少会做停留。最初，有人进来，张昌顺总会积极表达一下自己的热情，很快，他就发现，无论他的笑容怎样灿烂都阻止不了大家想要逃离的心情，除了林主任和摆在桌子上的那盆夜来香，没有人再愿意多看他一眼，多和他说一句话。说话在他这里变得和钱一样珍贵，甚至比钱还要稀有。自从他意识到这一点，人们就很少能在办公室以外的地方再看见他。他在人们眼皮底下，自觉而又迅速地化整为零，直至最后消失不见。唯一能证明他存在的就是他的气味，也已经被框在一个固定的屋子里，很显然，这个没有任何形状的东西在这个单位比他这个人更具体，也更有位置。

来统计局报到的第一天，他就告诉领导他有脚臭，而且极其严重。说完，不好意思地低下了头，望着自己的脚。脚呢？被眼睛这么一盯就开始左捻一下右捻一下，一副随时准备逃离此地的样子。从他进门开始就皱着眉的王局长，听他说完话，反而把眉头松开了。甚至还挤了一丝笑出来。

"没事，没事，脚臭也不是什么大毛病，人品好是最主要的，"局长又挥了一下手，说，"去吧，去办公室，他们会具体安排的。"

张昌顺去任何地方，只要有可能总会第一时间告诉大家他有脚臭，与此相呼应的是一副既谦卑又内疚又无助的神情。大家还能再说什么呢？议论什么呢？一上来，人家就把答案抛给了你，好或者是坏，都是对从他出现的那刻起，所有疑问的一个解释。很多时候，我们苦苦思索、反复猜测、处心积虑要找的不就是一个答案吗？所以，尽管张昌顺有严重的脚臭，他还是因为坦诚迅速地在统计局站稳了脚跟，何况，他还不只有坦诚，还聪明、还努力。但臭还是臭，大家理智上再接纳，只要和他共处一室还是难受得立刻就逃出去，总不能不上班吧。最后，领导研究决定单独给他一间办公室。办公室林主任一直发愁该怎么和他说这件事。在办公条件这么紧张的情况下这么做，实在太需要一个冠冕堂皇的理由了，何况，他是主任，代表的是单位，总不能说，是因为脚臭吧，这传出去，影响多不好。憋了好几天，开口了还是不免磕磕巴巴。主任的话刚说完，还没等它落在地上，张昌顺就接着说："我感谢领导和同志们愿意给我一间办公室，在办公条件这么紧张的情况下，还能这么为我着想，我真是感谢大家，我会好好工作的。"

看看自己刚说出的热腾腾的却充满毛刺的一句话被人一把托住了，林主任的心别提多舒畅、多感激了。任何时候，肯用心去找台阶的人，都是难得的，同时也是可爱的。张昌顺就因为接了这么一把，在林主任心里的分量立刻就不一样了。臭，虽然还是臭，但因为载体分量的增加，从某个角度来说，似乎臭的比重就减少了许多。何况张昌顺的优点不只善解人意，还勤快。上班三个月后，就主动把办公室整理档案的活包揽了过去。要知道，在统计局管档案并不是件轻松简单的活计，每天都至少有几十份新的报表出来，再加上常规的文件，光分类做标签就要做半天，而且，归类整理还不能出任何的错。那些档案数据不光他们要用，各单位要用，市委领导也常常会把他们叫过去要一些数字。至于那些数字领导用来做什么，他们不得而知，因为所有的数字，他们之前都上报过。但领导既然叫了，就必须第一时间到，到了还不能报错。一旦报错了，那就是大事，是要挨批评的，严重的时候还要写检查。张昌顺提出接管档案不但解放了整个办公室更解放了林主任。所以，对张昌顺这个人，林主任打心眼里是认可的，如果不因为臭，那简直就是喜欢了。

　　深究张昌顺身上的气味其实可以追溯到更远。之前在理工大时期是浓重的麝香、烟味、大蒜味混合着脚臭，再往前，更早的时候在县城里是鸡屎、牛粪混合着脚臭。到统计局上班后是浓重的樟脑混合着烟草和脚臭。他的气味随着年龄的增长和生活环境的变迁而逐渐改变了，也可以这么说，是越变越好闻了，至少，家里人都这么说。但这些，也只限于家里人，除了他们没有人会知道，他为此究竟付出过多少努力，如果一定要量化这份努力，那么，他在外人眼里勤勤恳恳所做的一切工作，和这个相比充其量也只占了三分之一，或许更少。七年前，随着婚姻的来临，他身上的味道再一次发生了改变。这次改变的推动力直接来自于林主任。所以，尽管林主任说的话他一点儿也不赞同，但对这个人，还是充满了感激。夏末的一天傍晚，林主任走到他屋子里，看了看桌子上的夜来香，不紧不慢地说："除了眼睛有些斜，小佩的五官真的算是好看的了，难道你还见过比她更好看的女人吗？"

　　这是什么话，在张昌顺的世界里唯一能引以为傲的一件事，就是他见过这个世界上最漂亮的女人。不只见过，他还亲自用手摸过她的胳膊、她的头发。过去在理工大，男同学熄灯后评论女人的时候，他总是在心里讥笑他们，就那些女人的长相，连他姐姐的脚趾都比不上。是的，那个无比漂亮的女人就是他姐姐。他曾经拿了姐姐的照片给宿舍的人看，一开始大家都发出了不屑的"嘘"声，说他拿明星照骗大家。后来，他拿出了全家合影，他紧挨着姐姐，那个漂亮的女人一笑，阳光都会暗淡下来。从那天起，姐姐就成了宿舍的话题，大家都求着他见一次。一开始，他不说话，后来干脆说，已经嫁人了，嫁给谁呢？他说，关外的人，蒙古人，一辈子也见不到了。说完，在大家的嘘声中紧紧闭上了眼睛。其实姐姐一直到他毕业两年后才结婚。嫁的那个男人有间歇性精神病，不犯病的时候很疼姐姐，一犯病就六亲不认，满街追着姐姐打。毫不夸张地说，对女人长相上的见识，他就像那些去过上海、北京的人一样，是见过大世面的。

小佩是市医院放射科的一名大夫。什么都挺好，就是眼睛斜视，光看照片还不太感觉别扭，见了本人，张昌顺总是弄不清小佩到底在看哪里。换句话说，小佩具体看哪里，谁也不太好判断。有可能是看左边也有可能是看右边，还有可能是看前面。迎着这样的目光，再犀利的眼神都会瞬间迷失方向。但就是这样一个姑娘，在那天晚饭还没结束的时候，张昌顺已经能断定她就是他要找的终身伴侣。于是和林主任说他愿意。林主任像所有拉红线的人一样，听见当事人说愿意，自己首先高兴了起来，说："我说的没错吧，"又压低声音说，"不再处一处啦？"最后一句虽然是问句，但更像是对前一句的肯定，所以很快变成了客套。尽管是句客套话，张昌顺还是认真地摇了摇头说："不用了，您看人准着呢！"听了这话，林主任更高兴了，拍着胸脯殷勤地说："包在我身上。"

饭桌上大家都明显闻到了张昌顺身上比平时浓出好几倍的樟脑味，或许是樟脑味太浓了，臭味似乎减淡了许多。但走近了大家还是忍不住想皱眉。那天的饭局因为有林主任张罗，所以好多人都去捧了场。出发前，林主任像无数次集体活动前一样例行讲话动员，带着些许深情说："这可是小张的终身大事啊，成人之美可是积功德的事，何况小张平时帮大家干了多少活儿啊，难道还不该帮帮吗？能去，都去啊……"其实，即使林主任不这么说，只要有人张罗，大家一样也会去，捧场又不是多难的事。在集体里待久的人，早就习惯了和大家一起做事情，哪里有大家哪里就有自己。哪里有自己那么也一定有大家在。虽然这样未必开心，但一定会让自己更安心。那天只有小佩始终带着笑，那种笑没有扭捏、没有勉强甚至也不是热情，这是怎样的笑啊，仿佛是她脸上的一个和眼睛、嘴巴、鼻子一样的一个器官，它就摆在那儿，并不因为旁人情绪的变化而变化。张昌顺看着小佩的笑感觉心里像有双手摸过一样，温暖又平展。最重要的，是吃饭的时候，单位小李说宫保鸡丁香极了，说完客气地让小佩也闻闻。小佩不好意思地说，自己从小就有严重的鼻炎，几乎什么也闻不到。小佩的话他听到了，大家也听到了，但都装作没听到的样子，继续说笑。但从他们迅速交换的眼神里，他还感觉到了他们的对话——还真是一对啊，一个臭得出奇，一个却什么也闻不到。

和小佩结婚一个月后的一天，小佩带回了好几包中药，说，治脚臭的，最好整个身子泡。

"整个身子泡？为什么？"问完，张昌顺觉得身体里像有东西要倒塌下来一样，他担心的一切到底还是要发生了。

"为什么？哪有那么多为什么！人是一个整体啊，当然要整体泡了，这药啊，舒筋骨的，泡泡好。"说完，看了张昌顺一眼又说："怎么像个孩子，什么都问为什么！要记住我是医生……"话里有娇嗔、有宠爱，就是没有张昌顺所担心的东西。张昌顺长出了一口气。

身体里大块大块的东西又重新搬回了原位。结婚后,他发现,小佩真的是可爱又好看的。和他在一起,小佩的笑不再像结婚前那样平铺在脸上,而是变得又欢快又热闹,简直就是叽叽喳喳的。神情有时像个小孩子,有时又像娇羞的少女,总之是好看极了。至于眼睛,无论和谁在一起都不会整天盯着眼睛看,又有什么关系呢?

唯一让张昌顺发愁的是回小佩的父母那里。按照这个城市里大多数人的习惯,一个星期至少要回一次家。可每次到小佩父母那里,他都会有些坐立不安。虽然结婚后,他身上的气味改变了,心情也改变了,但他仍像过去一样,不爱去人多的地方,喜欢单独面对的只有小佩。和小佩在一起的时候,他是安心的,同时也是放松的。小佩的父亲是中医,母亲是护士,都退休在家,人也随和极了,但张昌顺就是不自在,不安的心情甚至与日俱增。每次回家,他都尽量找各种各样的理由推托。对此,小佩不止一次地劝他,也问他为什么?因为说不出原因,小佩又不断地追问,他们开始吵架了。可吵归吵,每个月末不用任何人提醒,他又总会主动到小佩父母那里换煤气罐,换完罐子洗了手也不休息更不吃饭,喊声爸妈就告辞。小佩让他弄得生气也不是,感激也不是,日子久了,也就随他去了。

还有一桩事,是关于孩子,结婚没多久,张昌顺就和小佩说:"咱们不要孩子,好不好?我这辈子就宠着你好不好?"当时小佩躺在他怀里,没有说行也没有说不行,只是抚弄着他的胸口。一年后,小佩怀孕了,他才明白,女人不说话的时候,反而是主意最坚定的时候。面对女人的坚定,最初,他也有过茫然,但这茫然只持续了短短一个晚上,第二天,他就坚定了要说出一切的决心。再艰难也要说,总比将来让一个小生命和他现在一样孤独地面对一生的耻辱强。不能再掩饰了,就直接告诉她,他有狐臭。当这个他从小就避讳的词从脑海里闪过的时候,还是像过去任何时候一样"嗖"地刺痛了他。他深呼了一口气,把手放在胸口上,开始努力调整情绪。疼痛的一瞬间,犹豫从心脏空洞的缝隙里缓慢升了上来,然后以最快的速度弥漫散开。之后,他看见自己之前的想法像甩出去的一摊鼻血,不但无法拾起,甚至无法擦拭,一切只能搁浅在墙上。十天后,毫无征兆地,三个半月大的孩子在小佩去上班的路上流产了。对于医生的解释他觉得牵强极了,医生说了包括做爱在内的数十种导致流产的可能性。也就是说,三个月孩子的脆弱程度完全可以和小时候吃的吹糖人有一拼。小时候,拿了五分钱去吹糖人的摊上等着,看看一小块金褐色的软糖被吹糖人吹一吹、捏一捏转瞬就变成老鼠、孙猴子、猪八戒。每次,拿了糖人他都会小心翼翼地往回走,但即使这样,糖人还是总会在不经意间破掉一些边角,同样的情形几乎每次都会上演。孩子难道像糖人一样脆弱吗?有过一瞬间,他是轻松的甚至是庆幸的,但那种念头比闪电消失得还要快,随之而来的是对医生的极度不信任,他甚至都有冲过去挥着拳头质问医生的冲动。回到家,那些情绪演变成了浓重的却又虚无的失落。仿佛,那个孩子不是从小佩身体里流掉的,而是剥离自他的身体。最后,失落变成了一种生理反应,有时是胃痛,有时是心口痛,还有的时候,是弥漫全身的不舒服。他必须很忙、很忙才能把这失落压下去。但某个夜晚,那个已经走远、消失不见的孩子还是会突然不打任何招呼就出现在他梦里,让他慌乱,让他不安。这件事过后,他和小佩两个人都避免对这件事正面谈论和埋怨,仿佛心照不宣地在心里说,过去的,就让它过去好了。很多个夜晚,当孤独袭来的时候,他也曾试图紧紧地抱着小佩,用胸口紧贴着她的脊背,让她的臀部紧挨着他的下体,他希望他们可以像电影里描绘的男女那样,如此贴近地、沉沉睡过去。可惜,事与愿违,那样一个亲密的姿势,并没有让两个人感觉到温暖,反而加强了别扭和难过。没过多久,就各自背过身睡去。干脆没有那样的举动,他们或许还无从探知彼此到底有多陌生、多遥远。亲密就在眼前，就放在手边，却怎样努力都无法捡起，这是怎样的一份悲哀啊！但这样的悲哀也只有在背过身后，才开始在各自的孤独里慢慢发酵。

亲密的时候也不是完全没有，当他进入她的身体，快到巅峰的时候，他们就像同一条水面上的两条鱼，也会有着共同的水花、共同的目的、共同的方向。每到那个时刻，他都有想放下一切，想把自己从里到外，从过去到现在，一滴不落地全部给她的冲动。但随着高潮的结束、想坦诚的冲动也随着身体一起松软地垮了下去。偶尔他也会问自己：一个人，真的就不可以毫无戒备吗？回答是，不可以。无论是面对陌生的同事还是亲密的爱人，坦诚就仅仅是个念头而已。它们从来也没有抵达过他的理智深处，他的理智像是用千年的化石砌成的房子，看起来没有任何的缝隙可以随便打开，更不可能轻易就摧毁。理智的直接好处是，让他觉得安全。还有什么比安全更重要的，和安全比起来，什么都可以靠边站。何况是时隐时现的孤独。

自从张昌顺管理档案后，档案就显得有条理多了，他每天都要把当天的报表做多份详细的备份，然后再按年份、按用途、按地区做划分，所以，无论林主任来要哪类型的报表都整齐地订在一起，不像过去，就一份报表，归纳在年份里就无法出现在地区里，出现在地区里就无法出现在综合里。领导要数字，林主任总是要翻好半天，有时翻也翻不到，只能拿了大致的综合报表匆匆去领导那里汇报，搞得他总是提心吊胆的，生怕出个什么纰漏。现在好了，他终于可以从容了，可以底气十足地站在领导面前回答任何的提问。他心里明白这份从容都是张昌顺用辛苦换来的，对此，他是感激的。但也仅仅只能是感激而已。按照大家的理解，林主任应该算是一个懂得投桃报李的人。但在这件事上，他却从来没有去领导那儿说过张昌顺的任何一句好话。

因为他爱权衡，每一件事，无论大小，只要是他经手，就会忍不住划分出区域、权衡出利弊，然后用他认为最得体的方式去实施。这些年，这个特性已经由习惯演变成了性格。所以，一切完全是自然而然的，根本不用去考虑，他就能规避掉任何的风险。关于报表的档案整理这件事，在统计局算是陈年老问题，如果为张昌顺邀功就必然要说到之前整理档案的种种弊端。如果那些弊端真是很难解决也就算了，也值得说说，但真实的情形无非是需要人勤快一些罢了。夸他就意味着说过去的同志们工作不勤快，这可不是个小帽子，真扣下去，谁都会急得跳起来，而且还不止一个，是一批。所以，尽管对张昌顺充满了欣赏，在他这儿永远只能是口头表扬一下，实际的行动一丁点儿也没有。

张昌顺就这样在林主任的口头表扬下，一天天打磨着并不完全属于自己、稠密却又相似的时间。过去了七年，他还是一个人待在三楼西北角那个屋子里。来的人也还是行色匆匆。因为早就没有了期待，所以，他常常头也不抬地听见门"吱呀"一声开了，人进来，再听见人出去，门"啪"的一声关上。一切都有些无所谓了。他知道，他一辈子都会这样待下去了。七月的一天，快下班的时候下起了雨，看着窗外，他犹豫着，是马上回，还是再等等，等等也许雨会停，也许，会更大。他并没有作出任何判断和选择，只是在窗边站得太久了所以只能留了下来。后来在办公室里听着雨滴细密地敲击玻璃，他的心也随着雨滴一下一下地紧缩着。再后来，他哭了，一开始是默默地落泪，后来演变成了哭泣，呜呜的，如果有人此时经过，一定会被吓坏的。但怎么会有人肯在这样一个雨夜从他那里经过呢？所以，他越哭越放纵。他那可怜的、干瘪的人生在泪水的浸泡下，逐渐回软、变大并排着走到他面前。这么多年来，他还是头一回，这么清晰地看见自己的人生。最先走来的是九岁那年。那一年，他决定要去乡里上学，他知道父亲是担心的,也知道父亲不会反对。在这个家里,因为狐臭,父亲总是把自己弄得像一条影子一样的微不足道。很少说什么,更不会反对什么。直到他走的那天早晨,父亲看见他往脚上和身上滚了大堆的鸡屎和牛粪才突然明白了,也放心了。一个月前,有生人来问路,听到说话,他从鸡窝里钻出来。一见他,问路的人就笑着和父亲说:"瞧,这孩子,滚一身鸡屎,都臭死了,太皮了。"整个晚上,他只要一想起白天那个人说的话,嘴角就会往上翘。过去,他从来也没有想过,世界上除了狐臭原来还有那么多的臭味可以和他扯上关系。那天夜里,仿佛从天上垂下了一根绳子,一头模糊系着远在天边的未来,一头就系在他腰上。他终于有了踏实的感觉,那个时候他还不知道所谓的不踏实、空落落的感觉学名叫作"孤独"。

就算永远坐在最后一排,他也是高兴的;就算每天都要走三四十里的路,他也是高兴的;就算大家都喊他臭脚张,他也是高兴的。因为在这里,至少不会像村里人一样,见到他们就躲,如同在躲暗夜里的鬼。

在这个雨夜,他还看见了过去母亲无数次地给姐姐擦洗身子,擦洗完,还要在腋下抹上一层黑乎乎的东西。空气里到处弥漫着艾叶和麝香的味道。那些年,父亲会常常瘸着腿从山上下来,让母亲看挖的草药还能换多少麝香和樟脑回来。还有大学里他努力吃下去的足以令他反胃的大蒜、香烟,此刻他们一群群站在那儿,他才发现,真多啊,都像夏天疯长的草了。

他那么努力,那么用力地过着,营造了那么多各式各样的臭味,可在他的神经越绷越紧的同时,九岁那年系在腰间的绳子却开始日渐松动了。有时候,他很希望像九岁那年一样用力抓住些什么,憧憬些什么,很快,他就悲哀地发现自己已经不会了,不要说憧憬,连生气都快不会了,他如同一把用钝了的刀子,与任何东西都不会再紧密贴合了,他和它们之间的缝隙狭小又固执地存在着。即使割过手心也不会流血……

电话铃响起的时候,张昌顺正直勾勾地盯着桌子上的夜来香。这盆花从他进来的第一天就摆在这里,过了七年,它们既没有变得更好,也没有变得更坏,和他一样,似乎被囚禁在了时间之外。电话里的小佩有些生气,问他为什么还不回家?他说,在加班。听着电话里嘟——嘟挂断的声音,他又等了许久才放下电话。

那个雨夜过后,张昌顺的心情好了许多,像是被仔细梳理过羽毛的鸟儿一样,看起来,变得又貌似齐整了。在他的心情焕然一新的同时,办公桌上的夜来香也迎来了今年的第一次绽放。一簇簇黄白色的花垂坠在那里,饱满而芬芳,毫不吝啬地对着他展开了自己的花颜。在这样一间屋子里,面对他这样一个人,花该开也还是开了,这是怎样的一份厚待啊。他终于在这个花开的清晨鼓足勇气,努力地重新拾起了九岁那年的部分心情,尽管有些已经面目全非,但毕竟是拾起来了。然后,像别一朵花一样,轻轻别在了胸前,挨心脏最近的那一边。他要这份决心随着心脏的跳动而跳动。像多年前一样,他为自己设立了一个目标——那就是变成像林主任一样的人,让大家都围着他说话。他相信,那一天到来的时候,他将不再孤独。

每天还是上班、下班,每天还是和过去一样备份材料,但因为有了目标,重复就变得不再那么可怕、那么枯燥,偶尔还会模糊地感觉到路的尽头露出了一丝光芒。临近年底,林主任病倒了,除了张昌顺没有人觉得这是一件好事儿。年底是统计局最忙、最累的时候,各种表都要汇总、上报,在最忙碌的时候分担任何一丁点儿多余的工作都会在精神上有被压垮的感觉。甚至不用说分担,只是想一下,这么忙的情况下还有人能逍遥在忙碌的工作之外,就会让人觉得心里不平衡。所以，就算不怨恨也绝没有人会对林主任生出同情来。只有张昌顺觉得这是个机会——他想，终于可以不通过主任，直接和局长打交道了。这些年，那些报表他每天都做那么详细的备份，可是从来也没有机会直接递到领导手上，哪怕是一次也好。他常常看着自己做好的报表，会幻想局长看到时的表情，应该是欣赏吧？或者还有赞许？这么用功又努力的一个人，会像他认可自己那样，说这样一句话吗？现在终于可以直接拿到领导那里了；只要领导肯欣赏他，或许他很快就可以变成像林主任一样的人了。想起这些，累忽然变得不值一提了，最后微小得变成了小时候家门口的蚂蚁。就算成群结队又能怎样？还不是他轻轻一捻就化为灰烬了。当他主动提出把林主任的工作揽了下来的时候，大家由于已经习惯了他的积极和付出，没有人提出任何异议。况且，他只是接替了林主任要干的活计，林主任办公室主任的权利丝毫也没有他的份，大家对于只付出不求索取的同志，大概永远不会怨恨吧，更谈不到嫉妒。忙碌了好几个晚上终于整理出了办公室的报表，在那个深夜的某个时刻，张昌顺竟然觉得有阳光普照了下来。上午，他像平时任何时候一样，给夜来香浇了水，浇完又使劲闻了闻自己身上的味道，早晨才泡的澡，浓重的中药味还没有散去，他对自己说，很好，这样子的自己或多或少总是令他安心的。又看了一眼自己的衬衣，一样也是整齐的，他昂着头出了办公室，他感觉怀里抱着的不再是一摞报表，而是捧着一颗热腾腾的心往局长那儿送。进了门，局长只看了一眼报表的封皮，就点点头示意他离开。他踌躇了一下，似乎要说什么，但最终什么也没有说就走了出来。这个世界上比"累"还要困顿人心智的东西恐怕就是失望了。从局长办公室出来的张昌顺因为失望的缘故引发了浑身持久的疲惫，走到最后，甚至有了举步维艰的感觉。他开始怀疑了，是那种最彻底的怀疑，怀疑的情绪一波又一波随着时间拉长而无限扩大着。先是怀疑自己的能力、智力、紧接着是怀疑整个人，整个人生。晚上回到家，九岁那一年悬挂在腰际的绳子像一件外衣，被他脱了下来挂在衣架上。他没有和小佩说起白天发生的事情，更没有说起他的难过，因为他此刻的难过，只要扯出一个线头，就有可能扯出整个线团，就有可能扯出整个人生。他已经没有办法让自己毫无障碍地坦诚在任何人面前了，所以只能选择沉默。第二天一早，临出门的时候，他又把绳子像穿外衣一样穿到了身上。

一切又如常了。

周四的上午，刚给夜来香浇完水就接到办公室的电话说，局长让他去一下市委，市委书记要了解下半年的城市就业数据。挂了电话，停顿了几分钟他又打过去问，电话里的声音有些不耐烦："嗯，是局长让你去，你不是接管了林主任的工作吗？这就是他的工作啊，我反正通知到了，迟了就是你的责任了……"

尽管，从办公室走的时候又往兜里装了好几个樟脑球，张昌顺也还是有些不安心。尽管，现在每天都用小佩拿回来的中药泡澡，但只要是去陌生的环境，他也还是无法安心。又用力闻了闻，樟脑味已经挥发出来了，他想，这样应该会抵消一些臭味吧。王书记的办公室比想象中还要大，进了门仿佛要走很久才能到达办公桌前，才能看清王书记的脸。他把报表递过去，就开始往远处退，在他心里，和人远一点，总是好的。王书记没有看报表，而是抬起头看了看他。他没敢直视，有些谦卑地半低着头，脚又开始左搓、右搓，头虽然低着，眼角的余光却注意到王书记的鼻翼有意地、轻微翕动了几下，虽然一切都是极轻微的，但他还是立刻感觉到了，也许是下意识，也许是出于惯性，他脱口而出："对不起，我有严重脚臭，真是对不起。"说完又有些后悔说这些，大家以后又不会再见面了，这样说，有些多余吧。在他后悔的同时，王书记笑了，笑里带着一丝叹息说："坐吧，不要拘谨，什么都没有关系，真的没有关系。听你说话有榆县口音，你是榆县的吗？"说完，王书记站起来示意他坐在办公桌前的椅子上。见他迟疑着，王书记竟然走了过来拉着他坐在了椅子上。陌生人突然的优待并没有让他惊喜，反而让忐忑的心瞬时落入了汪洋里，一时竟不知道自己身处何处。见他愣着，王书记又给他倒了一杯水，问他："什么学校毕业的？工作几年了？入党没有啊？"

　　从王书记屋里出来，张昌顺还是有做梦的感觉，这就是平时林主任说的严厉无比的王书记？对他为什么这么慈祥呢！都像亲人了，问了他的情况，临走还特意记下了他的名字，还给了他电话，要他有事就打给他，还说让他好好干，即使是民主党派也没有关系。为什么呢？像他这样的人，有臭味的一个人，别人躲还来不及的人，他却对他这么好，为什么？从那天起，近两个月的时间，张昌顺一直都在努力想明白这个问题，各种原因都想过，但没有一个是可以成立的。同情、喜欢都缺乏成立的理由。在这期间，林主任的病也好了，一个副局长也调走了，他都完全没有心思理会，他只想搞明白王书记这件事情。林主任见了他还是感谢了半天，也问起见王书记的情况，他没有说王书记对他好这个细节，虽然还不明白，这奇遇对他意味着什么，但从林主任担心的语气里，他更肯定了一点：那就是王书记对他的态度绝对是特别的，绝对是不同于常人的一种态度。

　　年初就传言要调走的副局长终于在十一月的最后一天调走了。于是，忙碌中的统计局又开始热烈讨论新副局长的人选。感觉自己有希望当选的在人群里的议论里明显开始变得矜持、低调；完全无望的一些人，反而议论得最热烈，颇有在菜市场评点当日国家大事的情景。林主任显然把自己归在了有望的一类人里，所以人们议论的时候，他总是面带着笑。笑呢，当然是淡然的，但淡然里又透着些说不清楚的喜悦。张昌顺知道这是和自己完全无关的事，所以也懒得去听，更懒得去想。

年末的最后一个星期二，张昌顺接到电话，电话是市委打来的，让他去书记办公室。快进办公室的时候，他还是忐忑，甚至比上一次还要忐忑，但又隐约的有些欢喜在里面，被人优待说到底还是高兴的吧。王书记见他进来，示意他坐下，他面前已经放好了一杯倒好的茶水，王书记招呼他坐下后，继续写东西。等待的时间里，他并没有随意四处乱看，虽然书记的头一直低着没有看他，但他还是不愿意那么随便，他宁愿端坐着，盯着杯子，看着热气徐徐上升，看着自己的心逐渐湿润。过了几分钟，王书记合上文件长出一口气说："知道为什么叫你来吗？"张昌顺摇摇头，王书记脸上的笑意稍微收敛了一些，又说："你们单位空缺一个副局长的职位，你知道吧？"他点了点头，"现在有政策，可以直接优先选拔任用民主人士，我们配备干部确实也要考虑这方面的因素，我记得你是民建的吧？所以考虑让你来当这个副局长，已经上过会了，年前会贴出公示，你应该很快就能看到了。"见张昌顺发着呆，王书记顿了一下又说："上一次你来之前，你们局长就夸奖了你半天，夸你勤奋、认真、聪明，你也确实是个用心的人，我要的数字你都不用翻报表，一问就知道，如果你没有两下子，我还真不会重用你。我对工作要求严，那是有名声的……当然，我也调查过你，还知道你父亲住在榆县东南的栖村里，还知道……你有狐臭。"听到"狐臭"两个字之前，张昌顺一直游离在梦里，什么副局长之类的词已经把他搞飘了，但一听到"狐臭"，立刻就清醒了，像被雷击过的一个动物，瞬间充满了惊恐和愤怒。他感觉自己的血一下子就蹿到了头顶，随时要崩裂开来。王书记叹了口气："难过，是吧，我也是。一听到这个词，就难过，已经难过了五十年了，从有记忆起，就害怕被人说狐臭，也和你一样，说过自己有脚臭，就算二十几年前在国外已经做了手术，也还是怕听到狐臭这两个字。你看……"王书记站起来把胳膊往上抬了抬，"只能抬到这儿了，就这儿，因为，做了皮肤切除，一辈子也无法抱自己的后脑勺了……"张昌顺本来想说些什么，但什么也说不出口。本来要流泪的，但面对汹涌而来的难过，眼泪的出口似乎小了些，他就只是沉默着。王书记最后说："走吧，不要和人说起这些，我知道你也不会说，有可能我会尽量帮你的。"

公示贴出来的当天，统计局就炸了锅，大家的心情用惊奇已经不足以来形容，完全就是惊吓，又感觉像是愚人节的一个玩笑、一个恶作剧，但看看白纸上的大红章又都明白，这不是个玩笑。张昌顺始终待在自己的办公室没有出来，他听到了楼道里吵闹的声音，也听到了议论。其实，他也一样不习惯这个从天而降的大馅饼。但不习惯归不习惯，这丝毫也不影响他高兴的心情。小佩也一样，最初也是瞪大了眼睛，一直问他为什么？后来虽然不问了，但脸上、身上、话里还是到处都洋溢着高兴。长这么大到现在张昌顺才明白，高兴原来真的是无法掩藏的。他告诉了父母，电话里，第一次听到父亲畅快地笑了，小佩的母亲也一直笑着，说他没有白努力。连他自己也常常会不自觉地笑出来，他知道用不了等多久，单位的人就会围着他转，和他说话，和他笑，他不会再孤独了。

过了年，一上班，林主任就给他换到了副局长的办公室，那是东南面的一间屋子，终日阳光普照。他把夜来香继续摆在桌子上，他固执地认为见了阳光的夜来香才更像夜来香，这盆花终于不用跟着他受委屈了。他心里默念着，明年，等着明年好好开花吧。在这间敞亮的屋子里好好敞亮地开花吧。和屋子变得一起敞亮的还有他的心情，他发现自己在单位开始笑了，是啊，笑多好啊，他终于可以笑了，他面对过去的局长——他的恩人笑，面对过去的同事现在的下属笑，面对过去的领导现在的平级白副局长笑,他更面对过去的目标现在的老下属林主任笑。当然,他给林主任的笑会更多些、更好些、也更灿烂些,他绝对不会像他们之前对他那样连一个微笑都吝啬。他要好好地笑,笑给大家看。现在,林主任进门前也会像大家一样,先敲敲门,进门后也会笑着说话,说话也相当客气礼貌,但也仅仅是礼貌,完全没有亲近,不但没有过去那么亲近,甚至没有第一次见面时那么自然。最初,张昌顺还是努力找话题拉近他们的距离,很快他就悲哀地发现,他越努力,眼前的这个人,这个原来在单位里唯一会和他笑着说话的人,就会离他越远。除了工作,他们已经完全找不到任何一点可聊的话题,即使偶尔张昌顺找了一个话题,也会很快在林主任客气却沉默的态度里瞬间气化掉。不只是林主任,同事们,见了面也只是客气地和他打招呼,但从来也不和他说笑,即使正在说笑,看见他走来也会突然停下来。他就像乐章里的一个休止符,看见他,一切只会停止,不会继续,他不知道这究竟是为什么,直到一次做爱后,小佩谈起孩子,见他沉默着,小佩说:"你已经是副局长了,我想,有些话,我们还是说出来吧,你已经有了地位,已经被认可了是不是?"他看着小佩,不知道小佩到底要说什么。见小佩开始犹豫,他突然就有了不祥的预感。小佩继续说"你知道吗?因为你当了副局长,你们单位的人去你的老家调查过你,是很详细的调查,还有人给我打过电话,电话里说,说……你有狐臭……"张昌顺没有像上次在王局长办公室那样有雷击的感觉,相反的,他有些乏力,像一个跋涉已久的人想躺倒休息。但小佩还在继续说着,"其实,这些我早就知道,我们家人也都知道,所以才会给你配药让你泡澡,只是你一直也不肯和我说,所以我只能装作不知道,可是,你总是躲……还有孩子,如果不是担心你的感受,不是担心到常常睡不好觉,孩子或许不会流产,可是我该怎么和你说这些呢?你不说,我就永远只能忍着也不说。现在，你什么都有了，我终于可以不再顾及那么多了……"张昌顺把身子侧了过去，他躺倒了，这么久的跋涉，终于可以躺倒了……小佩还继续说着话，"你知道吗？我并不是什么都闻不到，我只是有轻微的鼻炎，因为眼睛斜视，条件好一点的都不肯找我结婚，那次见到你，我就在心里告诉自己，不能再错过了，不能再错过一个积极的、相貌不错的大学生了。"小佩声音随着情绪的起伏带出了哭腔，但还是继续说着，"那天，我闻到了浓烈的樟脑味，我是医生，我当然知道这背后的隐情。我一直以为，你会告诉我，可是，你没有，最贴近的时候也没有。如果，你肯说出一切，那么我也会告诉你，你知道，我瞒着这一切有多累吗？我真的不想这么累了，不想瞒着了，大家都知道了，我们却仍旧隐瞒着，这又有什么意思？我之前早就咨询过了，你可以做激光，也可以手术，做手术切除大汗腺创伤比较大，但可以百分之九十五地消除异味，国外做这种手术多，技术也更成熟些，这些都没有问题，我都可以给你联系……"小佩说到后来突然就转换了情绪，由悲伤者转化为积极的鼓动者，一边说一边开始用力地摇晃张昌顺。他就这么被小佩摇着，有一刻，张昌顺感觉自己在船上，四周水波荡漾；还有一刻，张昌顺感觉自己在湖的中央，水开始吞没他，直到窒息。

  最后让张昌顺下决心做手术的还是一个新来的男孩子，因为新，所以也就生。对一切还不知道掩饰，进了他的屋子不但用手挡了一下鼻子，还用力地吸了吸鼻子并且皱起了眉。那么难过的一刻，张昌顺竟然笑了，他没有埋怨那个孩子，和那些努力却又徒劳的掩饰比起来，这久违的直接似乎显得更亲切也更友好。做了手术半年后，小佩像过去一样开始抚摸他，他看见了她摇摆的身姿，也恍惚听见了遥远的孩子一样的嬉闹声，却再没有看见从前的那些水花。晚些时候，小佩趴在他腋下闻了闻，小佩笑靥如花地搂住了他，说，我们再也没有隔阂了。说这句话的时候，小佩一脸的肯定和满足。他用手摸了摸小佩的头发当作是对那句话的回答。其实，他在那一刻什么也不能确定，唯一能确定的只是，他的胳膊再也不能抱在脑后了。快睡着的时候，他像往常一样背过了身。

做完手术后再上班，张昌顺发现人们脸上仍旧是一副颇有深意的表情。像怀揣着久违的心事，话到嘴边又努力要咽下的样子；又像一件用力漂洗过多次的旧衣服，但无论怎么用力，还是能看得到污迹斑斑的影子。他心里清楚，或许过来的人心里更清楚，但大家都只能装作对方不清楚的样子。如果，模糊混沌就能让大家更安心，那他一定会选择避开简单明了，他永远不会像别人过去对待他那样为难任何人，何况只是需要一个微笑、一个表情、一个态度。桌上微微泛着青黄的夜来香在杯子的雾气里渐渐模糊了叶片的边界，但这模糊的片刻却并没有像过去一样蔓延出难过来，而那些清晰可见的东西呢？似乎又离他尚遥远。

有风从湖面掠过

车开得很快，风急速地往车里灌，风景很快就在倒退中模糊了。有一瞬间，秦默看见向红的脸像水波纹似的抖动着，如同多年以前：那天，失恋的向红也是这样，哭泣过后长久地抽噎着，当时，她就发现，向红的脸像极了水波纹，正以鼻子为中心脸颊为湖面一漾一漾地扩散开。

向红像所有婚姻中人一样过着热闹、混乱却有轨迹可循的生活。秦默每次听向红诉说她家庭里小姑婆婆一干人等复杂繁琐的关系就替向红难过，这样的生活，一点儿自己的空间都没有，过个什么劲呢？或许是在婚姻生活里浸泡久了，向红总是说归说，过归过，每次和秦默说完了，整件事就算落幕了，似乎并不十分难过。倒是秦默，每次听向红唠叨完总需要好几天才可以平复心情。所以向红的婚姻在秦默眼里完全就是个反面教材，有了这一出戏，婚姻对她只剩下打击，再没有任何美好的幻想。秦默和向红相处了近三十年，除了父母没有人比她们待在一起的时间更长；即使后来，和男人有了更亲近的关系，她们仍旧是最亲近的。只有她们才会在洗完澡后温柔、怜惜地给彼此抹身体乳，从脖颈开始，一直推到后腰，虽然那种时刻，她们在对方的身体上更多地看见了自己仍旧年轻却终将不再年轻的身体。即便如此，秦默依旧是孤独的。那种孤独，像她家里的窗帘，夜深人静拉开了，才可以看见全貌。向红结婚后的某天夜晚，秦默清晰地看到了自己的孤独，像窗帘一样悬挂在卧室。徐徐展开后，有着细腻却无法详尽陈述的纹路和波折。孤独这么坦然地出现在她面前，让她多少有些吃惊。这之前，她一直以为孤独只是一种情绪，只是瞬间的事情，没有来由亦不知所终，从没有想到它们在某个时刻居然可以如此具体地挂在面前。她开始哭泣，那次哭泣持续了很久，这是她自少年时代结束后第一次一个人这么随心所欲地哭。那之后，又有过几次这样的情形出现，她一次比一次熟悉，所以不再惊奇，只是安静地哭泣，然后就是等待。因为她知道，早晨，当第一缕阳光出现的时候，这一切都会消失。生活还会是生活。

关于哭泣的这一幕她从来没有和向红说起过。向红结婚是她们关系的一个分水岭，向红结婚前，她们无话不谈，像连体婴儿一样有着共同的感受、共同的喜怒，也有着共同的敌人和朋友，她们从来不会对彼此有什么异议和指责，因为她们就是对方的一面镜子，指责对方就等于是指责自己。她们说话总爱用"我们"这个词，以此来表明她们确实是一体的。向红结婚后，她发现向红嘴里的"我们"已经在第一时间更换了内容，换成了她老公张军。对她开始用"你"这个称呼。最初，秦默有过刺心的难过，但很快就过去了，她们仍旧会在一起洗澡，仍旧比别人要亲密。但秦默心里明白她们之间有些关系，是从向红结婚这天起就画上了句号的。

四月下旬，秦默终于顺利告别区二院，来到了期盼已久的市一院，成了呼吸科的一名护士。虽然干的还是和以前一样的工作，但她仍旧有一种重生的快乐。向红对她这次调动一直持反对意见，因为对护士而言，从来就没有大医院更好这样的说法。如果是医生，到更高一级的单位会有更好的手术设备和更好的团队，也会有更好的学习机会，当然也有更好的工资。护士到了哪里都是一样的工资，一样的工作，大医院只能更累。

向红说：你就为躲一个男人就离开工作了十年的单位，你就是个傻子。

只有秦默自己最清楚，她不是在躲男人，她是在躲自己，在这场感情里放不下的从来就只有她自己，纠缠不清的也只有她自己。她需要对过去的生活有这样一次彻底的告别，这样一个仪式，才能彻底放下，或者说是逼着自己放下这段感情。过去，无数次下决心离开，但只要李勇进入她的身体，她就觉得自己的灵魂被一点点顶了出去。他进得越深，她的灵魂就飘得越远，直到完全看不见自己，也没有了自己。但李勇呢？他有他的家。她已经厌倦了孤独像幽灵似的在屋子里不断出现，更厌倦了自己不停地哭泣。有他在，她只有更孤独。离开才是最好的选择。临走前，他们又见了一次面，想象中亲热的一幕并没有上演，空气里弥散着分手前淡淡的难过和即将成为陌路的尴尬。话说了很久，但彼此都没有说到点子上，绕来绕去，最后，李勇问，恨不恨他？

秦默摇着头说："不恨，有什么可恨的……"随即又补充，"但也别没事老联系，那样，对谁都不好，大家都好好过吧……"

见面前，秦默以为，自己一定会痛哭，因为分手，对她来说，是如此难过。她以为自己会像过去无数次发生过的情形一样，哭到没有力气，然后他抱着她最后做一次爱，之后，以此为界线从此陌路，他们的爱情会因戛然而止而变得永恒、璀璨，变得与众不同又刻骨铭心。但真实的情形却令她大失所望，连肥皂剧都算不上，连路边摊也算不上，总之，就是平淡极了，也没意思极了。那天他们一直很平静地说话，临出门还客气地互相祝福，和普通同事没有任何的差别。这就是她六年的感情吗？虽然她是这么渴望结束这段让她喘不过气来的感情，但这么平静就结束，让秦默多少有些沮丧甚至是失望。她甚至怀疑他们根本就从未爱过，爱情或许就只是个词语而已，用在相应的句子里就有了光芒四射的意思，一旦换了句式，它也就立刻不复存在。

　　分手不是秦默能预料的，生活也不是。一院呼吸科共有十五个病房，其中一个重症监护室、四个特护室、五个大病房，五个小病房。大病房六个床位，小病房三个床位。特护一个人住带着卫生间。科里五十五个床位几乎天天爆满。但科里的护士不连实习的才五个，再加上倒班，科里常在的护士也就三个，有一个还要常在重症室待着。那里算是个清闲活，这样好的差事一开始是绝对轮不到像秦默这样一个初来乍到的新人头上。秦默平均每天要监护二十多个病人，光换液体来回跑也跑个半死，每天还要挨个做皮护。过去工作的那个医院，规模小、资质低，去的人很少，也就是感冒发烧了去看一看，稍微重一些的病人都会往一院和二院送。有时候她们科里一天也没有一个病人，本来应该是清闲的，但那时有李勇，她的心没有一刻不被感情煎熬着。现在李勇终于不在她眼前晃了，她却开始终日脚不离地在病人中穿梭，有半天假的时候，就只想躺着，再没有心情想任何的事。秦默悲哀地发现，自己就是个困兽，不是被困在感情里就是被困在医院里，总之，是要被困住的。不到一个星期，她就开始怀念过去了。和向红诉苦，向红怪她把一切都看得太重，尤其是男人。向红的经典理论是，男人，是不能简单划分在人里面的，确切地说，男人只是一种尚未转化彻底的动物。一切思考建立在这个基础上，男人的行为，你就会觉得好理解得多。否则,只有自己吃苦头。向红说起来理论从来都是一套一套的,但遭遇实际生活也常常是没有任何头绪。最近,向红的老公在竞聘电信部门一个经理的职位,向红一直唠叨着要送礼。但送什么、怎么送向红一直犹豫不决。秦默只要一看到向红一副结婚居家过日子的模样就忍不住奚落她:"又要省钱又要好看还要管用,哪儿有这么好的事儿呢!结个婚变得这样算计。"

"就得算计啊,我们都是自己辛苦攒的,能有多少钱?哪像你,只想想感情就够了,但感情能想一辈子吗?"向红对于年纪一把还不结婚的女人骨子里是既羡慕又鄙视的,就像秦默对结了婚的女人心底老会冒出老妇女这个词一样。对于不相干的人,她们都能把这些话搁在心里,最多也就是背后议论议论,面子上从来都是和气的。但对于彼此,这方面的话题一旦扯开,谁都恨不得一针见血地把对方逼进死角,不见血滴出来绝不罢休。吵后她们也会沉默也会短暂的尴尬,但这对她们而言,真的算不了什么,因为她们比任何人都更清楚她们之间真正的心意。无论说多重的话,吵得多么凶,那种类似血缘的担心和期盼在两个人身体里从来没有停止过,即使关系最冷淡的时候,它们依然存在。

一院科里虽然护士少,但因为是大医院,实习生从来不间断。秦默很少用她们干活,都是自己亲力亲为。干了一段时间,发现别的护士多数时候只负责配药、扎针以及皮护,换液体这些跑腿的活都交给实习生去做,即使这样,她们也不轻松,只是不像她那么累罢了。实习生虽然没有任何经验但有的是新知识和空前高涨的工作热情。工作对于她们来说就像初次谈恋爱,既新鲜又刺激。她们积极地想给任何人留下好印象,所以态度也出奇的好。让她们闲着反倒变成了一种折磨。很快,秦默开始效仿。果然,跟着她的几个实习生跑得乐颠颠的。早晨做皮护,秦默熟练地掀开被子,用镊子裹了棉球给病人的下体消毒,她看见实习生小张把头微微往过偏了偏,尽管戴着口罩,她还是感觉到了小张的不好意思,而且还极力掩盖着。作为护士,大多数都不用训练就能克服"脏"这一关,但羞耻心的克服却需要很久,尤其是对性器官的直视,无论是同性还是异性,那么私密的一个地方,突然需要你直视和清洗,在心里无疑是一个坎。秦默不记得自己是从什么时候开始克服的,最初,她给病人做完皮护总是不能吃饭,甚至不能想,会恶心。但过了一段时间,某一天,秦默突然就过了那个坎了,觉得它不过是身体上的一个物件,和眼睛、鼻子、口腔没有任何区别。从那天起,秦默再没有过任何恶心的感觉,脑子里看到的想到的就只是消毒两个字。她把镊子递给小张,让小张帮她。小张用手接过镊子迟疑地按在病人大腿根处,眼睛仍是闪躲。从别人身上再一次看到自己过去的影子,秦默突然有了一种老去的感觉,因为那神情无论从形式到内容都已经离她很远了,远到再也无从拾起。这并不是她第一次感慨生活,以往,感慨的时候如果碰巧阳光普照、脸色红润,那她就会生出强烈的想要把握生活并且也能够把握生活的某种冲动;但如果碰巧天气阴郁、脸色晦暗、诸事不顺那就只会觉得生活不但没有任何意义简直是了无生趣。其实她的现实生活里唯一能把握的也不过是一场恋爱罢了,但真的能把握吗?

  这几个月来,秦默偶尔想起李勇,只有失落没有难过,她认为他们的一切已经彻底过去了。直到再次谈恋爱,被另一个男人拥着,那一瞬,李勇居然一下子从她面前穿心而过,她又绞痛了,身体里再一次浮现出了他的手触摸过的痕迹,她又开始想念那个充满消毒水气息的男人了。秦默一腔千回百转的柔情没有办法向任何人陈述,无论是李勇还是向红。李勇自从分手后,就没有再联系,虽然是她说过的不联系,但真不联系了,依旧有些怨恨李勇。话是她说的没错,可未必是她的真心意思。别人不打,出于自尊她是绝对不可能再回头的。自尊或许是个无关紧要的甚至是可耻的东西,但毕竟要追随自己一辈子,所以不可能轻易说抛弃就抛弃。向红连日来除了聊家庭的琐碎烦恼就是和她商量送礼的事,虽然知道商量不出任何结果,向红还是忍不住要和她唠叨。与向红老公的前途比起来,秦默的愁肠不但有些微不足道,简直就不值得一提。就在一切一筹莫展的时候,向红急匆匆地跑来,告她说有好消息。

张军直系领导陈总的母亲大腿骨折住院了,向红描述这个消息的时候,整个脸都泛着红光。秦默很快就明白了向红高兴的原因。她也替向红高兴,这的确是个好理由,母亲病了下属正常探望,既不唐突还显得有人情。她们都觉得陈总的母亲病得很及时。向红说,已经买了营养品和花,就等着陈总人在的时候,让张军送进去,要不,看了也是白看了。就是不知道陈总什么时候在。秦默说,这简单,我去那儿转转,和护士打个招呼,陈总来了让她们打电话给我,你再去。向红点着头。这是向红自结婚以后,秦默第一次看见向红这么兴奋,几乎都有了待嫁的心情了。

没过几天向红又来找秦默,这次向红已经完全没有了上次的兴奋。原来张军回去说,单位大大小小的人已经都去医院看过了,这都看过了就和没看是一个样的,如同孩子上兴趣班,十年前弹个琴画个画还算特长,如今,所有人都学,你学了,只能说明你没落在大众后面,哪里还再算是特长呢!秦默说,要不你再送点钱?向红看着秦默说:"昨天也这么想过,但送多少合适拿不定主意。"

"这,不好说,多少都有,每个人情况不同,几百、几千、几万的都有。"向红一听那么多钱眼睛瞬间耷拉了下来。

秦默笑了:"我觉得你就先给两千吧,这个数,能拿得出了。你们能想到给钱,大家都能想到,但我觉得多数应该就给个五百、一千的。你打出些富余，要不，转眼和别人给的一样，不是又白给了吗？"向红点点头，医院的事还是秦默更懂些，她决定听秦默的。

　　向红最近频繁地找秦默，不断和她汇报陈总母亲的情况。虽然已经送了两千可向红仍旧不踏实。她和张军总觉得别人也送了不少，没准，比她们还要多。秦默安慰她："老太太不在我们科，要在我们科，我天天给你盯着，也帮你孝敬孝敬。你担心她的这劲儿都赶上担心你亲妈了。"向红撇着嘴说："亲妈也没这么担心的，该做什么做就是了，心不会这么累。自从他们陈总的母亲住了院，我这心啊，就只在听到消息的那天高兴了一下下，这几天比我生孩子还要担心。"向红瞪大了眼睛比画着，眼睛里逐渐显出赌徒的影子来，仿佛看着赌盘已经下了注，还在观望着随时准备继续下注，似乎人生就此一搏。

　　老太太住院一星期后，肺感染了，手术只能推后。拍了片子的第二天，陈总协调了医院的关系转到了呼吸科专门治肺。向红高兴的心情全写在脸上，看见秦默使劲挤了挤眼睛，没人的时候她小声和秦默说，上天太眷顾了，想什么来什么，又双手合十说，她没有咒老太太的意思，只是希望多献殷勤而已，又祝老太太早日康复之类的。秦默还从来没见向红这么虔诚过，作为护士她心里清楚年纪大的人骨折卧床久了，首先就是肺感染，来呼吸科根本用不着上天眷顾完全就在意料之中。老太太一住进来，向红就拉着秦默去见了陈总，向红介绍说，这是她的好朋友，有什么要求尽管提千万别客气。秦默听到向红这么说有些不好意思，她就是个小小的护士，能帮什么忙呢？但医院就是这样一个奇怪的地方，任何人无论身份高低，只要进了医院立刻会觉得自己矮三分，眼前黑茫茫一片，看着穿白大褂的都觉得像救星。陈总也不例外，一直点着头谦和地笑着说谢谢。老太太转到呼吸科的那天，特护病房没有空位，所以老太太只好搬进了三个床位的小病房。说是三人间，加上照顾的人也就成了六人间，这还是人少的时候，人多了，简直就是在挤了。来了医院，有时候拼的不光是钱还有关系，有了钱和关系还要有运气，谁也不能把已经躺在床上的病人直接撵下床去。就算你是天大的关系也不能，除非在床位空着的时候提前给你留着，但生病的事又不是生孩子，哪里是有日子可掐算的。所以，来了医院很多时候就只能等。因为向红的缘故，秦默一直留心着几个特护室的情况。特护三室的病人已经完全靠呼吸机呼吸，心衰也很严重，看情形就在一两天了。虽然陈总也找了关系进特护，但大家谁没有点关系呢！这种时候就只有靠护士了，因为只有她们最清楚谁命悬一线，也只有她们能守着看着人从生命的这一端滑向另一端。在秦默努力下，陈总的母亲终于在前任病人跨入阴阳界四个小时后搬进了特护三室。那天，陈总握着向红的手说了好多感谢的话，于是向红又一次看到了曙光，那曙光微红、晶亮，就等着太阳跳出的那一刻了。为了巩固成果，张军又和她商量了一夜，他们决定，让向红请了假专门伺候老太太几天，反正还有老太太的家人，向红来也只是和他们倒倒班，不会太累。医生都说了，要赶紧消炎，赶紧做手术，这赶紧不就是快的意思嘛。只要张军提了经理也就有望更进一步往上提拔。想想这些，两个人都觉得前途又光亮又清晰，简直抬手就可以触摸得到。

  秦默每天都可以看见向红。中午没空，向红还会打了饭等着她，这让她恍惚有一种回到十几年前的感觉，那时，两个人一起吃饭、一起上学、一起回家，过着单调又简单日子。那段时光在她们还完全不懂得留恋的岁月里头也不回就急匆匆地走了。时间就是这样，一经想念就一定是已经过去了，后来，秦默每每想起那时的美好，总会想起一个梦境：一个类似舞台剧的灯光打下来的光圈，里面有两个小人一直在旋转。她和向红描述这个无数次在梦里出现过的熟悉场景的时候，不知道为什么竟然相当混乱并且词不达意，在她混乱的叙述里向红却眯着眼笑了。因为回忆，那个下午向红脸上一直都浮现着持久而遥远的笑意。但这次在医院里，向红却丝毫也没有秦默那样的心情去感怀什么往昔，她有的只是焦虑。在第一个星期里，向红像所有刚伺候病人的家属一样，表现得又耐心又积极。秦默说，那种一次性的尿不湿全都是化学的，垫久了没有棉布的舒服，向红就跑回家拆了一个旧被套带了医院来给老太太换。老太太的确是舒服了，陈总来了，也一直夸向红细心，唯一麻烦的是，总需要洗，向红只能好事做到底，把洗的活也包了。向红的耐心随着时间的流逝逐渐消失不见，剩下的只有焦虑，更焦虑。在医院这四个星期，向红觉得比过去十年还要漫长，每天，都窝在病房里，空气不好，她已经习惯了，吃得差，也可以忍耐，主要是伺候人、赔笑脸。她的初衷就是来陪人的，自然一切以别人为主，向红还从来没有这样子围着一个人团团转过。伺候老太太，每天都要擦身体、换尿布，向红脸上笑着，心里却抑制不住地恶心着。这些天，她只有晚上回去才能痛快地吃饭，平时，只是到了饭点，本能地打饭、吃一口就全部倒掉。她看着秦默麻利地给老太太换尿布也问过秦默，心里恶心不？

秦默笑了："就算恶心也早恶心过去了，每天干的就是这些，要恶心还活得下去吗？你看哪个护士不是叼个空吃饭，吃，就得往饱了吃，谁知道下一顿在哪儿呢。赶上病人急救，一拖三四个小时是常事，你吧，就是不饿。"

除了忍着恶心，向红还得陪着老太太说话，一个她过去完全不认识的老人能和她聊出什么来，但向红只能赔着笑，装出很感兴趣的样子。老太太只要身体稍好一点儿，就和向红说个不停。这些天，向红觉得自己的耳朵里像放进了几百只蜜蜂，就算回了家，也还是嗡嗡响个不停。第四个星期的周末陈总的弟弟终于从上海回来了，向红满以为，她终于可以解脱了，谁知老太太主动提出让她留下来，说男人不方便伺候。向红听到这句话的时候，努力地挤才挤出来一个笑容，还是陈总的弟弟陈志谦打了圆场说，可以的，可以的，怎么好老麻烦人家。老太太摇了摇头笑着说，不麻烦，不麻烦，向红最喜欢和我聊天了。向红啊，是不是？老太太这句话让向红脸上的表情彻底失去了方向，再也找不到回去的路径。回到家，向红看见自己的脸上居然还挂着笑意，和张军吵了一架又哭了一通，第二天一早还是回到了医院。为了这个家，她知道她只能忍，她不能让一切在她手里前功尽弃。陈志谦看到她夸了半天，她发现上海人总是好脾气的，陈志谦不只夸她，看见秦默也是笑嘻嘻地夸，说这么有耐心的护士现在不好遇到了。在得知陈志谦没有结婚后，向红开始用力盘算着：如果，秦默和陈总成了亲家，那张军的事岂不是更保险了。况且，陈志谦这样的人也算是才貌两全了。和秦默说，秦默把头摇得快断了，那么远，怎么行呢？

向红说："远怕什么，护士最好找工作了，你可以去他那边呀。人家可是高工资，养两个你都没有问题。"

秦默仍摇着头说："你们家张军提拔搭上一个你已经够可以了，怎么还要搭个人嫁过去啊，何况人家也没有要找我的意思啊。"听到秦默最后一句话，向红诡异地笑了，不说话起身回了病房。

秦默和陈志谦在向红的拉拢下终于约会了。两个人很正式地坐在西餐厅里，面对面看了一会儿还是忍不住笑了。天天病房见，本来应该算是熟悉，但都是一个穿工作服，一个穿睡衣，还从来没有见过彼此穿正装的样子。

陈志谦说："我穿睡衣除了家里人还没有人见过。"

秦默说："医患一家亲，我们不是家人胜似家人呗。"说完都笑了。两个人都清楚他们是不可能成为恋人的，不只因为距离，现在对陈志谦来说，根本就不是谈恋爱的时候。母亲躺在病床上，他哪有心思考虑自己的事。秦默也一样，她从来不期望能和病人家属擦出什么爱的火花，在医院这个特定环境下，一切都会变得有些奇怪，或是感恩或是讨厌，没有中间路可选，她宁愿什么事都不发生。他们就是碍于向红的面子出来罢了。有了这样的心思，反而没什么负担了，自然也不必装什么，聊得倒比平时专门相亲的男女要放得开。这顿饭成了秦默和李勇分手后与异性吃得最开心的一顿。陈志谦也很开心，他们谈到了向红，虽然大家都心知肚明，知道向红是有目的的，但他还是对秦默说，他们一家子很感谢向红。秦默也说了向红许多的好和不容易。说起向红两个人又笑起来，聊了一阵儿向红的原话。陈志谦听到向红说他的工资可以养两个秦默，说："不止两个啊，更正一下，可以养你四个，我看出来了，你吃不了多少饭。"说完，自己哈哈笑了。秦默也笑得直拍桌子骂他脸皮厚。那天他们很晚才回到医院。从那之后，再见面两人都没有了之前的客套，像熟识多年的朋友一样，有时间了开开玩笑，没时间了点个头就算。看到这一幕，向红从心里高兴着，这简直成了缓解她烦躁情绪的一味安慰剂。老太太已经住了快一个半月了，拍了三次片，做了若干次化验，肺的感染控制住了，但血凝性差一些，又要输液补血凝因子。面对一个和自己毫无血缘关系的病人，每天都要贴身伺候、笑脸相迎，向红觉得自己快要到极限了。秦默一直安慰她说，快了，快了。但向红没有感觉到任何"快"的脚步，从进医院就听到说快，但眼看见的只是缓慢，更缓慢，哪儿还有"快"的影子。回到家，面对张军，向红也是没有一点儿好脸色。张军赔着笑脸说，主要是老板的妈，要是爹，他就去了。话是这么说，但时间久了，张军心里也生出了许多别扭，自己的老婆去伺候人，脸上到底不是光彩的，只能证明自己没本事，但他什么也不能说，难过也只能在心里难过一下。

又过了一个星期,医院终于说老太太很快就能做手术了。但向红还是担心,她担心做完手术还要让她护理。最近,她就只剩下担心。和张军说,张军也发愁,不知道该怎么办才好。觉得自己完全是拿了个烫手的山芋,拿着烫,可一放手眼看着就摔坏了,自己又实在舍不得。商量了半天,两个人决定手术完再坚持伺候一个星期,之后就说向红单位忙。做到这个程度,应该可以了吧,张军说完看了看向红,向红疲惫地点点头,又摇了摇头。

秦默给向红打电话的时候,向红正拖着沉重的身子准备去医院。

老太太终于还是走了,死于血栓塞。虽然之前向红听医生说,骨折后容易血栓塞,但从来也没有想过会这么快。昨晚还好好的,早晨她还发愁以后几星期怎么度过,没想到伺候人的日子一下子就走到了尽头。虽然她早就厌倦了伺候,但老太太去世,还是让她有些缓不过劲来,甚至怀疑是自己的厌倦导致了老太太的死亡。接了秦默的电话,有一瞬,她是轻松的,人死了,她终于算是解脱了,但那一瞬太短了,随之而来的是一种钝器戳伤的沉重。张军和单位的同事一起忙碌着,根本顾及不到向红,给秦默打了两次电话,秦默只说过两天再聊就挂了电话。后来,向红的难过简直变得有些虚无了。本来就是有目的地去伺候,一切圆满结束只有高兴,哪儿来的难过。但她的确是难过的,那种难过甚至已经超过了哭泣。但一切又有些无从说起。

陈志谦在秦默怀里哭了很久,秦默一直安静地看着他哭。这中间,她嗅到了熟悉的消毒水的味道,在李勇之外的男人身上,她再一次嗅到了熟悉。在他哭泣的时间里,她甚至故意地想起了李勇,希望找到一些过去的蛛丝马迹,很奇怪,李勇没有像上次一样穿心而过,有的只是遥远和陌生。眼前的男人在她怀里是这样安静,仿佛回到了童年般干净的时间。她用手缓慢地摸着他柔软有些鬈曲的头发。后来,秦默听到了水流的声音,再后来清晰地看见自己的灵魂又一次抽离了身体。一对男女的痴缠再一次上演。

陈总给母亲办了隆重的丧事，刚刚办完，就被人告发收受贿赂，据说已经开始审查了。秦默告诉向红这个消息的时候，向红已经从张军嘴里听了好几遍了。那几天，张军一直安慰向红说，只是审查而已也许没事呢！听张军不停重复着说这句话，她就知道，张军更多的时候是在安慰他自己，重复的次数越多，张军的不安就越强烈。

秦默陪着向红吃了饭，又陪着向红说话，直到看见向红开始哭泣，她才稍稍放下了心。以她多年的经验，眼泪其实就是女人身体的另一个出口。女人只要还能哭，还会哭，那么一切就可以随着眼泪的逝去而逐渐烟消云散。

向红一路面无表情，到了车里，在街灯的反射下，她才看见向红的脸像水波纹一样不可控制地抖动着。后来，车速慢了下来，车窗外的树，房子，还有人群，一切模糊的景象重新又清晰了起来，是的，一切还是又变得清晰了。

蹲在黑夜里的男人

1

畅卫国认真扣着衬衣上的扣子。一个晚上的时间比他想象的要短得多。稍稍一晃，"嗖"的一下就过去了。昨晚在儿子小屋里一直待到儿子把他推出来。儿子说，要睡了，有他在别扭。儿子确实已经长大了，比他高出半头还多。两个大男人在狭小的屋子里待着是有些别扭。平时，他很少去儿子住的屋子，有话总是选择在客厅沙发上谈。儿子半开玩笑往出推他的时候，他一直忍着自己的情绪，怕自己失控，只是呵呵笑着。那么一个小不点儿，居然一下子就长大了。眉宇间似乎还有他的影子。他从来没有想过，会这样离开她们。不只是舍不得，还有不甘心。可儿子并不知道他的这一腔心思，只是一股脑儿地把他推了出来。

张琴和平时一样，在厨房准备明天的早餐。因为儿子，他们的早餐一向做得很丰盛。炒一个热菜,两个凉菜,主食一般总是两三样地摆在那儿。每天晚上临睡前,张琴都会把第二天早上要炒的菜切好,然后,用保鲜膜包住,一排排整齐地摆在灶台上,为的是节约时间,同时还能保证质量。就这样细致,她还是怕孩子吃不好影响了学习。平时,断不了还会买一些补品回来给儿子进补。对于张琴来说,没有比儿子更重要的事了。儿子的一举一动就是她的一举一动。畅卫国走到厨房问了句,切菜呢?张琴头也不抬地嗯了一声。过了一会儿,见他还站在那儿。张琴有些生气了:"干吗呢!快去睡吧。老站那儿干吗?"又盯着案板看了看,他才慢吞吞地回到卧室。卧室的窗帘上印着大团大团的金花,被灯光那么一晃金色就很有些四溢的味道,好像屋子里到处都镶着金。他喜欢这种富丽堂皇的颜色,不光喜气,还贵气。人活一辈子图什么,不就图个喜气和贵气嘛。可现在,一切都谈不上了。他叹了口气。已经有很久没有这么认真地看过他住的屋子了。刚装潢的那会儿,还满脑子想法。真的住进来,才发现也就是一个睡觉的地方。每天,躺下就只想尽快睡着,闹铃一闹又只能飞快地起来。能像今天这样细致耐心地坐在床上,在他的记忆里还是头一遭。

"唉,怎么了?还不睡啊,明天还要早起呢!"张琴打着哈欠,往后撑了撑胳膊。畅卫国眼里带了些柔情出来,看着张琴,想说,又把话咽了回去。老了,他和她都有些老了。这么快,还没觉着好好过呢就开始老了。平时,他们一个月也难得亲热一次。他们的时间早被琐事摊薄了,然后再一份一份割开等着人来分,到了他们手里只剩下少得可怜的一小块儿,再被疲惫那么一拉扯,薄得都快要透明了。有些时间,只想多睡会儿。唉,他叹了口气,摸着张琴的肩膀,一把搂了过来。还没等他说话,张琴先说了:"快睡吧,啊……快睡吧,今天整理档案累了一天了。"

他的手仍抱着不肯松开，还是张琴婉转地推开了，又拍了拍他的手，似乎是安慰又像睡前的告别仪式。没有人能明白他今晚上的心思。过了今晚，什么都不会再有了。他已经下决心了，虽然决心并不是那么好下的。这一年来他所受的煎熬已经足以让他下任何的决心，但就是下不了。在高速上他演练过几次，不用说下决心，只要稍稍地想一下结果，就会被一种撕裂的恐惧所吓倒。从泰山庙小学的校长被抓的那天起，他就再没有安心过。他知道，他也迟早是那样的下场。如果副校长不是张忠，而是别人，或许他还能稍稍地喘口气，凭着侥幸继续活着。但偏偏张忠就是他的副校长。没事儿还想着生事，何况自己还真的就有这么一摊子见不得人的事。什么都不重要，主要的是儿子。他一被查，儿子出国一定泡汤了。出不了国就意味着人生一迈脚就比别人差了一步，这让儿子以后还怎么和别人比啊。还有张琴，还有他的父母。想的人越多就越觉得难过。决心总是要下的。好几次他都想，趁着还没查，一死百了吧。凭着他四十三年有限的人生经验知道：人总是会对死去的人网开一面的。半年前泰山庙小学新建的校舍塌陷了，伤了五名学生，导致四个年级停课达两个星期之久，一下子惊动了上面，决定全面盘查市里所有学校的工程建设。从那时候起他的心就一直悬在嗓子眼那儿。上星期一学校开会，他只讲了例行工作的几点要求，十分钟不到就讲完了。张忠和他不一样，滔滔不绝地讲了半天，又是教学又是改革，最后，说到了泰山庙小学塌房的事，他不停拍着胸脯言辞开始变得十分激烈。畅卫国一直保持着镇定。张忠说那些话，他知道都是在暗指他。他明白，张忠对于十几年前那件事一直耿耿于怀。

当初，他们一起毕业分到三中。大家都羡慕他们，好歹有个做伴的，而且还能互相照顾。从每晚的色情笑话到最后参谋着互相搞定现在的另一半，他们曾经好得像一个人一样。整天，除了希望四处搞点吃的东西，就是谈论女人。从他们掌握的有限的生理知识里，判断学校的女老师孰优孰劣，不能不说那是一段快乐的时光。后来，为了入党，张忠写了一份教学整改意见。当时，他也准备入党。看着张忠拿给他看的那几张稿纸。突然就蹦出来一个念头，他开始上上下下地反复看了好几遍。张忠一直问他有什么意见。他支吾着。因为他在用心把那些大段大段的话记下来。说起来，这也是他唯一的长处。他的记忆力惊人地好，只要看过几次就能字句不忘。当晚回到家，他靠着记忆把张忠的教改方案默写了一遍。第二天一大早，就递到了党支部王书记手里。中午的时候，王书记找他谈话。书记拿着大茶杯笑眯眯地看着他不断点头，连说了好几个好字。畅卫国心里虽然一直有几只兔子忐忑不安地跳着，但听见党委书记夸自己还是由衷地高兴着。张忠写得比他晚了整整一天才交到王书记手里。很快，这就变成一件大事了。两个人交一样的东西，明白是抄袭嘛，这也太不把书记放在眼里了，还怎么给学生起好的带头作用啊。书记把他们两个叫进去的时候，张忠还不知道发生什么事，一路笑着打趣他，还说，也许他们会在同一天入党呢。他没有说话，因为他知道发生了什么事。书记铁青着脸，背着手不停地走来走去，见他俩儿进来，把他们写的东西一下子摔了过去，几乎是在吼："说，谁抄谁的，给我说清楚，要不都开除。"他镇定地站在那里。张忠有点犯傻，一脸的茫然。

"快说啊。"书记用脚把稿纸往开踢了一脚。张忠弯腰捡起来看看稿纸又看看畅卫国，仍旧没有明白到底发生了什么事。畅卫国也沉默着。屋里只能听见书记啪啦啪啦的脚步声。

"告诉你们，这是一件很严重的事。咱们学校的老师没有发生过抄袭的事。你们居然在这么一件严肃的事情上搞这一套，真是恶劣！给你们十分钟，不说清楚，马上开除。"

"谁抄袭啊？书记，你说清楚话嘛。"张忠改不了一贯的急脾气，看着书记问。

书记使劲往空中挥了一下手,脸变得更铁青了,气鼓鼓地点着头看张忠:"行啊你,真行啊,你还反问我?"见书记的声音一下子提高了好几度。畅卫国说话了,声音明显有些打战:"书记,我错了,是我的疏忽。但我们绝对没有欺骗您的意思。星期三上完课我随手把教改材料放在张忠那儿,我并没有说清楚是我写的,他完全不知道是怎么一回事。可能看见好吧,所以,顺手抄了一份。但是,书记请你相信,我们没有要骗您的意思,他完全不知情。"听他这么说,张忠终于反应过来了,眼睛和头上的青筋都开始往外暴。

"谁抄谁的啊,土八蛋,你抄我的。你说清楚!"

"他完全不知情。书记,真的。他完全不知情。"他一边说,一边往外拉张忠。两个人就那么拉扯着,已经和打架差不多了。看见他们火气这么大,书记反倒觉得自己的气消了些了,摆了摆手说:"好了,好了。拉拉扯扯像什么样子啊。这样吧,既然是自己写的你们给我背一下吧。来,谁先背啊,要不,畅卫国先来背吧。张忠,你先在外边那个屋子等一会儿。"

张忠嘴里嘟囔着往外走,临走还狠狠地瞪了他一眼。畅卫国心里清楚,这件事已经定性了。不就是背吗,他从来就不发愁背。从上小学开始,只要是背诵的章节,他永远是班里背得最好的那一个。书记看看稿子又看看畅卫国,不住地点头,背得好啊,连标点都不差的。他真的从心里开始喜欢这个年轻人了。又好学,又沉稳,还大气。听他刚才为别人辩护的那几句话,真是大气啊。背完了,他又和书记强调张忠的不知情,而且,还说,张忠是容易冲动的人,可心眼儿很好。这几句话是他由衷说的。说实话,他从心里并不想害张忠,而且,对于他们的友谊也并不是不看重。这么多年来,他没有再深交过任何一个好一些的朋友。一想起张忠看他的眼神,他就害怕,觉得身上的肉被一片片地削下来,最后露出了白森森的骨头,不碰都觉得生疼。当时,因为书记的赏识,他很快入了党,第二年就调到市二中去当团支部书记了。这些年一步步往上升着,对于张忠也慢慢健忘了。其实,也不是忘,是根本就不愿意去想。没想到最后升校长的时候又转回到了三中。

任职的时候,他又看到张忠的眼睛。他能明显感觉到自己抖了一下,好像一下子又回到了十几年前。他很想对张忠说,他本意并不想害他,他不是那个意思。可他到底是什么意思呢?他发现连自己都说不下去。张忠当时背得磕磕巴巴,少了很多章节不说,连意思也背错很多。张忠那个急啊,明明是自己写的,可就是背不下来。事实已经很明显了,不用谁再说什么,连张忠自己都有些怯意露了出来。最后,还是畅卫国一再地求情,一再地说好话才保住了张忠教师的铁饭碗。虽然,做这些他并不是想做给别人看,是真的想帮张忠。可张忠没有再说一句话,看见他就往地上"呸"地吐一口,然后远远离去。这些内情连张琴也不知道。他不愿意提更不愿意去想,这是他的一块心病。

三年前,他和张忠一样也是副校长。说起来,张忠还是要感谢王书记。畅卫国走后,王书记渐渐发现了张忠写东西的才能,一样是教案,他写得总是比别的老师要细,要充分,教学的花样、点子也总比别的老师多。回想起之前的一些事,王书记隐约觉得自己是弄错了。其实张忠对于王书记并不十分记恨。当时的事明摆着,连自己都觉得有口难辩,何况别人。他只怪自己瞎了眼,不该交畅卫国这个狼心狗肺的朋友。王书记本来就是个热心肠的人,既然已经认识到自己错了,也就马不停蹄地赶紧张罗着帮张忠入党,很快,在他的举荐下张忠当上了教导处主任。后来,张忠又升成了副校长。可以说,没有王书记就没有畅卫国和张忠的今天。这些,畅卫国也都是知道的。小城市永远有小城市的好处：一转身、一抬手都能碰见熟人。在这个城市开车很流行的一句话：碰见撞车，不开骂，骂来骂去，都认识，不光认识还很熟，仔细一查是本家。熟人多了虽然有时也难免麻烦，但到底还是热乎、贴心，总比举目无亲的凄凉来得要好。不管谁有个风吹草动，很快大家就全知道了。所以，畅卫国人虽然不在三中，但三中的事他还是很清楚的。回来当校长，王书记见了他表现得很淡，似乎就是一个不太熟悉的人。他很热心地和王书记请教一些学校的事情，王书记总是以自己快要退休了来推托。还说，他应该多去问问张忠副校长。畅卫国知道他走后，书记一直很提携张忠，但没想到对张忠的感情会比对自己还要深。难道是张忠和书记又说了他什么吗？有可能，他们同在一个学校有的是时间说话。看来，他看错张忠了，张忠并没有他想的那么老实。难怪三年前提他当校长的时候，有人告诉他竞争名额里有张忠的名字，估计也是王书记力荐的。真是世事难料啊。

2

在办公室下了决心最初的那几分钟里，他确实感受到了前所未有的轻松。终于不用再担惊受怕了，他的心又舒展了。他甚至迫不及待地长长嘘出一口气。一切看来并不难，只要你想好了往前迈哪一步，一切真的就不难了，还有什么好担心的。连死都不怕，你还怕什么！但那种轻松也就持续了短短的几秒，接下来，另一种类似于忧伤又比忧伤更没着没落的东西铺天盖地把他淹没了。他开始哭，手完全摊开了掩在脸上。一开始还能压住声音，只是肩一耸一耸地抽噎，后来，声音在手缝里恣意地溅开了。他听到自己的哭声吓了一大跳，赶紧看了看表，又屏住呼吸听了听周围的动静。确信没有人之后，才又接着哭下去。哭够了，和所有快要死去的人一样开始回顾起自己的一生。

台灯发出的蓝光，打在他脸上，很明显地可以看到眼袋。其实，他从很早就有眼袋了。他是少年老成的那一类人。在别人还每天顾着玩时，他已经想着将来要干什么了。他一直都算是好学生，是那种用尽了全部力气在学习的人。不得不承认，人的脑子就和人的长相一样，从一生下来就存在某种差异。有的人，只要稍稍用一些功就会有不错的成绩，而有的人即使用了全部的力气也最终还是成绩平平，他属于中间的那种人，是用了最大的力气还是能勉强够得着树上苹果的那种人。一个勉强就把一切都概括了。他的吃力，他的力不从心渗透在身上的每一寸肌肤里。每每学到深夜睡觉的时候，他都希望那是最后一个夜晚。报志愿的时候，他也想过报清华、北大之类的好学校，但总是犹豫着。报志愿前，班主任和他进行过一次长谈。老师说，你是个好学生不假，但不属于那种创造型的人才。你的优势是记忆。只要有关记忆的课程，你都学得非常好，而别的需要动脑子的课程则差一些。你学习好靠的是勤奋，而不是脑子好。一个记忆好的人最适合当老师，而不是去搞科研或者去创新什么。老师说完还拍了拍他的肩膀。他其实是受了打击的。但以他的个性，向来就不是那种张扬的人。他发泄的唯一渠道就是回家躺在床上蒙着被子哭一通，哭够了再想想老师说的话，其实是不错的。可人往往就是这样，当别人真的说中你的要害，一时间深刻打击到你的时候，自己常常都不会承认。而且越是被击中，就越不肯承认。虽然他知道老师的话是对的，但他报的第一志愿还是固执地写上了北大，第二志愿才是师范院校。

分数下来，一切都和意料中的一样。如果他能听老师的话第一志愿报师范，那么他能走一个很好的师范学校，而不是最后屈就上市里这么一个名不见经传的小师范学校。父亲问过他是否补习，他很肯定地摇了摇头。老师和他谈话的那个晚上，他已经把自己给否决了。资质平平这四个字他用自己的方式刻到了身体里,经血液再带到身体的各个部位。他懂。他懂自己资质平平。所以他第一眼看见张忠写的教改方案就开始羡慕不已。那本来应该是他的,属于他的才气却落到了别人头上。他是那么一个雄心丈丈的人,到头来却被资质平平四个字一下子就轻描淡写了。从来没有人能了解他的痛苦。没有人。

这几年,他的有些同学明显是发达了,常常张罗着要聚会。虽然聚会无非是吃一吃、喝一喝、侃一侃、唱个歌什么的,这些说起来简单但做起来却无一例外都要和红红的钞票挂钩的。一说起钱,那就永远都不是件简单的事了。兜里不鼓,你个子再高也撑不起那个台面来。他发现,这年头只有怀揣钞票你才能真正像个爷爷似的抖起来。才能从容不迫,谈笑风生,以至于笑着面对一切,那气魄可不是需要一点儿两点儿的钱来做支撑的。他没有钱所以也就没有气魄。轮到他请客,他总是提前一星期就开始做准备。准备什么呢?当然是钱。钱是可以从财务上拿,但总是需要履行一下手续,打个条子什么的。打了条子就要销条子吧,那就需要一系列的票据。学校报销的票据是有要求的,不是什么都可以报。每次,饭还没吃完他就要早早跑出去结账要发票,还要嘱咐开发票的别开错。名目写错了,不好平账啊。另外还要再找一些发票来报唱歌的钱。这么一来,和同学在一起吃饭就变成了他的一种负担。但,人总是很奇怪,即使是负担有时候你也并不想完全地卸下,仿佛它能刺激你另外的神经,能让你难过得亢奋。对于他的这种心情,连他自己也不能理解,每次看大家聊得满面春风他总是笑着,而且还总是笑得很大声。看着别人挥金如土,看着别人膀子一挥来一句"找贵的、好的随便上"点菜的架势,他总是会有一种类似压抑的快感涌出来,会想象一下说那句话的人是他,挥膀子的人也是他。妈的,什么发票,统统滚蛋,老子有的就是钱。

包工程的王老板第一次拿出那些钱,他连看都没敢多看,他怕自己把持不住。那些钱像一堆火似的，不用往近靠，光火苗都能把你烤热、烤化。所以，他表现得很生气，不光生气，他还拍了桌子。可，当天晚上，回到家里，畅卫国脑子里来回转的都是那些钱。那些红红的钞票一晚上烤得他翻来覆去地睡不着。好不容易，自己不想了，那个老板又过来找他。他连办公室都没敢让老板进，直接就拒绝了。可老板不灰心，仍赔着笑说，没关系，没关系，等您有空再见吧。当那些钱第三次摆在他面前的时候，他明显感觉到自己的体温随之升高了。真的把钱一摞摞搂在怀里的时候，他才知道什么叫充实。再灰暗的人生，一瞬间也被照亮了。他没有再犹豫，很痛快地下了决心。工程包给哪个人不是包啊，他又没做违法的事。他很严厉地向老板表明了自己的态度：一定不要偷工减料，一定要盖质量上乘的教学楼。

张琴看见那些钱嘴一直呵呵笑着。可到底是女人，笑够了就开始害怕，不断问他有事没事。

"唉，拿都拿了，还问有事没事？有事怎么样？没事又怎么样？安心收起来吧。"他说这几句话的时候并不像表面看上去那么平静。张琴并没有注意他的神情，笑呵呵地看着钱说："唉，我可不想让你做违法的事啊。"又扳着手指算了算，"嗯，这下，不光涛涛出国的学费够了，还能余出不少钱呢！唉，你别愣着啊，就和受审似的，发什么蔫啊。"

"胡说八道，什么受审。满嘴没一句吉利话。"畅卫国突然提高了声音，把张琴吓了一跳，刚想反驳，见他铁青着脸还是忍了。反正没有人能看见钱不高兴。张琴不再管他，自顾自地看着钱高兴着。

唉，他又叹了口气。墙上的影子无限度地把他放大了，厚厚地成了一尊泥胎。当初他也想过的，知道拿了钱总是不妥，可总还是存着侥幸。那么多的人拿了钱还不照样都没事儿，倒霉事儿就能偏偏落到他头上,他不信这个邪。可偏偏邪门的东西就能拐个弯找着他。居然有那么巧的事,泰山庙小学早不出事晚不出事,偏偏在这个时候出了事。什么事能经得起查啊,再加上张忠帮衬着,让他倒霉那简直就是迟早的事。平时忙来忙去,都为忙个面子,可事到临头再看看面子,才值几个钱啊。也许还要坐牢,那样儿子可就全完了。还谈什么将来,他把儿子通往将来的路给堵死了。只有他死了,才能让一切通畅。儿子啊,你知道爸爸有多爱你吗?他自言自语地说出这些平日不屑说出的肉麻话,自己先把自己感动了,又呜呜地哭了一阵儿。最让他遗憾的是不能给儿子留封遗书。人这一辈子临死都不能把要说的话说明白,是最冤的了。可他有什么办法呢?虽然是死,他却不能让别人看出来是自己找的死。他反复地想过,自杀是不明智的。一个大男人好端端地自杀,那还用别人查吗?自己就已经把一切都透露出来了。最好是意外死亡。可怎么才能自己制造意外死亡呢?跳楼肯定不行,吃药也不行,想来想去,只有车祸最安全了。在这个城市里每天有多少车祸啊。 为了能让自己死亡的成功率更大一些,他选择了高速路。只有在那里才能让车速保持在一百三十迈,再主动撞向防护栏。他见过这类的报道,醉酒的,瞌睡的,只要那么一撞没有一个能活下来。好几次在高速路上开车,他都试着让自己想象死亡的情景,还有撞向栏杆的那一刹那该有的勇气。毫无例外,每次只要一想,他就会全身虚脱。现在,他已经下了决心了,不能再怕了。听说调查组再有半个月就要到他们学校了,等人家来了,你再死,明摆着要多一层怀疑。不能再等了,等来等去等成害啊。其实,自杀也不全是为了儿子,真的坐了牢,那样的人生不是他能接受的人生,还不如一死呢。畅卫国把烟灰缸冲着墙上硕大的泥胎一样的影子砸了过去。死吧,死吧,你去死吧!

给张琴还是要留一封遗书的。要不那个傻女人一定要求公安局好好查。也是真可怜，没了自己她就等于没了主心骨。想起这些，他就一个字也写不下去。可张琴啊，你要知道，我也是为了你好啊，你最疼宝贝儿子了，只有他好了，你才能高兴。我这么体面地走了，有那笔钱，你总是有了依靠。再过个几年等儿子结婚了，你也重新找一个，我不怪你。畅卫国又开始呜呜地哭泣。泪把稿子打湿了，他重新又换了一张纸，可不久又打湿了。好容易控制住了眼泪，他有些发抖地写完了这封信：

张琴：

　　看到这封信的时候，我已经不在了。先不要哭，一定不要哭。这次一定要听我的话。
　　1. 我的死是我反复想过的，只有这样儿子才能顺利地出国。因为下一步有人就要查咱们了。只有我死了才能一了百了。
　　2. 钱你放到你妈那里。最好能放到她的地下室，用塑料袋包好。
　　3. 我父母麻烦你常去看看他们。我拜谢了。
　　4. 等儿子结婚后你就找个人结婚吧。我不怨你。
　　5. 最重要的一条，你看完信后把信烧掉。就当什么都没有发生过。要镇定。要不我可就白死了。我们的涛涛也就没有将来了。现在看完了就立刻烧掉，等着别人来通知你。快烧吧。就现在！
　　　　　　　　　　　　　　　　　　　　畅卫国

他要说的话并没有写完。写得太长，他怕他的那个傻女人只顾着哭，连要紧的事没有看完就哭倒了。他要在最简短的话里把事情都安排好。他是男人,他要冷静,他要理智。信上字很大,而且一个字也不潦草。这可不是潦草的时候,他不能再给她解释什么。写信的目的就是让她一遍就能看懂,而且懂他的这份苦心。写完信,缓了缓情绪,他开始整理自己的抽屉。一页一页的纸认真看着,没用的放在一边,有问题的放在另一边。整理好了,把有问题的一些纸全部粉碎作废。另一些不重要却也不适合留下的东西整理好了,准备下去的时候扔到学校外面的垃圾箱里,别的不重要的文件材料仍旧码整齐了放在抽屉里。最后又反复地看了看,确定再没有什么是可疑的了,他才锁上办公室出来。已经很晚了,他决定去父母那儿转一圈。他也想过,明天白天去,可那样,实在是太不通情理了。他白天一贯都很忙,父母又没有生病,贸然白天跑过去,被父母起了疑,那就麻烦了。任何剧里主角越多就越乱,越不好配合。有一个张琴已经让他有些不放心了,再把两个老人拉进来,那几乎立刻就会穿帮,那可就真成了闹剧了。

去了父母那儿,两个老人已经准备睡了。见他进门,母亲还是着急地想给他张罗吃的。不管什么时候回来,他母亲永远觉得他没吃饱。父亲很平淡地问了他几句忙不忙之类的客套话。他发现,男人总是容易客套的。就是心里再有你,也决不肯像女人一样表现在脸上、嘴上。他的泪又有些忍不住了,赶紧用眼睛拼命看着墙角的柜子。父亲见他不说话开始提高嗓门问母亲饭热好了没有。他说,我不饿。父亲像以往一样没有再说什么。母亲把饭已经给他端过来了。要搁在平时,他一定不会吃。现在,谁缺那几顿饭啊,他不止一次和母亲说过这样的话。可他说他的,母亲仍旧坚持自己的,每次都要忙着给他弄吃的。坐在老式沙发上,吃着母亲做的饭,他的眼睛红红的。为了不让母亲看见,他端起碗呼噜呼噜地大口喝着。母亲满意地笑了。他走的时候给母亲留了一些钱。母亲推托了半天才收起来。他知道他们还想着帮他攒着。多亏他还有个哥哥，父母跟前总还是有个人照料着。要不他再怎么也下不了决心去走死那条绝路。临出门父亲想起来什么又把他叫住说："你妈刚才还说，明天要下雨。你记得告涛涛带伞啊。"

他嗯了一声答应着出了门。初夏的晚上还是有些凉意。他往起耸了耸肩，把衬衣领儿也立了起来。还有明天一晚了，明晚他要留给妻子和儿子。过了明天，秋天的风再也不是他的，什么也不是他的了。看着天空中零碎的几颗星星，他不可抑制地竟呵呵地笑了起来。想想自己刚当校长的时候，还炫耀似的去看过劝他报师范的那位班主任。他买了鲜花和水果很隆重地去拜见老师，老师显得很高兴，点着头欣慰地笑着，觉得自己培养出了好人才。但他心里却仍旧隐隐恨她。是她点破了迷局，是她最后破灭了他的理想和抱负。他的恨意只有通过这种方式才能枝枝蔓蔓地释放出来。他要让她看看她认为没有创造力的学生居然这么年轻就可以当校长，谁能说一个校长没有创造力。他赌着气希望她能后悔。老师一直笑着，看起来是真的很高兴。她没笑错，真是可笑啊。自己一辈子居然是这样一个结局。也许她早就看透了。巫婆！他踢了一脚路上的石子，诅咒着，心里像扬了把沙子似的更凌乱了。

听着妻子均匀的呼吸，畅卫国一挺身坐了起来。就剩这最后一夜了，可除了他自己满腹心事，谁都不当回事。也不怪他们，他很轻微地叹了口气。他不说，谁能知道这就是他的最后一夜，都以为长着呢。不管是好的坏的都以为长着呢。屋子里黑黝黝地透着亮。竹子地板隔一阵儿就咯吱咯吱响几声。刚搬进来，这响声还把他们吓了一跳。后来，习惯了也就好了，知道是竹节在伸展呢。也许太累的缘故，张琴慢悠悠地打起了呼噜。他把被子给妻子掖了掖，又用手把她额前的头发往耳后捋了捋。张琴动了一下，可翻个身又睡了。他有些怕吵醒她，可又希望能吵醒她。醒了两个人好说说话，半辈子一晃就过去了，到最后连个贴心话也不能敞开了说。他又有些抽噎了。从下了决心的那刻起，他的眼泪就总有些控制不住。流吧，也就今晚了。过了今晚你想流也流不出来了。他用手摸了摸自己的脸，松弛却并不十分粗糙的脸。他很少这么耐心细致地摸自己，摸到最后，都有些上瘾了。使劲地搓了搓，觉得自己的脸就和塑胶面具差不多，好像一用劲就能顺利地扒扯下来。真是松了。他揪了揪脸颊上的皮，一拉老长呢。就只剩一张皮，能和血肉分离开的一张皮。其实连手也开始松弛了。有一天打字的时候，他低头发现一双干涩松弛的手在键盘上敲着，完全不像自己的。他不能肯定到底从哪天起自己变得这个样子的。不再饱满，激昂。像一碗隔夜的面条坨成了一团。不用说解开，连多看一眼都觉得费劲。

昨晚，以为自己一直醒着，天亮张琴一边叫一边推他，才知道自己还是睡着了。

"快起吧，不早了，你睡得真死，闹铃一直响都没叫醒你。再晚就要迟到了。"他起得很慢。不用再急了，都想好了还有什么好急的。一会儿去学校转一圈，然后就往那条路上走。衬衣上的扣子他系得也很缓慢。张琴已经催了几次了，见他还磨着，于是自己先出门走了。临走告他关好门，中午要是不回来记得打电话回家。要不老吃剩饭。他苦笑了一下，很想说一句再也不用给我做饭了，再也不用了。听着门"砰"地响了一声，他才放心地走到厨房四处看了看，最后把写给张琴的信贴到冰箱上，又退后看了看，觉得真是没什么问题了。张琴一回家肯定先去厨房，冰箱是一定要开的，一定能看到他写的信，比放到床头要保险。那个时候恐怕他们已经阴阳相隔了。畅卫国在自己家里又挨个儿地在每个屋转了转，最后盯着儿子的照片反复地看了看，心口疼得他都有些站立不住。临出门，他把钥匙也放下了。用不着了，再也用不着了。

3

张琴没有听清楚儿子电话里到底说了些什么，但听到了儿子的哭声，一下子她的方寸就乱了。从上初三开始她就再没见儿子哭过。有时候，看电视剧她抹泪，儿子还总是笑她。说，女人就是爱哭。可今天电话里儿子的哭声就没有断过。中午，刚退休的老领导临时过来说要请大家吃饭。她不好拒绝，就同意了。打畅卫国的电话一直无法接通，就忍不住有些气恼。平时都是她管儿子，一年总共也就那么几次她有事，都指望不上他，还能指望他干什么。儿子也许是烫了手了。唉，也怨自己在外面吃什么饭呢，弄得儿子一个人在家煮方便面。

"涛涛，怎么了？快给妈看看。"一进门张琴连包都没有来得及放，听到厨房儿子的哭声直接跑了过去。儿子半坐在地上，仍抽噎着。张琴不清楚儿子究竟是伤到了哪里，开始抱儿子。儿子被她一抱又哇地哭起来，边哭边说："妈，爸没了。妈，爸没了。"

张琴被儿子的哭闹弄得有些手忙脚乱。

"说什么呢？什么你爸没了。涛涛怎么了？"儿子把抓在手里皱巴巴的一块纸递到张琴面前。张琴的心没来由地立刻开始咚咚乱跳。虽然还不知道发生了什么事，但已经有某种恐怖的东西掐紧了她的喉咙。看完了信，张琴松开了抱儿子的手，一屁股坐到地上。

过了很长时间，她发现自己在床上坐着，涛涛手里端着一杯水可怜巴巴地望着自己，脸上挂着小时候才有的无助神情。自己刚才怎么了？张琴开始用力地想，又低下头看了看儿子。儿子脸上一片一片的像个大花猫。她笑了一下。儿子赶紧抓着她的手摇她。

"妈，妈，你别这样。你别吓我。妈，你别吓我。"看着儿子呜呜地哭。张琴愣了一下。这是怎么了，吓着孩子了。她赶紧摸着儿子的头说，没事儿，没事儿。儿子说，她刚才晕倒了。她左手还攥着那张纸。定了定神，又重新打开看，泪刷地一串串掉下来。后来电话铃响，他们母子互相看看，都没敢接。电话铃固执地又响了几声才作罢。张琴想站起来，却又"扑通"地坐了下去。才发现自己已经没有任何力气了。看着儿子，突然觉得自己是在一场梦里，叫了两声"涛涛，涛涛。"听见儿子的答应声还是很远。又叫了儿子两声。儿子又哭了，眼睛里流露出很深的恐惧。她又吓着儿子了。她赶紧摸了摸儿子。她得醒醒，就算是梦也得醒醒。家里的电话铃又响了。这次，她还是看了看，犹豫着，电话很快就不响了。她松了口气有些清醒了，展开手里的纸重新看了几遍。然后拿起桌子上畅卫国抽烟用的打火机"噗"地把纸点了，儿子的脸在火苗里变得有些模糊，终于一了百了了。不一会儿张琴的手机又响起来。彩铃一直唱着两只蝴蝶。蝴蝶飞到最后张琴犹豫了半天还是接了。

4

畅卫国坐在床上看着张琴。他发现，自己的平安归来并没有令家里人高兴得跳起来。虽然已经先给张琴打过电话，但张琴见到他还是显得有些不安甚至是慌乱。儿子满脸都是干了的泪道儿，见他进门像大人似的深深叹了口气就先回屋了。畅卫国和张琴说起上午的事情，她先是愣了一会儿，然后开始哭。哭得很绵长，像水管里流很细的水，断断续续一直流着。畅卫国闭上了眼。今天上午上高速的时候，他在远处犹豫了很久，快中午一点了，才最后下决心上去。一开始，他开得很慢，后来终于加速了。八十，九十，一百二十，开到一百四十迈的时候,他看着旁边的防护栏,准备一下子撞过去。他是真的鼓足了勇气。可就在方向盘刚刚打歪一点儿的时候,很突然的,他又开始害怕了。那种害怕很快变成了恐惧,恐惧由脑子又延伸到了身体,他能感觉到自己瞪大了眼睛。身体绷得直直的像一根快要折断的弦。在最后一刻,在恐惧就要炸掉他的那一刻,他毫不犹豫地踩下了刹车。车滑了一小段距离"哧"的一声停下了。他的头和手死死压在方向盘上,身体继续抖着。过了很长时间,畅卫国才抬起头。他看了看周围然后长长出了口气。虽然没有死,但已经把自己吓得半死了。摸了摸头,全是汗。图什么呢?这么吓自己。又没有人真的逼他。干吗自己和自己较劲呢?再想想儿子和张琴没有了他可怜的样子,他开始懊悔了,同时也庆幸自己在最后的关头还是做了正确的选择。一切都有惊无险。还是活着好啊。等情绪和身体平稳了,他赶紧往家里打了电话。见没有人接,他又急了一下。张琴该不会是晕倒了吧,或者已经傻傻地跑去了医院。这么一想,就觉得自己很对不起他们。真是荒谬,他居然想要离开他们。自己撕心裂肺的难受不说,还要让他们变成孤儿寡母。后来手机终于还是打通了。畅卫国听着话筒里传来张琴的声音,心一下子就舒展了,踏实了。在车里,畅卫国想起了自己写的遗书,又想象张琴拿在手里难过的样子。想想自己为了家人居然能去死,他被自己彻底感动了。他能想象出他们见到他平安回来高兴的样子。他要抱着他们,一家人高兴得哭,再也不分开了。

张琴的眼泪虽然还在继续流着,但情绪已经进入到了尾声。

"睡会儿吧,别乱想了。没事儿。"畅卫国拍了拍她的手。自从看了畅卫国写给她的那封信,她的心就再也放不到肚子里了。最初见到畅卫国活着回来,她高兴过,也庆幸过,觉得自己又有了希望。但那种高兴只持续了短短几分钟,很快就被恐惧和担忧代替了。她知道,还有更大的煎熬等着他们,还谈什么希望。她明白,事情才刚刚被牵出了一个线头,千丝万缕、绕来绕去的东西在后面呢。想着涛涛出国的事也要泡汤了,她更是一点儿也高兴不起来。本来想埋怨几句,但看着畅卫国一脸的灰,她又有些心疼他。

"你也躺会儿吧。"她把脸上的泪抹了抹说。

畅卫国点点头躺下了。刚躺下又腾地坐起来,问:"纸呢?我给你写的纸呢?"

"烧了。涛涛也看了。"

"干吗让涛涛看啊?"他有些急。

"今天我有事,他先回来的。"看了他一眼,她继续说:"没事的,看了也好,让他知道你对他的一片心。既然没死成,你就不要瞎想了。"

畅卫国没有说话,又躺下了。重新躺在自己床上,他突然有了一种恍然隔世的错觉。刚才在厕所里看着镜子里自己的脸,觉得有些陌生,但同时又亲切着。还是活着好啊,难怪有那句话:好死不如赖活着。说得精辟啊。他闭起眼睛眯了一小会儿,也踏实了一小会儿,但很快又不安起来。他的心里就像有虫子在爬,窸窸窣窣的,声音细小却繁杂,绵长。

5

快散会的时候,教育局局长又说起了学校建筑工程调查的事,希望还没有检查到的学校好好做准备,一定要好好配合调查组的工作。畅卫国第一个站起来表了态,他说:一定好好配合调查组,学校的建设事关祖国的未来,不能掉以轻心。大家都点着头。教育科的小马顺嘴说:"有你这样的校长真是学生之幸啊。"

刚才表态的时候，畅卫国并没有脸红。甚至连感情都没动一下，只是照本宣科念而已。可小马的这一句夸奖却让他的心突然抖了一下，脸也随即红了。他在心里骂小马多事。好在小马没有继续说下去。大家又转移了话题，要不他还真害怕自己一失态露出什么马脚。调查组还有几天就要入住三中，不能再有闪失了。这些天他也密切注意着张忠。前几天，张忠代他参加了个会，说教育局下一步准备抽查市里学校的财务情况，让他们做好准备。张忠说话的口气仍然很激昂，说，学校确实应该严格财务上报销制度，还说应该好好把这几年的账都理一理，不该总那么稀里糊涂的。又说他们学校的会计和出纳实际上是不分的，缺少相互的制约，这在财务制度上不允许的。后来又很肯定地说，三中几年来都是市里先进，这次抽查肯定有我们，我们应该提前做好工作。畅卫国压着心中的不快，只是点了点头，什么也没有说。事情明摆着呢，市里只说了个抽查，张忠就能肯定地说要查他们学校，而且还说了那么多的毛病。能说明什么？说明张忠一直就记恨他呢，就等着有了机会好扑上来咬他一口。查账的事情估计张忠也和教育局的人没说什么好话。他知道张忠针对的就是他。过了这些年，两个人话倒是说开了，但明显的不亲近。不用说亲近了，屋里如果只剩下他们两个，立刻就会有尴尬的气氛冒出来，挡都挡不住。话本来就是干巴巴，就事论事地说，不会带有任何的感情色彩。再一尴尬，明显又生涩了许多。那种时候，时间会一段段地跑出来横在他们面前。都能看得见，但又都知道他们走不过去。平时，无论男的女的，老的少的。他总能找到适当的话题聊下去，但和张忠就是不行。话总是很简短，几句就说完了。他也想过，和张忠敞开心扉谈一次，说一说他这些年的苦衷。可无论说什么，谈话氛围总是第一位的，没有一个氛围让你扒肝掏肺的激动，不用说敞开心扉了，就连一般的信任恐怕也谈不到。大家在一起吃饭的时候，张忠总是避免和他坐在一起。虽然在饭桌上该说的客套话还是会说,但一个"远"字把什么都隔开了。这样一个人,在这样的时候,天天转悠在他身边能不让他担心吗?看着张忠说起调查组一脸高兴的样子,他就和出热疹子一样,浑身的不舒服。要说关键时候,还是女人行,一句看似没道理的话结果是大道理呢。昨晚,张琴洗了脸正往脸上抹她的那一堆瓶瓶罐罐,见畅卫国长吁短叹的,就说:"你别老担心了,担心也要一天一天过。碰运气吧。"畅卫国摇了摇头:"碰运气,怎么碰运气?有张忠老在那儿盯着,早晚得出事。"

张忠的事张琴也是知道一些的,只是不知道细节罢了。畅卫国告她的版本是:张忠嫉妒他。但畅卫国也说,其实他的方案是张忠先想出的,资料也是张忠的,但写还是畅卫国他自己写的。总之,故事里,给了张忠一半的版权,但好人最终还是自己。张琴对于张忠很不屑,觉得那样一个嫉妒心强的人,真不算是男人。这样的话,每次她一说就被畅卫国立马挡回去,甚至还很生气。张琴瞥了一眼丈夫:"告你说,他那么小心眼,不算个男人,你还老替他辩护!"

"你看你,又说这些,破事儿了老提,有什么意思你。"畅卫国开始觉得烦躁了。他最不喜欢听老婆说这件事用不算个男人来概括。

"提不提,都是你每天见他,又不是我。要是我早把他弄得远远的了。眼不见心不烦。"说完张琴不再理他,继续揉搓着那张已经开始有些松弛的脸。

是啊,他怎么没有想到呢?挪开不就行了吗?他嘿嘿地笑了几声。张琴瞥了他几眼,嘟囔着:有病。

是的,他是有病,是心病。不把张忠这个心病除了,他安宁不了。一个月前就有通知让学校派人去省里交流学习,为期半个月。当时,他只想着怎么去死,完全没有考虑这回事。但他的记忆力是惊人的,他记得学习报到的日期就是这个星期四,也就是后天。现在看来，还是上天在帮他啊。这么好的机会，又能把张忠支开，又能卖个人情。半个月，调查组应该就要离开了。他嘿嘿地又笑了。都快要哼小曲儿了。

张忠听说要派自己去学习，很不相信地看了看他。要知道去省里学习，这样的机会并不是年年都有的，而且一般都是校长自己去，又能长见识，又能认识一批人。这样的好机会怎么能轮到他呢？畅卫国挥了一下手继续说："张忠同志的业务水平是大家有目共睹的。我相信张忠同志通过学习一定能给我们带回更新的知识，更新的管理经验，更新的学习方法。大家有什么不同意见请发言。"

谁还能有不同意见呢？张忠的确像他说的，业务水平是学校都数一数二的，平时为人也不错。至于说到出去学习这么好的机会，教导处的这几个人其实都想去，怎么说也是镀金啊。谁不愿意把自己抹得光滑顺溜呢？说白了，好东西谁都想往自己头上戴。可是自己提自己总归不合适，提别人又没商量好，谁也不欠谁的。既然轮不到自己，那校长提议谁就是谁吧。于是，大家的意见很快就一致了。轮到张忠发言，他显然有些激动，反而不像平时那么自信，那么激昂了，一直说，谢谢大家，谢谢大家，我会好好把握这次学习机会的。说完又看了一眼畅卫国，眼睛里有些东西似乎开始融化了。畅卫国点点头，他和他一样也很高兴。这就好，大家都高兴就对了。他开始佩服自己，谁说他没有创造力呢？这样的事自己都能解决还没有创造力吗？

张忠的问题虽然已经解决了，可畅卫国的觉，还是睡不踏实。他常常半夜惊醒，恐惧和黑暗始终困扰着他。在睡梦里一次又一次重复着车祸的场面，在实际中没有完成的事在梦里无数次地演练着。场面无一例外都很惨烈，让他疼痛而窒息。每次醒来，都要出一身汗。也看过医生，医生检查后摇摇头说，身体没有问题，最好是看看心理医生。张琴拿眼睛询问他是否看心理医生，他使劲地看了张琴一眼。张琴立刻懂了,同时也为自己的粗心变得有些不好意思。是啊,哪能看心理医生呢,他们的那点儿事本来就怕人知道,医生一催眠还不立刻就全知道了。为了不做噩梦,畅卫国常常要熬到很晚才睡。希望弄累了,能一觉睡过去。但很多时候熬了夜,噩梦还是照来不误,就和熟门熟路走惯了似的,轻易地忘不掉他。而他只能在那儿被动地等着,看着,存着侥幸。谁都能看出他瘦了。有人好心地让他回去休息,他总是点点头,笑笑说,没事儿,我本来就瘦,身体好着呢。只有他自己知道他有多害怕晚上,害怕睡觉,可又不能不睡觉。不睡觉的时候他也常常琢磨怎么对付调查组。他明白,只要查迟早是要查出些事来的,要不怎么能叫调查呢?他们学校的工程本来也就问题重重。学校的工程本来他是包给王老板的,他头一天拿了钱,第二天就签了约。俗话说,拿人钱财替人消灾啊。可开工的时候,他才发现根本就不是王老板的红旗工程队,而是第三工程队。给王老板打电话,王老板倒是一贯的客气,一直赔着笑说,没关系,没关系,那也是自己人,一样的。畅卫国最不喜欢听这样的话。什么自己人,好像他们是一条绳上的蚂蚱。他和他们怎么能一样呢?他有些生气地说,这可是违约的。王老板仍旧是好脾气,哎呀,都是自己人,怎么会违约呢?工程他做和我做都是一样的。都是兄弟,你还信不过我吗?有事好商量,以后,我们还要好好合作呢,大家一起发财,一起干事业。这也是畅卫国最不愿意听到的话,什么一起发财,真是满身铜臭气。畅卫国并不傻,上面拨下来的钱是死的,这么来回转包,真正落到工程上的款子自然就少了。谁都要赚钱,那自然就只有原材料上动手脚。他什么都知道。可知道有什么用呢?一迈脚就已经迈歪了,只能装着什么都不知道继续歪下去。所以他自己清楚,自己经不起查的。可又不能明着不让人家查,那不是不打自招嘛。最好是让调查的人能闭着眼睛过去。他想了好几宿,脑子把调查组的每个人来回都过了过,决定还是找和自己年纪差不多大的卫主任入手。同龄人的话题自然多一些，烦恼估计也都差不多。那样一来，话题也容易拉近。只要一交心就什么都好办了。

畅卫国一回家就躺到了床上。

"哎呀，脱了外边的衣服再躺，脏死了。"张琴边说边往起拉他。他不耐烦地甩开了张琴。张琴站在床边气鼓鼓地看着他，他索性把头扭到了另一边。张琴又过来拉他。畅卫国终于有些火了。

"脱什么脱，就知道假干净。都火烧屁股了还假干净。"说完，他把身子背了过去。

"行，就你行，你就冲我凶吧。你真有本事啊，就会和老婆凶。"

畅卫国听了这句话一下子坐了起来，冲着张琴几乎就是吼了："还要怎么样？你还要怎么样？老子都想去死了，你还要我怎么样？你是不是嫌我没死成啊？"

"你……胡说。"张琴哇地哭了起来。看着张琴委屈地抖动着肩膀，畅卫国开始后悔了。自己究竟是怎么了，就和关在笼子里的野兽一样，一逗就急。他揽过张琴往怀里搂，张琴往开挣脱了几下，最后还是被他搂住了。这一搂张琴哭声反而更大了，这么多天的害怕、委屈、担心仿佛一下子找到了突破口。天快暗的时候张琴总算停止了哭。女人的泪就是多啊，畅卫国发现自己衣服前襟上已经湿了一大片了。他真羡慕女人，永远能无所顾忌地痛哭。不像他，只能一个人压抑着哭。哭完了一回头，事情还追在屁股后头眼巴巴地看着你，躲不开啊。

调查组的事要应付，财务上的账也得规整规整。财务上规整起来可不是说说那么简单。没人查，怎么都好说。大面儿的东西似乎都是按着规定来的，一出一入又有票据，又有单据，好像没什么问题。可只要是稍稍懂财务的人，一查，肯定会出事。不用说别的，就光他请同学吃饭这几年下来也吃了有几万了。学校招待经费每年就那么一点儿，要报销只能从图书经费和办公耗材里走账。反正是他签字，财务上从来都是睁一只眼闭一只眼，只要有票据就行。但畅卫国清楚里面好些票都是他买来的。说起来，现在也真是干什么的都有。卖假发票的就和卖冰棍的一样，哪儿都有。平时，你不细看还真发现不了。他们的眼都特别尖，而且还特别灵，一对眼就能知道你是想买还是不想买。看准了，会缠着你到街的拐角和你交易。买了几次后，一上街他远远一扫就能发现他们。就和特务接头一样，准着呢。那些假票，一查肯定都是问题。他不信他们说的话，什么和真票一样，和真票一样还用偷偷摸摸地卖吗？他清楚，那也就是用来糊弄的。糊弄的东西历来是不能当真的，可细数起来无论哪儿也总还是糊弄的东西多。过去他并不是不清楚这些，是知道没人会详细地查学校的账。在学校那么多年，没试过，也见过了。过去，他当教导处主任的时候就常常从买的办公用品里自己抽些油水出来。当时他就想，他要是校长就好了，就能一个人说了算，就能大笔一挥批钱了。那么多年也没见有谁认真查过学校的账。只要有票就都齐全了。谁知道轮到他就会变成这样。他叹了口气，要是没有张忠在那儿积极跳着脚要求查，兴许不一定能轮到他们。这个张忠啊，都那么多年了还记恨。

假票的事情其实他还是可以解决的。可以抽出来，再去买些真票放进去，这不是件难事。去买办公用品的时候多开些就什么都有了。可是即使换了票，细查起来，账还是对不上。他家里这几年买的几个大件东西走的也都是学校的账。张琴都有些习惯了，一买东西就问他什么什么报啊，那些东西仔细算算也是一笔不少的钱啊。

畅卫国决定和教导主任好好谈谈。平时，他也算优待他，只要是他拿过来报的条子，他基本上都批，从来不细问什么。他还不清楚那里面有多少油水？是该报答他的时候了。能顶的替他稍微顶一顶，能怎么样呢？查完了他还是个教导主任，而且有校长庇护着还能升得更快。他说得很含蓄，只说，自己是个大大咧咧的人，财务上的事，没有很细致地管过，可能有些报销的单据不太合乎规定，让主任帮着看一看，然后能补救的就补救一下，不合理的就拿过来商量弄得合理一些。教导主任一直点着头。畅卫国也点点头继续很和蔼地说：" 还是年轻好啊，趁着年轻能上就赶紧上吧，现在落一步就是一步啊。"说着拍了拍教导主任的肩。教导主任笑得很开心，一直点头说，是啊，是啊。看着他的背影消失在门口，畅卫国有些拿不准了，原以为和他说起这些，教导主任会顺嘴说，让他帮忙提拔的话，那样就什么都好说了，也就好办了。可现在眼看着自己该说的话已经全说了，却并没有换来别人的那句话，有的只是礼貌和客套。这怎么能让他踏实呢？

最近，畅卫国有事儿没事儿总要拿着自己签的合同看一看。学校已经有人在议论了，说逸群小学的校舍也出问题了，听说也是第三工程队盖的。当初盖楼签约的时候教导处的几个人都在，都知道是和红旗签的约。开工改了包工队，他只能和大家说，第三工程队是红旗工程队的分队。好在，盖的是学生教室，不是职工宿舍，所以也没有人总盯着工程查什么。怕张忠添乱，工程还没开始，他就让张忠着手准备学校的教学改革方案。那可是个复杂又繁重的活儿，为的就是让张忠腾不出时间来管工程。为了万无一失，他还特意开了个会。会上宣布工程由他亲自来督促、监察。说，那样才能保证盖楼的进度，保证让学生在明年冬天住上新楼。他没有说保证质量之类的话，他还是心虚。不过，光前面说的话就已经很冠冕堂皇了，还有什么比学生过冬前住进崭新、暖和的新教室更好的事呢？从他拿了钱的那刻起，他就一直小心着，担心着，可还是躲不过这一劫。前几天，人们都说泰山庙小学的校长在监狱里头发突然秃了一大块,不少人都笑着说那是报应,做了亏心事,鬼来叫人了。听人这么说,他只能笑一笑,可心里却像吞了块玻璃似的,一扎一扎地疼。现在,出门只要看见穿警服的他都无端地有些心惊。张琴也明显觉得畅卫国越来越胆小了,稍大一点儿的声音都能突然把他吓一跳。脾气也变得很暴躁,一丁点的小事都能激怒他。张琴知道他烦,可谁又不烦呢?眼看着儿子出国的日期越来越近了,这可是她弄了一年才弄好的事,要是真的因为丈夫的事泡汤了,她可连死都心都有了。本来忙来忙就是为儿子,到头来,却害了儿子。早知道这样就不如不拿那些钱,宁愿借呢!晚上,见畅卫国又拿着合同在那儿看,她有些没好气地说:"就知道看这破合同,你都看几天了。能看出花来?你也是,当初也不和我说清楚,早知道还不如借钱呢?真耽误了儿子出国可怎么办?"

"哼,说得好听。借?你给我借一个试试。现在钱这么紧,有两个还不够自己用呢,还会借给你。和你说清楚管什么用?管屁用!"畅卫国把合同折了折放到衬衣口袋里说。

"你怎么骂人啊?就你明白,明白你现在赶紧让儿子出国啊?告诉你,儿子出不了国,我,我和你没完。"

"滚,都滚,老子已经为你们快死了,还在这儿闹,闹个屁!"畅卫国红着眼睛冲张琴喊着。

他们已经不是第一次这么吵了,最后的结果总是张琴在那儿嘤嘤地哭。一开始,吵完了畅卫国还哄一哄张琴,后来,吵完干脆摔门去外面躲清净,留着张琴一个人在那儿哭。和往常一样,张琴一听畅卫国吼就忍不住哭。见畅卫国坐在床边丝毫没有要劝自己的意思,她就气不打一处来。过去,一直都是畅卫国让着她,现在居然见自己哭成那样连哄都不哄自己。看来,单位的人说得还真对,女人一老就注定会变得悲哀,因为男人永远喜欢的都是漂亮、光鲜的东西。这么一想,张琴开始觉得不值起来。哼,说不定把钱给了几个女人呢!于是,边哭边说:"少在这儿装可怜,谁知道你的钱给了几个女人呢?你说清楚,你到底把钱给了谁了。你说清楚……"畅卫国没料到张琴会说这些,女人真是不可理喻。你说东,她能完全地往西想,而且,还越想越深入。他不耐烦地起身,穿衣服准备出去透透气。见他不说话,张琴更来气了。不说话代表什么,心虚才会不说话。她把他的衣服一把抓住:"你给我说清楚,你是不是真有相好的,你个没良心的,我一辈子全为你们姓畅的搭上了,到头来,你,倒想走,门儿也没有!你究竟给了别人多少钱啊?你给我说清楚。"看着张琴还在胡搅蛮缠,畅卫国的耐心一下子降到了极限,使劲往开甩了一下。谁知道张琴居然就势倒在了地上,一下子号啕大哭起来。畅卫国闭着眼睛喘着粗气,眉头打上了死结。他站在原地正要发作,张琴的哭声被砰的一声门响打断了。见儿子涛涛站在他们面前,她赶紧收敛了哭声,但仍旧坐地上。涛涛带着不耐烦,瞥了他们一眼,别过头用很平静的声音说:"够了,你们别吵了,烦不烦啊?整天吵。你们不烦,楼上楼下也早烦了。谁说我要出国的,告诉你们办了我也不出。别老以为你们为我好,你们是为你们自己好。你们再吵我就搬出去住。"说完也不等他们说话又砰的一声关上了门。

张琴和畅卫国互相看了看,一下子就没了火气,转而变成了伤心和无奈。

"没良心的,忙来忙去还不是为你吗?要不你爸哪至于急成这样!"张琴冲着门嚷嚷了一句,也不知道儿子听见了没有,可畅卫国是听见了。他拉起老婆,撸了把老婆的头发,一句话也说不出来。张琴反过来开始安慰他:"别和孩子一般计较,他懂什么?你最近脾气是越来越不好了。是不是身体不舒服啊?"

畅卫国摇了摇头,很深情地把张琴揽在了怀里。人就是这样,一让就让出一片天地来，天地宽敞了，心也就宽敞了。亲热完，张琴还是绕到老话题上，又问有没有别的女人。现在问，就有些撒娇的味道了。畅卫国笑着不说话，张琴也笑着，手却往他腿上掐了一把。

"说，到底有没有？"

"喂你还喂不过来呢？还到处喂？"

"去你的。"一句去你的，又把畅卫国的身体勾起了情欲，虽然还有些力不从心，但已经有些跃跃欲试的架势了。

6

畅卫国一面掐算着调查组来的日子，一面忙着找关系，想约出调查组的卫主任吃饭。托了好几次都被拒绝了。他没有死心，最后又托了他们的班主任去说，卫主任比他早三届，当年可是班主任的得意门生，这个面子应该给吧。他都想好了，就在班主任家里搞个家宴，多叫几个他们那届的同学。这样卫主任应该不会拒绝。他也不打算多说什么，那么多人也不是说话的场合，先混个脸熟就行。只要认识了，以后再请就好说了。一切都按计划进行着。班主任听畅卫国说要把学生带到她家里聚会，显得很高兴，一定要自己去买菜亲自做。畅卫国的意思是他从外面定菜，那样方便。两个人推托了半天，最后决定菜还是老师亲自做，酒水畅卫国负责。他想，这样也好，自己做菜更有气氛一些。请客那天，从早晨起，天就有些阴阴的。他一直担心下雨。下了雨，泥泞不堪的总是让人心情不爽，心情不爽了看什么自然都不容易顺眼。一切还算不错，雨并没有下起来。吃饭的时候，他把自己安排在卫主任旁边，一直和卫主任套着近乎。卫主任显得很客气，一直不停点头、寒暄，礼貌到了极致。见他这么礼貌，畅卫国的心有些凉了。礼貌代表什么，礼貌除了代表涵养，更多的时候代表的是距离。一和你有礼貌了，也就意味着和你有距离了。这年头，有时候，越骂才越亲呢！畅卫国压着心里的担心，仍是笑着不断和卫主任找话题说，可说来说去也还是很有礼貌。说起孩子，以为能多有些话题。卫主任的一句，"儿孙自有儿孙福"一下子就带过去了。他知道不能谈学校建房的事，那种敏感的话题最好还是单独谈比较好。可看卫主任和他的礼貌程度，不大可能再单独见面了。他强压着落寞吃完了那顿饭。临走，本来还想送送卫主任，最后努力一把。但被卫主任的老同学抢着先拉走了，他知道自己又白忙活了一场。

雨在晚上快睡觉的时候，终于"哗"地下了起来。啪啦啪啦地打着玻璃。张琴没有受任何影响，不一会儿就睡着了，均匀地打着呼噜。畅卫国盯着天花板，脑子毫无秩序地运转着。转了一个多小时后，终于又转到了他自己的事上。看来，他只能碰运气了。那就碰吧，只希望新盖的教学楼不要出现什么问题，再怎么也是用事实说话，楼出了问题那可就是铁的事实了。听着杂乱的雨声，他的心也被敲打得杂乱起来。

雨一连下了三天，畅卫国的心被雨泡得都快起皮了。他每天去学校，连办公室都不进直接要先去新楼那儿看一下。在周围转一圈后，还要去楼里看一看。楼只剩下最后的扫尾工程，只留着一两个工人。这两天下雨，没法开工，工人干脆不来了。整幢楼就听见他一个人的脚步声。倒霉的雨居然也和他过不去。一下起来就没完没了。雨再这么下下去，地基一塌陷楼可就完了。楼里忽地吹来一股阴森森的冷气，他往起缩了缩脖子。出了楼门，也没往开撑伞，就那么缩着脖子往办公室走去。到了办公室，一屁股坐进转椅里，畅卫国有些蔫了。正发愣，教导主任把新补开的发票给他拿过来了，等着他签字。畅卫国假装随意地看了看说，你先签吧。你不是一直管这些吗？你签了我再签。说完又补充说，这也不是什么大事，查也就是走个过场。教导主任几乎一下都没有犹豫，很慢却很肯定地说："畅校长，这几笔钱，我没经手过，数目这么大，我看光我签不太合适吧，要不你再找张校长商量商量？"一听那语气就是经过深思熟虑的。畅卫国抬起头一声不吭地看着教导主任。教导主任也客气地沉默着，丝毫没有要妥协的意思。最后，他只好把手摆了摆让教导主任出去了。畅卫国烦躁地在屋里走了好几圈，又看了看窗户外面。天仍旧阴得很浓稠，没有丝毫要开的意思。办公室像晚上一样，显得有些昏暗。他走过去开了台灯，看着墙上自己的硕大的影子，终于忍不住骂了一句。

　　张忠从省里赶到三中的时候，警察已经用白色的隔离带把人群隔开了。一部分人开始清理楼门口倒塌下来的水泥和石块。张忠发现教学楼的左侧像柔软的面包一样有了很大的弯曲弧度。还没走到楼跟前，教导处的小李先把他的胳膊拉住了。

　　"张校长，畅校长现在还没找到呢！他爱人说昨晚他就没回家。"见张忠没有明白过来，小李又压低声音说："最近，畅校长每天都要去新楼看好几遍。他们说……可能是埋在下面了。"听他这么说，张忠有点紧张了。难怪，刚才电话里那么急地叫他回来。到了楼跟前，人群嗡嗡地嚷嚷着，多数都是骂声。其中，还有警察的喊话声，警察不时要往后赶一赶群众。可没过一会儿，有人又往前拥着到了隔离带那儿。张琴半跪着趴在一边像凉了的面条般软瘫着，没了往日的形状。张忠上前问了几句，张琴看了他一眼没有理他，别过头继续哭自己的。小李向清理组的王队长简单介绍了张忠。王队长点点头，告诉张忠让各班的老师中午放学的时候看管好学生，千万不能让学生到清理现场，要尽快疏散好学生。张忠转身告诉小李去安排，他和王队长一起往已经清理开的楼门口走。刚走到门口就听清理队员喊，发现人了，发现人了，张琴听见喊，也起身往里就跑。

昨晚，畅卫国一直到十点还没回家，张琴就有些急，打电话一直无法接通，问了他父母也说没回去。想问学校的人，又怕被别人笑话。雨一直也没有停，她就那么一直等着。熬到天亮，等涛涛吃了早饭，赶紧就往三中赶。远远地，见学校那儿围着一大堆人，她还觉得挺奇怪，又不是六一，按理说早晨不会有活动啊。学校的老师见她过来，有认识她的，还和她打了招呼，顺便问，畅校长呢？张琴矜持地笑了笑没有说话，心想，她可得沉住气，不能随随便便地和谁都说畅卫国晚上没回家，那样影响可不好。教导处的几个人见她过来，也赶紧上来问她，校长呢？她还是笑了笑，笑完了把小李拉过一边去悄声问："你没见你们校长啊？"

小李摇摇头。

"畅校长昨晚没回去吗？"张琴刚要点头，抬了一下眼，透过围着的人群才看见新教学楼有一角塌陷了。一下子她也塌了。这些天畅卫国每天都和她念叨学校的新楼，她知道他每天都要去新楼看好几遍。小李说楼是晚上塌陷的，大概八九点左右。门房最早听到了声音，还以为是打雷呢？早晨才看见已经塌了。他们一直给校长打电话打不通。小李最后的半句话淹没在了嘈杂的人声里。其实看见张琴木然的脸，大家也隐约清楚了是怎么回事。只能叫副校长回来了，这么大的事单位领导不能不在啊。小李给张忠打电话的时候，只是说找不到畅校长，没敢说人已经埋在了下面。见抬出了人，早就准备好的医务队赶紧把担架抬了过去。又一阵儿的乱哄哄。畅卫国身上、脸上都是灰，整个人好像失去知觉一样，没有任何动静。张琴使劲叫着他的名字，一样还是没有任何反应。医生让人把哭哭啼啼的张琴从畅卫国身上拉开，对张琴说，伤者只是昏迷了，伤者还要去医院做进一步的诊断。张琴使劲点点头。这时候，张忠走了过来，本来是想安慰她几句的。但张琴一看到他，就拉下了脸，没等他说完扭身走了。

张忠虽然恨畅卫国，但绝不至于希望他死。看见他这样，心里积压多年的恨也似乎一下子找到了出口，汩汩地开始流走了。剩下的只是些年华历尽无奈罢了。他和清理队的王队长一起在医院等着畅卫国的检查结果。张琴也在。但张琴的眼睛连看都不愿意往他这儿看一眼。过了一会儿医生出来了，话说得很平静，有些像自言自语："病人头部受到撞击，初步诊断有脑震荡，可能会出现脑震荡的功能性精神障碍。左腿大腿处软组织多处损伤，胳膊以及脸上六处皮外伤。再过几分钟病人就会醒了。"医生说完，把手揣在白大褂里，往病房走去。张琴赶紧跟上，想问得更清楚些。见她跟在身边，医生停留下来说："有什么不明白您可以看病例报告。"张琴讨好地笑着："大夫，那他有事儿吗？"医生仍用很平静的语调说："我和您已经说过了，你有什么不清楚的一会儿可以详细看病例。我还有工作，不能一直和您重复说这些。"说完，往前欠了一下身子，很礼貌地离开了。张琴周围的空气像医生的脸一样冷得不能再冷。

张琴、张忠和清理组的王队长几乎同时出现在了病房门口。畅卫国的眼睛慢慢睁开了，首先看到了张忠，接着看到了穿着警服的王队长。谁都没有反应过来，他突然大叫了一声，然后就呵呵地笑起来，声音大极了。而且一下子从床上跳了下来，嘻嘻笑着走到张忠跟前说："嘻嘻，你没抄我的，你没抄我的。我是骗他们的。嘘，别告诉他们。你看我儿子考上哈佛了。"说着从口袋里拿出了一张纸放在张忠手上。张忠还没看清楚，畅卫国又拿了过去，放在张琴手上。

"你也看看，嘻嘻，好吧。儿子考上了。"说着居然扭秧歌似的扭了起来。张琴看了一眼就知道畅卫国拿的是他自己签的那张合同，张琴用手捂着脸哭了。畅卫国见张琴哭，停止了跳，把身子往后缩了缩，正好碰到了王队长身上，一回身，吓得脸一下子白了，摆了摆手说:"不要抓我,我儿子考上了。等他走了再抓我。就等几天他就走了。求求你……"说着像孩子一样坐到地上开始呜呜大哭。

九月的太阳缓缓照在屋子里。畅卫国眯着眼睛看着手里的纸,纸已经有些破烂了。见有人过来,他赶紧把人拉过来看他的纸:"快看,我儿子的通知书,哈佛的。嘻嘻。"那个人拿起来仔细看了看很认真地说:"没盖章啊好像。别怕,我最有钱了,回头我给你买一个。你看我有多少钱。"说着那个人从兜里掏出一叠卫生纸,小心地放在了畅卫国手里。

底　色

　　卫主任第一眼看见吴伟就笑眯眯的，显得很和蔼可亲。卫主任头发虽然掉得差不多了，但一看就是讲究的人，梳的还是有很有章法的。一边耳朵上的头发特意留得多了些，往中间一绺落下来正好和另一个耳朵的头发打齐。这样一来，就遮盖了中间头发稀少的那一块，比戴假发显得真实。这样的用心足看得出卫主任是个多么细心的人。吴伟不由生出了几分佩服来，要是他一定想不出这样的发式，一定是任其发展，破罐子破摔。卫主任常说的一句话是：一要用心，二要细心。看来卫主任真的是这样做的。有句话这么说的，榜样的力量是无穷的。这句话真是太对了。吴伟虽然不能像卫主任那样梳头发，但卫主任的精神却是需要认真学习的。不光是学习，还要领会，还要融会贯通，最重要的是——吃透。

　　上班半年了，卫主任不但处处都照顾着吴伟，还一有空就和吴伟唠家常，而且给他介绍了一个女孩子，叫张翔红。卫主任念这个名字的时候，总是念得像张想飞，不知道为什么，一提飞他总是立刻就会想起赵玲玲说过的话。

赵玲玲想像鸟一样飞起来的念头最初萌发于一个早晨。那天不知道为什么她居然起早了，站在四楼过道的阳台上，边呼吸边张开了双臂，最后还把头就势往后仰了过去。那一瞬间，赵玲玲有了想飞的冲动，觉得自己往下一扑就能飘飘然地飞起来。再以后，当然就变成傍晚了——因为她后来再也没能像那天一样破天荒地早起。一有空她就会站在阳台那儿闭着眼睛试着把身体往前倾。不过，倒是从来没有掉下去过。学校阳台的栏杆有一米五那么高。不用说往前倾不会掉下去，就是故意往下跳，也需要有一定的技巧才能做得到。学校的想法是好的，怕那些想不开的爱情男女，有个什么闪失。但事情往往是功夫不负有心人，想要跳的，千方百计总是能跳下去。赵玲玲想要飞的念头可以说是一日比一日强烈，她就想感觉一下。哪怕就一下，不用两下，更不是三下。但，很难。因为她要的飞，是和鸟一样的飞。世上不缺的是"像"，但说到"是"，却没有那么好找。就和吴伟有一天心血来潮想写诗，把横着写的字，都放成了竖的。看起来，是很有些诗的样子了，也都一个个站得很挺括。但无论是谁看了都会觉得那离真正的诗还有很远的距离，只能说，和诗长得有些像，但没有人能说那就是诗。他们班的小小模仿别人说话简直是惟妙惟肖，就和真的一样。无论谁听了都会说，像，真像，真是太像了。但没人说，那就是谁谁。你再学得像也就是像而已，离"是"总还是有距离的，"是"和"像"常常手拉手肩并肩并排坐着，有时候，你很容易就能分出他们谁是谁来。但有时候，你完全会被他们搞得头昏脑涨，到最后，还拉错了手。所以赵玲玲的想法等于是没办法实现，就和白想一个样。

但，人就是这样。想，就是想了，很难再回到从前没有想的时候。看着有些心不在焉的赵玲玲，吴伟熟练地摸着她的屁股哄着说，行啊，不就是飞吗，等我攒了钱，我们坐飞机在天上好好地飞。吴伟的话音还没落彻底，赵玲玲就撇开嘴了。什么呀，你懂不懂啊，坐飞机那算飞吗？充其量也就是在空中坐着，一群人捂在那么一个铁盒子里能感觉到什么？你站在阳台上闭着眼睛真的没有那种感觉？说着赵玲玲眼睛水汪汪地看着吴伟。为了表示和这个女人有一样的感觉，吴伟立刻坐了起来仿佛很认真地说："怎么没有？我是不愿意说。可一个大男人傻站着再张开双臂，看着和疯子差不多。你就不一样了，往那儿一站，就是一道风景。再眯着眼睛，和泰坦尼克里的露茜似的，谁看了都会想入非非。"很显然这些话赵玲玲听了极其受用，飞了吴伟一眼，嘴里边说，是吗？然后把头靠在吴伟怀里。吴伟自己也笑了，当然是了，你比她还好看，你这儿，还有这儿。说着用手往深了摸去，直接去了他最想去的地方。

其实吴伟说的也不全是假话，赵玲玲在二十二岁那年变成了真正意义上的一朵花——鲜艳而且水灵，大老远就能让人闻着香味儿。一切像春天来了似的变得藏也藏不住，谁见了都忍不住要瞥上一眼。吴伟追了快一年，怎么都不得要领，好像两个人就是革命同志一样的关系，这怎么能行呢？即使是革命也需要接班人啊。终于，吴伟破费了一星期的饭钱，借到了一本当时很流行的名著，又求着同宿舍的人都走得远远地给他腾了地方。赵玲玲很高兴地来了。刚捧起名著，吴伟就笑了笑指着文章的开头说："真好，写得真好。是吧？"

"哦，是啊，好像很多文章都用过这种开头吧，原来都是从这儿抄的啊？"赵玲玲的眼里充满了发现秘密后的快乐。

"你知道，我看到这个想起了什么吗？"吴伟觉得自己的语气像极了老师的口气，充满了启发性。和他想象的完全一样，赵玲玲把书放在了腿上，眼睛布满求知精神地看着他。这在无形中大大地鼓励了他。他咽了口唾沫继续说:"我一看开头,就不由得想起了我很多年的以前。"

　　那是个阳光很好的午后,吴伟蜷缩在放杂物的阁楼上心潮起伏地读着手抄本上句子,很快,他就呼吸急促了。平息下来,看见书上也溅了几点子,就顺手往墙上抹了几下。想起刚才前面看到几乎每页都痕迹斑斑的情形,他突然笑了,笑得都有些猥琐。随后,又摇着头,看了看自己的手,很惊奇自己究竟是怎么弄的,还真有些无师自通的样子。站起来的时候,阳光已经变得有些白花花的,他不由得又来了一次。这次显然很有准备,书上一滴都没溅。走的时候,他用脚来回把地上的那摊东西搓了几下,又站远看了看,才放心地上学去了。那天下午,他趁着下课大家上厕所的工夫,偷偷在胖妞的凳子上写了几个字。上课铃响了。响声在吴伟听来比平时要刺耳得多,心里扑通扑通地狂跳,但还是不停安慰自己,甚至都想好了对答的词。胖妞满面春风地跑进来,一屁股沉沉地坐了下去,而且还左右扭了几下。吴伟那个高兴啊,不但心落到了肚子里,更高兴的是胖妞的屁股坐在了他写的字上。他又笑了。这是真实的情形,但吴伟和赵玲玲说的是另外一番样子。他说:"那是个阳光很好的午后,我蜷缩在我家放杂物的阁楼上心潮起伏地看《茶花女》。我看得都快哭了。感人啊,你知道名著之所以能广为流传,就是因为写得实在是太好了,太感人了。我当时就想真的有那么美的女人吗?"吴伟说着看了看赵玲玲,女人的眼睛最能看出她的态度。此时的赵玲玲眼睛亮亮的,满是对他的欣赏,那么小就看名著了,不简单啊。吴伟有了一定把握,继续说:"我就想,有那么美的女人吗?能让男人见了就忘不了,见了你,我知道,真的有,有那种女人。"赵玲玲的头有些低了,脸上挂上了红色。吴伟又说,你知道吗?你这样就更好看了,简直让我都不敢看了。见赵玲玲没有动静,吴伟一下子就搂着亲了过去。开始还半推着,渐渐的两个人就像磁铁一样都往对方的身体上靠。万事开头难啊。有了开始,后来的一切变得有些顺理成章,甚至都显得有些太容易了。事实上很多年以后,吴伟总是能想起他和她的最初说的那些话,当时好像充满了调侃,事后,不经意的时候却还是看到了自己的真心。但在当时,吴伟自己并不觉得,时常想起的都是些不甘心。他第一次和赵玲玲在一起没有看到红得像花一样的鲜血,他没有问,她也没有说。好像无形中达成了某种默契。最让吴伟沮丧的还不是这些,是她的有经验。一个人的经验总是在无形中衬托着另一个人无知。男人,怎么能自己在别人面前显得没有经验,即使没有也要装着有才行。吴伟虽然还没有彻底长成一个男人,但男人所有的本质已经完全具备了。他和赵玲玲在一起变得有些发狠,总是要筋疲力尽才肯停下来。但好时间毕竟还是好时间,更多的还是美妙。两个人在一起的时间充斥着的只有彼此,一切都变得很缠绵,她就是个女人,而他也就只是个男人。吴伟已经不用那么酸溜溜地说话,诗当然早就不写了。有了更好的表达方式,吴伟彻底地丢弃了文字这个最初的求爱工具。

赵玲玲还是时常说起想飞的梦想。吴伟照例还是安慰。有一次说起了蹦极跳,赵玲玲没有立刻否掉,而是想了想说:"要真没办法了,就只能那样了。"

"行,我抱着你一块往下跳。"吴伟晃了晃赵玲玲的肩说。

"那怎么行啊,那还是飞吗?你见过鸟让人抱着飞啊。我要自己跳。"

"行,当然行,让你一个人跳一回。然后,我再抱着你跳一回,就当比翼双飞了,呵呵。"说完用嘴把赵玲玲的嘴堵上了,剩下的还没说的话一会儿就消化在了两个人互相的抚摸里。

那时候,吴伟还有一个外号,叫枪手。宿舍的人给他起的,并且后来还叫得挺响亮。那是和赵玲玲好了以后,宿舍的人老缠着让他讲过程。讲来讲去的,就讲多了。到后来,根本都不用别人缠,一熄灯他主动就会开始说。说得比实际还要精彩,还要销魂,还要让人受不了。大家羡慕之余也免不了有些佩服。吴伟是宿舍里第一个结束单身的人。在大家还都苦叹几亿儿女东流去,不是你爹不要你,而是你娘不要你的时候,人家却已经可以弹无虚发了。所以给他起了个外号枪手。后来快毕业的时候,在大家不懈的努力之下,宿舍又多了几个枪手。大家没事就会交流一下经验,技术自然也是越来越娴熟。对于枪手这个外号,局外人并不清楚是怎么回事,听到宿舍的人叫,自然也就那么叫他,还总是很大声地叫。开始他还有些不好意思,渐渐地也就习惯了。

快毕业的时候,他和赵玲玲终于攒了钱一起去蹦极。他还特意和别人借了照相机,对好了焦距站在底下,就等着拍女友飞起的美丽图片。等了足够长的时间,就看见赵玲玲忽地一下子就下来了,吴伟不停地按快门狂拍了一阵。绳子快到底的时候,又弹上去一截,然后又下来,又弹上去。但远远看起来,赵玲玲完全不像一只鸟在飞,倒像被人从空中抛下的一段木头,既没有张开双臂也没有大声地喊叫,只是随着绳子做着机械地抖动。

赵玲玲从绳子上解下来,已经完全不会动了,脸上满是水一样的液体,因为从嘴角到整个脸都是,所以没人知道那究竟是泪还是口水。吴伟的大脑在送赵玲玲去医院的路上逐渐清醒,他第一个想到的居然是赵玲玲的父母,他觉得他们一定饶不了他。他是无论怎样也逃不脱了……还好,赵玲玲在医院很快就醒过来了。事后,他也反省过自己的自私,为什么不是先想赵玲玲呢?想的都是自己该怎么办。好像自己真的要置身事外似的。不会了,再有下次一定不会这样了,吴伟在心里对自己说。赵玲玲虽然醒了却暂时失去了听力。医生说只是惊吓导致的暂时机能障碍，很快就能恢复了，但要注意养，否则容易有后遗症。永远都是好事不出门，坏事传千里。本来，吴伟还打算在学校里帮赵玲玲好好调养，自己也尽尽心，等好了再让她回家去住一段时间。医生都说了，很快就能恢复啊。但没出三天他们系里乃至全校都知道了，而且传得还极其悬乎，连版本都有好几个。有的传赵玲玲已经成植物人了，还有的说他们俩儿本来就是去殉情的，更悬乎的说是他故意做了手脚才出现了今天的局面。如果他自己不是当事人，连自己都不知道该信哪个。就是没有人说，是赵玲玲想要飞，他为了宠她才跳的。最后，有热心的同学不知怎么联系到了赵玲玲的父母，把她接回了家。他更没有想到几年以后，他成了这个学校举反例子的典范。领导和老师总是说，不好好学习，总是谈恋爱，谈下去是没有好结果的，你看上几届一个叫吴伟的学生，都把女朋友谈得聋了。也有的时候说，让你们听话不要乱跑，就是不听，啊，瞧，上一届的那谁谁乱跑得把自己伤了不说，还把女朋友的耳朵弄聋了。要好好在学校里待着，这才是最安全的。赵玲玲的母亲来接赵玲玲的时候，眼睛狠狠盯着吴伟，吴伟脸上都能挤出一碗水来。虽然他解释过了，说是她想要飞他才带她去的。但，事情的结果往往能决定事情的初衷。到最后，连他自己都有些说不下去了。再说，就好像他不负责似的。其实他就是想说清楚原因。赵玲玲的父母倒并没有直接骂他，反而是不停地说赵玲玲，没脑子啦，没心眼啦，以前好好的个人，怎么突然变成了这样，瞎想些什么，还要飞，飞到精神病院吧。说一下就瞟一下吴伟，再说一下再瞟一下吴伟。不明说，可在场的人谁都能听出来是说谁，甚至比明说还要厉害。明说，好歹还承认有你这个人存在，只要存在就代表了一种认可。哪怕是错了呢？只要你存在就还有改正的机会。但，人家根本就不正眼看你，更不正面说你，你好像就不存在一样。别说改正了,你根本就和一只爬过来的臭虫一样,没有说得必要,有的只是讨厌。临走的时候,吴伟还是忍着难过和赵玲玲说了句,好好养病啊,有空我去看你。虽然听不到他说什么,赵玲玲还是不停地点头,却被她妈一把拽了过去。赵玲玲的母亲连看都不看吴伟却和别的同学告了别,一脸的亲切,甚至都有些慈祥了。还说,让他们有空去家里玩。那个他们当然不包括吴伟,人家的眼睛明确地把他排除在了外头。吴伟的脸一瞬间彻底找不到地方可放了。别人对你的冷淡固然让你难受,但别人同时对另一些人做出的热情会让你更加无地自容。看你就是一脸的嫌弃,憎恶,看别人却满是欣赏,愉悦。这之间连转换都没有。一衬托,连你自己都似乎看到了自己不好的嘴脸,由不得要跟着别人一起讨厌自己。但吴伟还不能立刻就走掉,那样好像他就更不对了。

他后来没去看赵玲玲,赵玲玲也没有再来学校。本来就快毕业了,大家在学校不过是混时间打发日子。也有的趁着最后想要做个枪手。但他还是想她。有时候是脑子里想,但更多的时候是身体想。手里,嘴里,身体里到处都空荡荡的,像被人取走了某些器官,难受得让他有些抓狂。有时不免生出些恨来,但细想又觉得恨不着。赵玲玲给他打过电话,但,说得不欢而散。吴伟不得不承认每个人都是和有血缘关系的人会更亲一些。她妈的态度,她也看见了。但他一说,她就会辩解而且还不高兴,两个人索性完全闹翻了。他很庆幸,就要毕业了,要不他可真不知道该怎么熬下去。有时候,也会生出些奇怪的想法,觉得这也没有什么不好。赵玲玲那样的女人,不是那么好把握的。那样的女人,就和玻璃瓶里彩色的液体一样,有一点点光都会流光溢彩,谁看了都容易心动,看着就让人不放心。真的有了结果,未必见的就好。但有时候,还会想起她的好来,缠起人来就和蛇一样,妖媚得让人忍不住要卖力地迎合她,有时也很孩子气,又让人心疼。

吴伟不断地说服自己，又不断地推翻自己的想法。终于要离校了，大家都喝了个烂醉，互相说，互相骂，都说他命好。他父亲打来电话说，他回去就能去税务局报到了，还一再地叮嘱他别丢了钱，别丢了东西。真是的，还当他是孩子啊。

事情往往就是这样，怕什么就来什么，吴伟还真的把东西丢了。其实吴伟在那段时间总有些魂不守舍的，在学校里也常常会丢这个落那个，只是他不注意罢了。在火车上，和平时一样多少有些恍惚，由不得要乱想，心根本就没有顺便带在身上。回了家他爸要看他的毕业证，他翻遍了都没找着，才知道丢了。一起丢了的还有身份证和推荐表。真是的，他想不通小偷偷那些有什么用。钱好好的还在里兜放着，却把这些东西丢了。原来只想着别丢了钱，特意把钱装在了衣服夹层里，却没想着毕业证，只觉得别人拿它也没用。真是倒霉啊。家里骂够了，开始吃饭。一吃饭就忍不住又骂他。好容易停了，有人来看他，于是又想起来接着骂他。也不能怪家里人说，什么都说好了，就等他拿着毕业证和推荐表去报到，他却偏偏把这两样全弄丢了。只能灰头土脸蜷在家里，等家里人骂。骂归骂其实还是急。现在的指标可是不等人，再等下去，没准就黄了。他们又不是真正有钱、有权的人，有人等着巴结。一切还不是说变就变、说没就没了。这些天，他很少想起赵玲玲。即使偶尔从脑子里过一下，也不过是些埋怨罢了，难怪人说，女人是祸水。还真是祸水。吴伟的心从那时起才算真的落了地，实打实地回到了身上。开始认真地想该怎么办。补的话最快也得三个多月。吴伟看着父亲，小心翼翼地试探着问："要不就和单位说一声，就说，丢了。反正，是丢了又不是没有。等补上了再给。"父亲这几天也骂疲了，只是抽烟抽得很凶，白了他一眼说："说你没脑子还真没脑子。一说，你还怕没人出来搅和啊。还补个屁啊，不等你补上别人早就钻了空子了。"吴伟把要说的话先咽到了肚子里，停了停还是忍不住说了："要不，先办个假的？"说了，又心虚地解释："等补了再换回来，反正，又不是骗人家。"说完眼巴巴地看着父亲。出乎他的意料，这次父亲没有再说他，而是起身进了里屋躺下了。一顿饭的工夫父亲还是决定了。

  决定了自然就开始紧锣密鼓地进行。虽然满大街贴的都是办证的，但真的要办却也没有那么容易。一个个和地下党似的，还挺谨慎。问了又问，试了又试，好容易才接上了头。见面时，吴伟真是大开眼界，什么清华的，北大的，南校的，哈佛的。比起来，他上的财大好像根本就不算个大学。对于价格，办证的说起来一套一套的："看你要什么货吧，分A货B货，至于C货我们一般不做，那都是些小规模的才做。你要了也没法用。"看吴伟很茫然，中间的大个子拍了拍他的肩继续说："第一次哈，我告诉你，A货就是和真的一个样，连神仙也看不出是假的，但做起来麻烦，需要五千。B货呢也将就能用，但是行家还是能看出来，给两千就能给你做。就看你要什么的了。什么都是一文价钱一文货嘛。我们是最讲信誉的，绝不会骗你。要不这样，我呢，给你打个折扣，九折做A货。"

  虽然吴伟自己也觉得现在拿的确实和他丢的毕业证一模一样，但还是忍不住会心慌。身份证家里人都见过，都说像，甚至说，就是他原来那个。那些人真是很讲信誉，没有骗他。第一眼见那些东西，吴伟也吓了一跳，觉得好像是别人把他丢的东西还给他一样，没有一点不像。看着办公室的人仔细地看他的毕业证还有推荐信，他觉得自己像小偷一样僵住了，就等着人来揭穿他。旁边的人也凑过来看了。时间完全没有往前走的意思，他想，完了，一定是发现什么了。他该怎么说呢？就照实说吧。但该怎么说这证呢？说不定还会告发他。桌子对面的人终于抬起头看了看他说话了："哦，你去隔壁那个家吧，先跟着卫主任干干。"说完脸上还挤出些笑容。看吴伟继续站着不动，又看了看旁边的人说，人还挺腼腆的。

吴伟在走廊里上了厕所，才去的另一个办公室。在厕所里，他长长地嘘了口气，使劲往池子里尿，然后，终于有了些轻松的感觉。本来就是他自己的啊，又没有拿别人的来顶。他心虚什么，真是的。

最初，其实也想过补那些证。可他父亲也问过了，要补证必须先在报上挂失才行。那样一来，不是明摆着告别人当初拿的是假的吗？总是多一事不如少一事吧。时间一天一天地过，吴伟自己也就渐渐地淡忘了办假证这回事。而且中间还拿着去办职称，也都顺利地办了，没有人起过任何疑心。有时候，吴伟甚至想，说不定就是他丢的那个，根本就是真的。一切不过是自己吓自己罢了。

张翔红真的就和卫主任所说的一样，纯得要命。认识那么久了连脸都不让吴伟亲，吴伟试了好几次都被张翔红低着头躲开了。两个人在一起顶多也就拉拉手。张翔红长得还算好看，但也就只能说好看，漂亮倒是谈不上。二十出头的女人，只要五官端正些，皮肤都紧紧地绷在那儿，细看，怎么都会觉得好看。但，说起漂亮却是另外一回事。真正漂亮的女人，多少都会有些邪气。就是自己不邪，男人看着也会无形中生出些妖气来。张翔红却是那种走到哪里都不扎眼的人，一看就是个单纯的女孩儿。而且还显得本分，让人觉得放心。不只让男人放心，也让女人放心。这么一个让人放心的人，真是打着灯笼也难找啊。这是卫主任的原话。现在看来，还真的有些道理。卫主任当时对吴伟说："小吴啊，找对象，不能光看表面。首先，要能对你好，是不是？长得再漂亮对你不好，那有什么用？你娶个老婆又不是为了摆着看。是不是？而且，最重要的还要放心。你说，真找个人见人爱的，你看得住吗？每天提心吊胆的活个什么意思。是不是？小张啊，知根知底的，和我还是老乡。她的工作还是我给她找的。你说，她要不好，我能给她找工作吗？这么一个让人放心的人，你提着灯笼也难找啊。"吴伟不住地点头，顺手给卫主任点了支烟。卫主任吸了口吐着烟雾继续说："小吴啊，咱们有缘啊，我一看见你就觉得你是不错的人。我没有看错人啊。所以我才会把小张介绍给你，这样我也放心。是不是？再过半年你就够提副科的年限了，你放心吧，有我呢，咱们就快成一家人了。哈哈。"说完把手按到吴伟的肩膀上，用力地拍了拍。仿佛武功高深的人传授内功一样。

卫主任对张翔红就和对自己的子女一样，不断地买这买那，还时不时地会和她吃饭。张翔红也常常跑来财务科看卫主任。一切都越来越让吴伟觉得卫主任是个好人。时间一长，对张翔红也就渐渐多了些好感。单纯是多么难得啊，在这么一个复杂的社会里，能保持单纯，对于一个女人是多么的不容易。慢慢处下来，好像还真处出了感情。看着怀里这么个紧绷的女人，吴伟又和以前一样不能忍了。但张翔红总是能在最后的关头守住自己，还总是害羞地说要等结婚再……吴伟难受但也高兴，这更说明了女朋友是个纯洁的人。但还是有闲话传到了他耳朵里，说张翔红和卫主任好了都快五年了。还说，张翔红不是个简单的人。说的人并不知道吴伟和张翔红是什么关系，一边说，还一边猥琐地笑。吴伟当下就翻脸了。出了门，却还是隐隐觉得不舒服。晚上跑去找张翔红问，张翔红沉默了一会儿，慢慢当着吴伟的面解开了衣服。

结婚那天，卫主任喝了很多的酒，一直不停地笑，看得出来他很高兴。吴伟自己也很高兴。他忘不了那天床上红得像花一样的血和张翔红委屈的泪，这个人现在终于成了他纯洁的妻。那些说闲话的人也都呵呵笑着向他表示祝贺，他不在乎他们怎么想。事实都摆在那儿，想说什么就说什么吧。其实别人看见这样的结果已经都不再说什么了,即使说什么也不可能再让他听见了。

晚上,张翔红开始缠着吴伟问,自己的身材怎么样啦,还有哪里不好啦。吴伟多有哄女人的经验啊,连连说,全好,全都好,没什么不好。但架不住张翔红天天问,时时地说,老虎还有打盹的时候,何况是吴伟。有一回,两个人说着说着就都说了。说,就是胸和屁股有点小,说完吴伟立刻后悔了。但看张翔红仍旧呵呵笑着,也就没太多想。第二天,吴伟抱着老婆想亲热,张翔红却躲了,躲来躲去地不让吴伟碰,吴伟越发上了劲,把她按了过来,刚腾开手想往下摸,张翔红一扭身子,又躲开了。吴伟喘着气,有些不高兴地问,干吗?怎么了你,不舒服?张翔红晃着腿,嘴抿着从嘴缝里说,干吗找我啊,你去找胸大屁股大的嘛。吴伟才知道是自己昨天说错了话,赶紧哄着说,哪里啊,谁说小了,是刚刚好,太大了就蠢了,也就松了。谁会喜欢呢?反正,我不喜欢。说得张翔红笑了才算平息了这件事。看来,男人最容易说错话的地方还不是在酒桌上,而是在床上。在酒桌上说错了大不了不承认,但在床上说错了话,你却再也不能让自己上床了。吴伟算是清楚了女人的口是心非,总是缠着你让你说真话,说缺点,但真说了,立刻就会翻脸。她们要听的话从来都在自己的肚子里早就想好了。问你的时候,不过是希望你照着她想的去说罢了。都一个样,就是喜欢听好听的。多强硬的女人哄两下也就软了。

一年下来,张翔红对吴伟已经没有了最初的羞涩,甚至渐渐地多了些强悍的感觉。总是不断地说,吴伟不够上进,不会来事。还总是拿卫主任来比。卫主任还是常常会来他家坐一坐,无论他在不在,都一样来。来就来吧,每回还总是不断地给张翔红带些东西,不是零食,就是衣服。前些天出差回来还送了一条链子给张翔红,这多少会让他有些不快,别人的有能耐越衬托得他没有了本事。好像连老婆也养不了似的。他黑着脸,张翔红却高兴得就和山鸡似的。戴着链子晃来晃去,还不停地让他看。最后,他火了,把杯子摔在了地上。"啪"的一声响让张翔红暂时停了下来,但接着张翔红却更大声地哭了,边哭边说:"怎么了,啊就知道欺负我……有本事,你去和别人摔啊,我做了什么啊,遭这样的罪……是谁要娶我的啊……现在就和我闹,不想过了就说啊。摔什么啊,你摔我呢还是摔别人呢?呜呜……我怎么过啊……"真不知道她是怎么能做到的,边哭边说也不岔气,一字一字还挺清楚,声音大得就和喇叭一样。怕被人笑话,吴伟赶紧开始哄,一哄张翔红的声音更大了,又是推,又是踢,直到闹得吴伟筋疲力尽才算结束。这还不算,第二天,卫主任很快知道了这件事,有些语重心长地和他说:"小吴啊,我是看着你一步一步走过来的,你说我对你怎么样啊?"

"挺好,挺好啊。"吴伟知道肯定是老婆嚼了舌头,什么东西,谁和谁是一家人啊,真是晦气,但表面上还是继续带着笑。

"小吴啊,我呢,是真心地想对你们好。我买东西呢也是希望你们好。我看见你们就和看见我自己的孩子一样,你说,我这么做图什么,我一个快要退休的人,难道要指望着让你们报答吗?是不是?我只想对你们好些,看着你有出息,我也就放心了。"说着眼睛有了湿润的迹象。

吴伟不断地点着头,但心里却怎么也感动不起来。卫主任走时仍不忘拍了拍吴伟的肩膀,吴伟顿时觉得沉重了许多,就和肩膀上又多了一条手臂似的。夜里,听着张翔红沉重的鼻息声,吴伟心里第一次涌出了厌恶的水泡,不由得又想起了赵玲玲的好。没和她在一起时觉得她挺厉害的,其实真的在一起了,才知道她就是一只小动物,无非是和他撒娇罢了,还总是瞎想一些莫名其妙的东西。男人不怕女人和他撒娇,越撒娇才越显得他有能力。但现在,张翔红这么一闹腾,把吴伟的那点心气儿全给磨没了。吴伟不知道一个单纯又简单的女人怎么好好的就能变成这个样子，和以前简直就是两个人。这就是卫主任说得放心吗？现在吴伟对卫主任已经产生了根本的不信任。就这么一个女人，却偏偏说得那样好，还口口声声说是为了自己好。自己现在又算是什么。应该好好想想了，也许还不晚。在吴伟有些想通的时候，他妈来电话了，问他，张翔红怀孕了怎么还要吵架，那样对孩子多不好啊，都快两年了好容易怀上，怎么就不能小心些。现在就一个，要是不好了，该怎么办啊。还劝他要忍忍，说女人怀孕就得让着，让她气顺，这样才能对孩子好。挂了电话，吴伟坐在沙发上半天都没反应，但还是有些高兴。也许真是母亲说的，怀孕的缘故才变成这样。孩子，真是很奇妙，吴伟说不清自己在想什么。心里好像痒痒的。

　　为了让张翔红高兴，吴伟决定听她的，去考会计师。张翔红也格外高兴，总是摸着还没有起来的肚子，自言自语。女人怀孕，一切变得有些不正常，但一切却又正常了。星期六吴伟早早就去了考试中心，没想到还是晚了，报名的人黑压压的一片，看着就让人晕。轮到他的时候，他的腿已经有些软了。进了门，递过去早就填好的表格和毕业证，吴伟往后扩了扩肩膀。桌子对面的女人不年轻了，戴一副大眼镜，整个脸框去了三分之一。收了一上午表，看得出已经没有什么耐心了。正琢磨呢，听见桌子对面的人叫："谁是吴伟？"

　　"我啊。"吴伟有些纳闷地看着对面戴眼镜的老女人。

　　"你没有资格报考，这个毕业证是假的。"

　　"你才是假的呢，有病啊你，你去调查啊，老子就是那儿毕业的。你个老女人。"吴伟直着脖子喊，如果没有桌子挡着，他都能把那个女人给砸扁了。女人往上推了推眼镜说："别和我喊，出去！下星期一去派出所拿你的证。下一个……"说完连看也不看吴伟，继续拿别人的表往电脑里录。吴伟往出走,外面排队的人继续为他鸣不平,一会就说成了一片。

　　吴伟刚才和人叫喊,是真生气了,不是装的。他压根已经完全忘了有假证那么一回事。要不也不会显得那么理直气壮。但说完就想起来了,已经晚了。走在路上腿比刚才还要绵软。单位要知道该怎么办啊。回了家,看着张翔红吃东西乐滋滋的样子,把要说的话又咽了回去。但他的脸色还是让张翔红觉出了不对劲,一直问,吴伟叹口气说了,其实他本来也不是能沉住气的人。张翔红显得很镇定,问他是不是真的有毕业证。吴伟说:"当然了,我就是那儿毕业的,那儿还有我的档案呢。"张翔红想了想笑了:"那你还怕什么,大不了查呗,你就一口咬定是从学校拿的。他们不能拿你怎么样。谁会有真的还做个假的啊。你不承认就行了。单位,你就更别担心了。有卫主任呢,我明天就和他说。啊,别瞎想了。"吴伟终于有些踏实了,在床上搂着妻子,觉得没有比老婆更好的人了,处处都为他着想,真的是让他太放心了,别的什么都靠不住。什么 A 货,到头来还是假的。想着老婆的好,就忍不住越看越觉得顺眼,心里又开始胀胀的。摸了一会儿,张翔红也有了呻吟,刚想做,张翔红却躲了,说,医生说了,三四个月最危险了,最好别做。吴伟再硬也硬不过医生去,但胀起的身体却有些不听话。忍不住又去捏老婆的胸,正捏着,张翔红叫开了。一听就不是舒服的叫声。吴伟停了下来,张翔红还叫个不停,嘴里都开始喘粗气了。这下吴伟慌了。

　　在医院里,吴伟就和一只骡子一样溜来溜去,怎么等也等不到医生出来。好容易等着出来,立刻就要往里面走,却被医生叫住了:"先别进去,她睡着了。你先过来一下。"医生并没有停下和他说话,而是边走边说很快就到了办公室,他像被医生用绳子牵着一样也来到了办公室。他知道自己真是太不小心了,怎么就那么骚啊,一点也管不住自己。果然医生说:"你们真是太不小心了。怎么就不注意呢?"吴伟不住地点头,一副认错的态度。

"堕那么多次胎,子宫壁薄得都快破了,再不注意啊,可真是会怀不上孩子的。而且,四年前做的刮宫也没做好,还有些粘连。"

吴伟的头不再点了,慢慢地往直挺,一直像挺尸一样直得不能再直。

出　界

即使我们努力，终其一生，始终也还是只能以半面示人，这不是悲哀，是宿命。

1

秋天的一个晌午，田有禄在偏屋里一觉醒来，看见了站在他面前湿漉漉的徐裁缝。那时，徐裁缝还不是裁缝，只是一个全身湿透了的男人。田有禄像做梦被惊醒一样，有些呆呆地看着眼前这个来路不明的男人。男人笑得很谦卑，点着头。每点一下，头发上的水就往下滴一滴，像下雨似的。男人说："对不起，打扰了，我叫徐家汇，这是我的工作证。"说着男人上前一步，把一个小本子递到田有禄面前。田有禄看着男人伸过来的手更诧异了，又抬眼看男人的脸，完全是生疏得不能再生疏一张面孔，他可以肯定，他从来没有见过他。

吃晚饭的时候,王玉琴看到田有禄领着一个男人穿过堂屋径直向厨房走去。男人跟得很紧,像是田有禄的一个影子。王玉琴跟到厨房的时候,两个男人已经端起了碗。田有禄边吃边说:"他叫徐家汇,先住咱们家,就住我睡午觉的那个偏屋。"

说完,低头吃饭。叫徐家汇的男人站起来有些拘谨地欠着身子和王玉琴点点头,算是打招呼。王玉琴也点点头,一时不知该说些什么,又盯着田有禄看了一眼,也端起碗吃饭。厨房里,三个人都小心翼翼地吃着饭,尽量不发出任何声音。很显然,大家都明白,现在不是多说话的时候,谁和谁都不是多说话的时候。

半躺在床上,田有禄终于忍不住拿出了兜里的一叠粮票,举起来晃了晃。尽管还什么都不明白,王玉琴的脸上已经很均匀地刷上了一层笑意。田有禄继续晃着粮票,仿佛,那是一个人的肩膀,晃一下就可以和他对话,继而还可以谈心。

从徐家汇掏出粮票的那一刻起,一切就变得顺畅起来,何况又有工作证。如果没有这叠全国粮票,那么工作证什么也不是。他田有禄又不是公家单位,要工作证有什么用!他看都不打算看。可有了这些粮票,工作证就变得有用多了。至少,让他放心。虽然,也有一刻,他有过短暂的犹豫,但很快,理智把一切都压下去了。他不是玉琴,总把过去的事没完没了地搬出来又搬进去。过去的总是要过去的,没有什么东西会一直横亘在那里,赖着不走,无论什么都自会有它的去处。田有禄从来都坚信这一点。

王玉琴捻了唾沫点了点,整二百。又把粮票用原来的塑料纸包好,翻开箱子把头深深地探进去,拿出了一个黑色的包,拉开拉链,缓慢地把粮票放进夹层里,拉上拉链,然后又把头深深地埋在箱子里。做完这一切,再直起身的时候,她长长地出了一口气。

"踏实了?"田有禄看着王玉琴问。

玉琴的脸上弥漫开了笑意，但很快就被另一种有些哀怨的表情代替了。脸上的纹路也更深了，即使不笑也能看见它们横在脸上，几年前还不是这样。几年前，她也很少叹气。

"好了，好了，你看，这么多粮票呢！这可是全国粮票，你攒都攒不下。"

2

徐家汇从来没有想过，有一天会有人叫他徐裁缝。第一个叫他徐裁缝的是街对面的林宇。那时，裁缝店还没有开。为了打发闲散的时间，也为了感激田有禄肯让他留下来，他给田有禄做了一身中山装。在他看来，那身衣服做得实在一般，主要是不够挺括，虽然打了浆，可还是不够理想。田有禄的感觉却好极了，他还从来没有穿过这么笔直的衣服，一天到晚出门总是穿着这身衣服，逢人问起，也总是夸耀般地说，是房客老徐做的。田有禄一直叫他老徐。尽管他努力地想要改变这个称呼，因为这个称呼让他觉得无形中和田有禄到了一个辈分，所以有些惶恐。但田有禄有他自己的坚持，说，那是礼貌，必须叫。紧接着他又给王玉琴缝了件衣服，是件中式的套在棉袄外面的褂子。姜黄色的衣服上盘了同色蝴蝶扣，穿在王玉琴身上非常好看，也很惹眼。巷子里还没有人这么盘扣，大多数都是里面缀个子母扣外面包个扣子就算完事，讲究些的即使盘也都是盘最简单的琵琶扣。整个巷子还没见谁穿过蝴蝶扣的衣服。尽管这样，玉琴却并没有显得很高兴。他留在这儿的第二天，玉琴给他送新被子，看到他摆在墙角的画板，问他，那是谁的？他说自己的，玉琴没有再说话。从那刻起，他就明显感觉出了她对他的疏远，那种疏远完全超过了第一天初见时的生疏。这次做衣服，也是他反复说、田有禄使了眼色，玉琴才同意的，看得出，她同意得很勉强。等衣服做好，她还是穿上了。徐家汇不知道她是出于客气，还是出于女人天生对衣服的喜爱。不管怎么样，她肯穿，这就让他很高兴。徐家汇的高兴总是尽量表现在脸上。于是常常就有了这样一副表情：一个中年男人嘴扯得很开，可以看到满口八颗以上还算洁白的牙齿，眼角和脸上的肌肉用力挤在一起，谁都能看得出，这个表情、这个笑是夸张的。但同时，也都能清晰看到里面的热情并不虚假。面对徐家汇的笑，田有禄每次都会有所回应，尽管他的笑远没有徐家汇那么持久。玉琴一般不看徐家汇的脸，所以对这持久的笑意总能视而不见，自然也就谈不到回应。在徐家汇的心里，一切都是明了的，一切也都是意料中的事，所以，玉琴是怎样的态度，他都不难过，即使偶尔有，那难过也绝对来源于自己，那已经有些遥远的却永远无法释怀的心事。渐渐地和玉琴熟惯的人会拿了料子来家让他裁。面对邻居，玉琴一般会挂上一丝淡淡的笑，但仍旧很少和徐家汇说话，交流仅限于她和邻居、邻居和徐家汇。互相没有任何的交结点。林宇是玉琴老街坊家的孩子，二十几岁的年纪，长得不高，却很注重打扮。撩门帘进来就叫，玉琴姨，让你们家老徐给我裁件衣服吧，可要精干啊。徐家汇一边给他量一边听他嚷嚷着说要求，林宇要斜拉链的四个口袋的夹克衫，还要袖口上有一圈灯芯绒边子。说完了回过头看着他又说："我就是要这种啊，可别做成别的，我可不喜欢。我就要像电影里穿的那样。"徐家汇笑着点了点头。看到林宇很容易让他想起学校里的那些孩子，那些生硬却青春洋溢的孩子。就是那次做完衣服，林宇逢人就夸，还是老徐裁的衣服好，比巷子里于裁缝都好，你想要什么样就能做成什么样。后来，徐家汇又连着给林宇做了两件，换上衣服的时候，林宇高兴地跳着，叫他徐裁缝，临走还很用力地拍了他的肩膀两下子，似乎这样才能把他的高兴完全传递出来。没有多久大家就这么叫开了，叫的时候，前面还会加上你们家的徐裁缝。每每听到人这么叫田有禄总是显得很高兴。玉琴有时候也会笑一下，虽然徐家汇总觉得那笑不是给自己的，是给邻居的，但他仍对玉琴充满感激。

很快到了年下。有了这样热络的相处，徐家汇满以为田有禄会留下他过年，虽然他自己并没拿定主意是回去还是留下。但心里还是希望田有禄会留他，哪怕是礼貌性的。出乎他的意料，田有禄委婉却肯定说，年下了，一家人总是要团聚的，这儿的车票要早买才行，否则就回不去了，不回去过年怎么行。一句"不回去过年怎么行"让徐家汇清楚地知道他还是个局外人。这多少让他有些心冷，也许根本就是他的一厢情愿，过去所有一切无论他怎样努力都不会再回转了。

回北京过了元宵节再回来的时候，他带了满满三大包东西。走了不过一个月的工夫，一进门却已经觉得有些生疏了。从他一进门，玉琴就忙着张罗做饭，还告诉他，被子拆洗过了，被罩也是新的。说话的时候，玉琴脸上闪过了一丝笑容，尽管那笑容转瞬即逝，但徐家汇的心还是被刷地照亮了一下，即刻变得暖融融的。他也立刻笑了，笑得持久而灿烂。

田有禄抽着他递过来的东风烟，听他说着话，不断地点头。听到他要开裁缝店，田有禄说："应该，应该，是该开一个，去年替人白裁了多少衣服。早该开了。"

"也不能说白裁，没那么多人来裁，我还真不敢开！父亲早年裁衣服倒是开过店，我一直在学校教书、画画，别的什么也没干过，还不知道行不行呢！"徐家汇说话总是很慢，每个字都能排着队清晰地站出来，谁也不抢谁的风头。让听的人觉得既斯文又有礼貌。

虽然只是一个小小的裁缝店，却也准备了一个多月才开张。从办执照到找裁衣服用的铺板，都是田有禄一手在操办。因为裁缝店性质和经营很单一，又找了熟人，几乎没费什么劲执照很快就批了。倒是找铺板花了他不少时间。先找的几块门板都不合心，不是短了就是太烂了，后来，对门的张福生提醒他去供销社后院废旧的食堂看看。在旧食堂总算是找到了一块废旧的支面案用的板子。旧了点，却很大也很结实平整。又去找供销社的肖主任抽了一盒烟聊了半下午事情才算磨成。肖主任抽着烟说："公家的东西再旧，也是公家的。"田有禄点着头说：是，是。

"可你也是供销社的老人了，那些年你也出了力，你也确实不容易，临了连个靠也没有。"说起田有禄的家事，田有禄的脸还有身体迅速随着话音缩了水。要不是那口烟还提着气，简直会平摊在地上。看他这样，肖主任叹口气说："只要你不和别人说，你就拿回去吧，就当我什么也不知道，反正放在那儿也是等着往烂沤。"

从肖主任那儿出来，水红色的太阳轮廓清晰地斜倚在杨树的树杈上，很像树上长着的一个物件。田有禄仰着头出神地望着。很快，在他眼皮底下，太阳从树杈上跳了下去，动作快得惊人，简直像溜走一样，一点儿也没有照顾到他的情绪。天一下子黑了，站在巷子里，听着风呼呼地从耳边吹过，田有禄的眼睛和心情都变得艰涩又恓惶。

第二天晚上，田有禄和徐家汇趁着夜色用平车悄悄地把木板从食堂运了回来。他骑着车，徐家汇连扶带推着往前走。这一幕像极了多年前他和岳父，那时，他用力推着煤车，那么年轻，身上有着使不完的劲，看见玉琴只想用尽所有的力气在她身子上。那么多人追玉琴，岳父却单单挑中了他。一直以为岳父看中他是因为他在供销社上班，直到岳父去世前，岳父才说，是因为他沉得住气，对什么都能看得开。岳父教了一辈子书，临走对玉琴说："书，只能看，日子却是用来过的，过日子不可能不遇事，一遇事就跳脚，那成不了事，也过不好日子。不是你的等不来，该你的也躲不了。急，是没用的。"

父亲说这些话的时候，玉琴还没有孩子，结婚九年了却没有孩子,她急,家里人更急。可有些事真的是急不来的。父亲下葬,她没有怎么哭,只是懵懵地跟着送葬的队伍一直走,一直走。送了父亲回来,才觉得父亲真是走了。那几个月,关于父亲的一切她不能看,也不能想,一想心就像扯了一块下来,疼得她只有不停地吸气才能好些。父亲走后,她整个人一下子就悬空了,她不知道还能抓住什么。谁也没想到父亲走了,上天却给她送来了孩子。孩子两个多月的时候,她才知道自己有了身孕。田有禄更是高兴得和傻了一样,眼珠子一动不动地看着她。随着月份增大,身子逐渐变沉,玉琴整个人也从空中落到了地上,日子也跟着结实起来。她相信这一切都是父亲带来的,父亲知道她的苦。

田有禄的苦呢?也许只有他自己知道。转过头,他问推车的徐家汇累不累,徐家汇喘着气摇了摇头。有了铺板一切就绪。徐家汇又用了两个下午,给旧棉布帘子缝上了一圈粉色的自行车内胎胎皮。旧棉布帘子让他这么一鼓捣竟然变得好看了,也精致了。从包里拿出了剪子、尺子、划粉、起浆垫子,一一摆在铺板上。还有几卷布,往开一摊,一下子就有了裁缝店的样子了。

小店开业那天,田有禄放了好几板子一千响的鞭炮,鞭炮鞭出的烟弥漫了很远。晚上,徐家汇躺在床上,还能隐约闻到鞭炮的烟火味。比起学校的喧闹,这里也许就是课本里说的世外桃源,可是他闻不到任何桃花的香气,没有了家庭,没有了灵儿,他完全变成了可有可无的人,没有人再等着他,缠着他,也没有人喋喋不休。人就是这么奇怪,有东西压着的时候,觉得沉重,可一旦没有了,什么都不再压着你了,那份空荡荡的感觉,会让你喘不过气来。

3

　　三年前，徐家汇在校园里一个人走着。每到四月，整个校园都会浸泡在浓郁的丁香花里。一对对恋爱的身影也会像丁香花似的突然多起来。有些身影一看就是情侣，十指紧扣；有些却若即若离，隐晦着，年纪也并不相当，见到的人会说，像师生恋，但也仅仅是像，一切只能意会不可言传。

　　师生恋在大学校园里一直不提倡却从来也不缺乏。艺术系更是如此，仿佛恋爱是艺术衍生出来的一个胎儿，大家最好随身携带才会让艺术更像艺术。系里的老师或多或少都会有些风流故事，描述那些故事是大家聚会时活跃气氛的一个必要环节。来学校九年，徐家汇从来没有想过要去招惹谁。那些女学生，他承认她们青春，有些也算美丽。但又如何呢？有的是青春自然也有的是麻烦，他可不想碰这些麻烦。何况，在他眼里，女人也就只是女人，并没有谁让他动心，让他心慌意乱。所以，他不找女人完全不能说是克制。当然，因为徐家汇算是老师里相貌比较好的一位，所以女学生从来也没有因为他的冷淡就远离过他。为了这个，李萍没有和他少吵架。李萍和他是同校的老师，教声乐。结婚前的李萍很瘦，还和他抱怨过怎么吃也吃不胖，没有力气唱歌。自从结婚后，李萍的体重像年龄一样一年年增上去，如果不看她从前的照片，他几乎已经忘了她还曾经那么苗条过。对于过去，他们都已经忘得差不多了。李萍数落他的时候会用特有的学声乐才有的嗓子，高八度，拖长腔，火气平稳的时候，像戏剧的念白，火气旺的时候像急促的歌剧。整个楼里都听得见李萍的训斥。徐家汇唯一应对的手段就是沉默。他越沉默，她就越是冒火。说实话，她根本看不上那些女学生，她们有什么，除了年轻，还有什么。结了婚，还不是和她一样。但恰恰就是她们的年轻，她们的没结婚常常会刺痛她。那些也是她有过却已经没有了的东西。她最见不得她们围着徐家汇问长问短，但更看不惯徐家汇的态度，虽然并不十分热情，却一味笑着，显得很好脾气。她也知道，他和她们没有沾染，但还是忍不住生气。她希望他可以生硬一点拒绝。但他说，拒绝什么，人家又没和我说什么，只是问一般的画画问题，再正常不过了。要拒绝你去拒绝好了。真是可以把李萍气死。

田灵所在的班本来并不归他带，只是因为尚老师出去写生，才由他接了课。起初，他没有注意到她，不是因为她不漂亮，而是，她太沉默。在教室叽叽喳喳的女生里，从来看不到她的身影，直到有一天讲起了毕业创作，他希望他们早做准备，他说："你们早点把毕业创作搞完，才能有精力和时间去找工作，去实习，至少要提前半年把创作搞完。要不什么都来不及。"这算是套话了，每一年他都会这么讲，但也是大实话。学生一入校看见都差不多，都能风花雪月，风轻云淡，但一到大三很现实的问题立刻会摆在他们面前，将来何去何从才是决定人生的大方向。没有什么比现实这道坎更高、更难跨的。可人群里偏偏有人嘟囔着说，什么都要急，可世上没有一样东西是能急来的。他有些生气，问是谁说的？连问了两遍，没有人搭话。他还想再问，田灵站了起来。从那天开始，他知道这个女孩儿原来并不是个沉默的人。他没有责问她，只说，你们都大了，自己的事自己可以考虑，老师只起引导的作用，路始终是你们自己在走。说这些的时候，他的脸上已经没有了最初的生气，只剩下平淡。也许他本来就是个平淡的人，而且也只想平淡。

第二天下午田灵到了他的画室，向他道歉。他笑了，说，不用，没什么。面对面站着，他才发现原来她有着很清晰的面部轮廓，也有细腻的皮肤。田灵并没有立刻离开，而是站在他身后看他画起画来。

陌生的女人站在他背后，他多少有些不自在。过了一会儿，她用很轻的声音说："徐老师，我没有顶你的意思，我真的觉得没有什么是能急来的，包括工作、人生，凡此种种也许早就写好了摆在那儿，只是等我们去看而已。我们自己却总是急急地赶着往前走，以为这样真的就能赶得上什么。"徐家汇放下画笔扭过头认真看着田灵，他不知道自己是惊讶还是惊喜，她还这么小，却说得出这样的话。但她到底也还是小。徐家汇很缓慢地说："很多事情，说法、答案都会有很多，不受伤害才是最重要的，但你真的是很聪明，我也没有生气，好好把握自己吧！不要受什么伤害。"说完，徐家汇自己先莫名地有些感动。这些年，他好像已经习惯了说些套话，还不曾和谁这样交心地说话。而那些话似乎更多是和自己说的。但究竟要把握什么呢？那晚，躺在床上的徐家汇有些失眠。田灵说得是对的，这些年结婚、买房子、生孩子，没有一样不是赶着，但他真的赶上什么了吗？看着李萍肥胖结实的后背，突然想起，很久没有在一起做了，犹豫着伸过手揽住了李萍。夜，突然又变短了。

过了几个星期，田灵又来到他的画室，说，别的班都开始本班轮着做模特画画了，那样就能多练习画头像，问他们班要不要也这么画。自从那次道歉后，再去12画室，看见田灵就多少有些别扭，有些异样。他竭力想抹平这种异样，但有些东西却像生根似的，大有发芽的趋向。田灵来找他，他居然有些紧张，点了点头说，好，你去安排吧。她走了一会儿，徐家汇才想起，她不是班长。但一切就此打住了，他不愿再深想下去。

12班开始轮着做模特画头像了。没事的时候，他也会跟着他们一起画，一面可以练手，一面也能做示范。平时，都是同学找好位置了，他才在犄角旮旯找个位置随便画画。轮到画田灵的时候，他提前找了个正面的位置，把画板支在那儿，准备好好画。那一刻，他并没有深究过自己的内心，一切做得很自然，很流畅。那天只画了一半，就匆匆离开，临走，他还抢似的添画了几笔。因为李萍的叔叔从老家来了，徐家汇自然少不了热情接待。在这一点上他从来都做得很好，即使刚吵完架，只要面对亲戚、朋友，他总能做出他们最和睦的样子，仿佛，那是他出门前需要穿上的最后一件衣服。

三天后的傍晚，田灵第三次来画室找他。他好像有预感，所以，对于她的出现，一点儿也不意外。早晨，李萍和孩子随着叔叔一起回老家，本来也让他一起回，他却推了，说，课紧。这举动对徐家汇来说，实在算是破天荒的。李萍碍着家人在，也没有说什么，只是狠狠瞪了他一眼。

田灵一进门就说："那天没有画完头像，你还要画吗？"说完用力咬着嘴唇。

他说，好。

她坐在他面前，触手可及，脸在日光灯下发着青光，有些像瓷器。和她眼睛只对视了一下，他就有些眩晕，一些不安从心底慢慢升了上来，他深吸了口气说："要不改天画吧，今天有点累了。你一会儿去图书馆还是回画室？"

"我想让你陪我一会儿，行吗？就像一个朋友。"田灵加了后缀，这让他有些无法拒绝，或者他根本不想拒绝。

抱了画板放在胸前，他故作镇定地看着她，沉默着。她也看着他，也沉默着。很突然地，田灵就抱住了他，他不清楚是怎么看着她走过来的。然后，他接触到了她柔软的唇，他的手僵了一下，开始用力抱着她，回应着。当手触到她胸口的时候，停了下来，说，不可以，怎么可以。田灵哈着气在他耳边说，怕了？你什么都怕，是怕她吧。被燃起的欲火本来就难以浇灭，她却又浇了一瓢油，一切只能更旺地开始燃烧。

平息下来的徐家汇有些不敢看她，觉得自己突然就变得有些猥琐了，像占了不该占的便宜。对她，是喜欢吗？在这之前也许有一些模糊的东西反复出现在他心里，但经过了刚才，它们并没有变得清晰起来，反而更模糊了。徐家汇不知道自己是怎么从画室出来的，田灵瘦瘦的背影把一切都拉得有些瘦长。第二天，班里再见到田灵，他只觉得心脏快要把胸口敲破了。他不敢看她，连路过她身边也不敢。一下课就匆匆出了画室，他感觉她跟了上来，她快速地说，晚上，我去你画室。说完低着头跑了。

画室里，田灵说着喜欢，说着一切，满脸都是泪，是让他心疼的泪。他不由自主地开始一点一点地，小心翼翼地亲着她，看着她在身下像桃花一样散开，他开始用力，随着他的摆动，她的胸前像两摊水，漾来漾去，摇晃着他的每一根神经。此刻，他觉得自己开始爱了。是爱吧，看着身下的女人，他觉得自己是爱了。她的脸红红的，娇媚地看着他，这个男人还是那个平淡的徐家汇吗？不是了，她知道，他也知道。此刻画室里小小的床承载了他和她的一切。也许，也只有在这里才是爱的。

世间的一切，只要开始，就像已经开始转动的车轮，即使不驱动也自会有惯性带着它一直向前。短短几天，徐家汇已经生出了无尽的迷恋，迷恋田灵的身体，田灵的体温，田灵的声音，分开即使只有一刻也会生出想念。生活好像为他打开了另一扇门，一股芳香开始扑鼻而来。他们天天晚上都腻在一起，一直等到快熄灯才各自溜回到自己的住处，然后，躺在床上还是想念。李萍回来的前一晚，他们说了很久的话。田灵说，过去老辈人走西口的时候，临分别，一对恋人会一起去没人住的窑洞，然后在洞口挂上红裤带……没等她说完，他就用嘴堵了上去，全身力气用尽的时候，他问她："也像我们这样，做到浑身一点力气没有，是吧，灵儿。以后我就叫你灵儿，你是我的灵儿。"和灵儿在一起,他才发现原来自己也可以很风趣。

李萍回来又数落了他半天,他虽然仍是沉默,但沉默里却没有了往日的不耐烦。晚上,还拍了拍李萍的背,算是安慰。李萍的呼声很快响了起来,看着身边的这个女人,和他挨着躺了快八年的女人,徐家汇突然觉得无比的遥远又陌生,他知道此刻灵儿一定正想念着他,而他却已经不知道该如何去想念,在李萍的呼声旁边陪伴他的只剩下混乱。

下午,系里开会,说下一步要调整班子,吸收年轻一些的老师进管理层,让大家都踊跃报名。当然,系主任王峰的语气停顿了一下说:"作为一个基本的参考,这次考核还是要从职称和讲课入手。毕竟作为一名教师,这是能力的体现和教学大纲的要求。"陈卫东显然被这几句话鼓舞了情绪,脸上不但露出了笑意,皮肤下面的血流也加快了许多,随后又刻意地调整了一下呼吸。这些,徐家汇一点儿没落全看在了眼里。其实,从王峰说当然的时候,他就觉得他会说这些。老一套了,何况,在王峰那里,陈卫东明显比他要受欢迎得多。会上徐家汇的表情一直很平静,平静得都有些过了。开完会,他没有第一个走,那样的举动会让人误会他有情绪。当然,也不能最后走,那样也容易让别人联想,特别是王峰会联想,联想今天的会议内容他要搞议论。只要是议论,有哪个是不带情绪的。他不能那么做。他并不打算刻意讨王峰的欢心,但也不打算像傻子一样办那种明显的蠢事。说到底还是分寸,尽管他并不善于拿捏,但很多时候也只能拿捏。看着两个老师走出了系办公室,他也收拾东西紧跟其后。他知道陈卫东不会着急走,也许还等着和王峰说话、谈心呢!陈卫东长得很丑,徐家汇多次发现陈卫东有斜着眼瞟人的习惯,而且,常常喜欢背后说一些煽风点火的话,那样的眼神、那样的言语绝不是一个善良、光明的人该具备的。但偏偏,领导吃他这一套。徐家汇承认,他的情绪里有妒忌的成分。但妒忌的根源也还觉得陈卫东不该小人得志。一起考的副教授，陈卫东顺利上了职称，轮到他，就说指标没了，还要等一等。这一等，一年就快过去了。论讲课、画画，陈卫东哪一样比他强？前年，给学生讲古典油画的时候，连上色的顺序也讲错了，简直是贻笑大方。就是这样一个人却比他强了，而且，眼看着还要强。

徐家汇到了自己的画室，灵儿也跟了进去。他镇定了一下情绪拥着她亲了亲脸，然后讨好地说："听话，你最乖了，她刚回来，我得早回去，不能再那么晚。等过几天，安稳了，我找机会陪你。"灵儿噘着嘴不理睬他，胳膊仍旧缠着他不放。他又低声下气地劝了半天，灵儿才不情愿地走了。回到家，李萍说音乐系又要调整人事了，整个晚上来来回回都在说这些。见他不说话，李萍提高了嗓门："徐家汇，说了半天了，这可是你老婆的事，你不关心你老婆，你要关心什么！你说说，你到底关心什么？这个家，你关心了多少？"徐家汇知道她又要吵了，今天，他已经没有了那天的心情和歉意，听着李萍唠叨，他觉得厌烦又无奈。李萍和他一样，也厌烦，但，同时又习惯着。只要是习惯，无论好坏，都是停不下来的东西。她已经习惯了训斥他，唠叨他。而他也习惯了忍着，时间长了，连厌烦也变成了一种习惯。

　　这半年，本来徐家汇已经不再想职称的事了，他决定彻底放开它，顺其自然。可昨天系里的会一开，旧的情绪又全翻了上来，散发着比过去还要浓烈的霉腥气，让他躲都躲不开。尽管他一句也没说系里的事，李萍还是很快就知道了会议的全部内容，回来又唠叨嫌他什么也不跟她说，是家里人呢，还是个外人！徐家汇不说，是因为他清楚地知道和李萍说了，不但解决不了任何问题，只会更烦；不说，那些事会在他心里绕，说了李萍会让那些事天天在他耳边绕。还是灵儿好，只会黏他，却不烦他。想着灵儿，他的心有某一处柔软了下来。

　　星期四，李萍回姐姐家，徐家汇终于算是逮了个机会。抱着他的灵儿，听着灵儿呼吸，他彻底放松了。她是他的灵儿，他的领土，她那么柔软、美好，他在心底喊，徐家汇，你不是一无所有的，你有最好的女人跟着你。灵儿是柔软的，那柔软不是少女式的，是孩子般的柔软，是他抱着女儿徐童童才有的柔软，好像皮肤里全部充满了水质的液体。那是李萍年轻时候也从来都没有过的柔软。时间在画室的床上过得飞快，走的时候，他使劲抱了抱她，告她，好好保重，她已经是他的，只有她好好的，他才会好。灵儿用力点着头，这一刻，她那么清晰地感觉到了他的爱。他爱她，这就够了吧。

晚上，打发孩子睡了，李萍盯着徐家汇问："你没什么瞒着我吧！"其实，这是李萍常问的一句话。以往，徐家汇都是从鼻腔里哼一声作答，但今天徐家汇还是紧张了，居然没哼出来。生怕李萍再问下去，他侧过身先躺下了。李萍没有说话，看了他一眼也躺下，而且往他身边靠了靠，手伸了过去。他知道她想了。怕再惹她生气，他开始努力调动着身体某部分的情绪，李萍也配合地抚弄着。看着黑暗里李萍骑在自己身上的身影，他有些恍惚，不知道自己究竟在做什么，然而最后，他的身体还是脱离了思想，顺利抵达了高潮的彼岸。无论和谁在一起，无论最初怎样的艰难，它自会去它要去的地方。每次都是这样，没有一次例外，没有人能控制得了它，连徐家汇自己也不能。他的手还搭在她腰上。他们的从前，在李萍沉沉的鼻息里，被徐家汇一点点地拽了回来。

最初，也有开心的时候，怎么会没有，第一次抱着一个女人，他当然是兴奋的。那时，李萍也有娇媚的时候，他也愿意听她说话。但那些时间，好像走得很急，没有任何的告别仪式，说走就走了。不努力想，从前仿佛根本就不存在一样。后来，只剩下不断地争吵，不停地冷战。感情，在日复一日的争吵里，也磨得逐渐面目全非。在彼此眼里，他们的缺点不断被放大，直至完全掩盖了原有的优点才算罢休。对于如何更好地挑剔对方，他们有着高度的默契。和李萍在一起这些年，他从来都心安理得，而且还总觉得自己问心无愧。他没有找过她以外的任何女人，难道就凭这点，他还不该理直气壮吗？在学校这样一个朝气蓬勃的地方，女生像花草一样年年更新、年年绽放的地方，他却没有任何故事发生，他的人生大树上只有平淡，从未有过任何的分枝。这难道不该她李萍引以为傲吗？徐家汇对李萍在言语上从来都是沉默的容忍的，但在姿态上，在心里却从来都是居高的，从未有一刻放低过。现在，他却和灵儿开始了。他承认，灵儿算漂亮，可比灵儿漂亮、聪明的姑娘，他不是没见过，那些年，如果他愿意，那样一段感情并不难找。为什么一见到灵儿，他竟像那些青涩的毛头小子一样，只为几句话就急急地动了心，一切开始乱得毫无章法。他的心是那么渴望和她缠在一起，那些渴望像一个小动物并不锋利的牙齿，一小口一小口地锯扯着他的肉，让他时刻都无法忽视她的存在。李萍翻了个身，他的手从她身上滑了下去。今晚，面对两个女人，他觉得自己有些力不从心了。心底竟然有一丝希望回到无味又平淡的从前，那样，至少是安心的吧。

早晨碰到陈卫东，陈卫东说起系里的事时，撇了撇嘴说，那些都是最没意思的，人生这么短，他的心思就是画好画，教好课，再无他求，可领导老是希望他多分担责任，偏偏他是最不愿意驳人情面的，真是烦死了。说完还摇了摇头，表示他真的是烦得没办法。徐家汇笑了笑不想接他的话，心想，你都快把领导的门槛踏破了，在这儿却要装。陈卫东倒也不在意他不说话，说完，拍了拍他的肩，先走了。很显然，和他说这些，陈卫东并不打算听到任何回应，重要的是他说完了想说的话，表达完了想要表达的意思。徐家汇敢肯定陈卫东不只和一个人说过这样的话了，因为那些话，听起来又随意又缜密，编织得恰到好处。这些话如果不是从他嘴里说出来，如果，徐家汇不是清楚他的为人,简直就要以为自己碰到世外高人了。看来,陈卫东真是要上去了,居然已经开始打伏笔了。一上午,面对灵儿痴缠的眼神他有些心不在焉,直到灵儿的神色里露出了关切,他才摇了摇头,表示自己没什么。很快灵儿就对着他灿烂地笑了。他有些担心被旁人看到,急忙转过身子为别的同学说起了画。他总是很担心。他知道,在灵儿的世界里,他是唯一的,除了他自己没有什么能打扰到他们。而他的世界里却被现实堆满了,只有极小的一块属于灵儿。有时候,那块空地也会突然像吸了水的海绵,增大到无限;但更多时候,它是被挤压的,任何突发的事情都会让那块空地变得更狭窄、拥挤,甚至是消失。他知道,聪明的灵儿也知道。一整天,只要稍不留神,陈卫东三个字就会钻出来,连同评职称的旧事一同在他面前摇摆着晃来晃去。心,怎么也平息不下来。每次他用力按下去,不一会儿它们就会更起劲地浮起来。直到精疲力竭,他也没有打消它们站起来的念头。回到家,李萍又开始唠叨,还是那些话,来来回回的,连话自己也快转烦了,李萍却仍旧说着。晚些时候,徐家全来了。徐家全是他的堂弟,性格和他却一点儿也不像或者说完全相反。说话很快,做事也很快。徐家全跟着老板做生意,长年都在跑,有时候待在这儿,有时候待在那儿,从来没个准地方,如果换成是徐家汇估计早就睡不着觉了。可徐家全却很享受,这次在北京,时间算长的,已经待了快半年。因为没有徐家汇细腻的性子,所以对于李萍的唠叨,徐家全从来不介意更不觉得别扭,甚至觉得有趣,隔三岔五就会到徐家汇这儿走一走。看见他来,李萍收敛了些,但忍了没多久,又说开了。很快,徐家全就明白了事情的原委,看见堂哥像平时一样闷着坐在一旁,他乐了。端起桌子上的水杯喝了一口说:"这有什么难,不就是指标吗?弄个指标不就完了,你们那么多的学生,多好的资源啊,也不好好利用,有多少学生就有多少家长,有多少家长自然就有多少关系。我要是你们，早什么都办成了，还愁什么。"

　　他的这番话，在夜里，被李萍和徐家汇来来回回仔细琢磨了好多遍。面对家庭的共同利益，他们虽然很少达成统一意见，但却永远可以保持站在一起，这也许就是夫妻。此时此刻灵儿完全消失不见了，从里到外、从上到下就只剩下他们夫妻俩。徐家全无意中竟亲手为堂哥一家子打开了一扇他们从来没有想过，此刻却要一步跨进去的门。从今晚开始，一切和过去都不一样了。

4

　　很快，两个人就在班里开始了搜寻关系的工作。徐家汇不好意思直接问，婉转地一个一个问学生父母在哪儿工作，一上午，也没有问出任何情况。李萍不同，上课期间直接在班里问，有谁的父母在教育局人事科工作。林伟马上举手说，他叔叔在那儿上班，而且好像还是个头儿。但具体是什么头儿，说不清楚。李萍把林伟叫到跟前低声说，希望林伟回去联系一下他叔叔，她要去拜访一下，咨询一些事情。林伟一直点着头。李萍整个说话的过程都显得很自然，似乎这是课程的一部分。中午，李萍免不了得意，当然也数落了徐家汇半天，说，学画没有学音乐高雅，有文化的家长谁送孩子学画啊，这次只是小试身手，他们班一看就人才济济，还不定有多少关系呢！听着李萍数落，徐家汇一点儿也没有生气，反而有些想笑。他知道她的性格，却也没有想到她会在课堂上问这些事。眼看事情朝顺利的方向走，他们都掩饰不了内心的喜悦。

　　第二天中午，林伟的叔叔亲自来了学校一趟。和李萍握手后，他表现出了所有家长面对老师都具有的谦卑和热情，不住地点头。听李萍说完详细情况，林伟的叔叔马上保证，一切没问题。职称考过了，指标本来就是迟早的事,既然找着他了,那马上就能解决。如果快,一星期就办好了,随后又和李萍聊起了林伟。这种时候,李萍再愚笨也知道该怎么表达感谢,主动说,可以让林伟多参加几次实践活动,然后帮林伟申请入党。还说,林伟是个难得的人才,乐感非常好。告别的时候,两个人脸上都挂满了希望。

　　果然,不到一个星期徐家汇的事情就全办妥了。系主任王峰问起他和人事处的林科长是什么关系。因为林科长之前就嘱咐过,说是同学,所以,他也照答。王峰点点头,又说了一些祝贺和鼓励的话。陈卫东也祝贺他,不知道是他多心,还是事实如此,他总觉得陈卫东心里写满了不快,以至于说话的时候,脸部表情和话语总不是很合拍。见到这一幕,徐家汇生出了些许得意来。他终于感受到了世俗的成功所带来的喜悦,哪怕是少少的一点,都足以让在尘世中打滚的他得到些慰藉。他应该感谢徐家全,更应该感谢李萍,没有李萍也没有今天的一幕。结婚八年,徐家汇对李萍第一次生出了感激之情,但也仅仅只是感激,它们不会蔓延,更不会转化成别的。徐家汇的好心情也带到了课堂上。他开始有心情仔细看灵儿了。每次,只要他向她看过去就一定能碰到她在看他。他温柔地抿嘴带上一丝笑意,她立刻也会笑着迎合。画静物,他特意从楼下摘了几朵梧桐花撒在衬布上,因为她说过她喜欢一切紫色的花。他甚至还幽默地让学生最好能画出梧桐的花香。12班的学生还是第一次发现,他们的徐老师原来是个有趣的人,他还说,他喜欢紫色的花朵,因为有一个对他很重要的人喜欢梧桐花。即使坐在角落里,他还是看见她笑了,眼里铺满了花朵一样的甜蜜。他居然当着全班的面,表达了他的喜欢,虽然这一切是隐晦的,却也足以让她心动。黄昏,在画室里徐家汇捧着灵儿的脸亲了又亲,爱惜地抚摸过她的每寸肌肤。那样柔软、那样年轻的身体让徐家汇觉得自己也年轻了,觉得自己像王峰昨天说过的,还有着无尽的未来。即使痴缠着,他也绝不会忘了时间,虽然有些匆匆结束,他们的身体却已经开始默契了。有了上次的经验,晚上回家,他提前洗了脸早早睡去,少了与李萍的纠缠也就少了内疚和麻烦。只要安排妥当,一切原来都是可以避免的。

　　为了更安全地见面,他和灵儿甚至约定了暗号,教学楼和他们家,中间隔了四五十米的距离,从12班的教室斜一点望去,正好能看见他们家的书房和厨房。里面的人做什么虽然看不清,但可以看清楚窗台和玻璃。他们约定,如果他晚上有空,就早早地把家里的花盆摆到书房的窗户外面,为了显眼,他特意选了家里正盛开的海棠花,花色是艳丽的玫瑰红,这样,就是远远地也能看清楚。看见摆出了花,她就可以去画室等他。同样的,她有事了,想他想得厉害了,也会在12班的窗台外面摆出花。班里只有仙人球,她就用宣纸染了艳红色做了绒花挂在仙人球上。看见她弄这么个东西挂在花上面,徐家汇笑得前仰后合。徐家汇不可能随时都有空,所以,两人约好,看见灵儿摆出花,如果,他能在半天之内到画室找她,就摆出一盆花,表示"行";如果没空,就摆出两盆花,表示"不行"。灵儿如果只是想他也是只摆一盆花,表示"想";如果是有事就摆两盆花,表示"有事"。灵儿还想出了很多很多的暗号,但因为实行太困难只能最终作罢。只要在家,隔一阵儿徐家汇就会习惯性地走到书房往对面眺望,一看见对面摆出一盆花,他就会在心里笑出来,知道她想他了。有时候,她也会恶作剧摆出两盆花,看见了,他会急急地就往画室赶。知道她没事,他装着生气不理她。见他这样,灵儿会用胳膊搂住他的脖子,歪着头笑。只要灵儿笑,他立刻就服软了。他们开始真正享受恋爱的甜蜜了。徐家汇发现自从他的职称办了后,一切都开始顺利了,包括和李萍。

　　李萍最近忙得很,除了代课,还要抽出时间来和林伟排练节目。

她向来是个认真的人，报恩也不是一句话的事，既然说了要让林伟入党，就要极力促成这件事。何况有人事处这样的关系，以后也是用得上的。每年放假学校都要组织老师和学生乡演，参加的多是积极分子。往年，她都是能躲则躲，实在躲不了也是应付了事，从来没有认真为这些事上过心。林伟在班里专业课排名一直靠后。也许因为从小生活条件比较优越，他似乎什么也不放在心上，包括入党。李萍一开始说，要入党就要先下乡，他立刻摇着头说，没必要，这是家里人的想法，我可没这么想过，我只想过自在的生活。最后，李萍说，下乡很有意思，在村里住、村里吃，村里的晚上有星星照着路，可亮堂了，还能看到课本里才有的各种星象。听她这么说，林伟笑着同意了。

带林伟这样一个专业课一般的学生出去演，并不容易。为了能顺利带他出去，她不得不多下些功夫排练两三个像样的节目。林伟也很听话，每天都按时去琴房等着李萍排练，有时还会买好吃的东西等着李萍，排练累了一起吃。李萍这样忙碌着，对徐家汇的唠叨自然就少了许多。已经有一个月了，他们几乎没有拌过嘴，吵过架，这在他们的婚姻生活里，简直是罕见的。谁都看得出，徐家汇的心情越来越好了。过去，他只是一味地沉默，现在，居然爱开玩笑了。12班的学生时常听他讲一些有趣的事，他讲他上大学的故事，他的过去。男生有时候会起哄让他讲恋爱的故事，他也不生气，笑着讲。灵儿听得出，他是在说他们的片段。所以他讲，她只是低着头笑。

在李萍的精心排练下，她和林伟的节目终于通过了系里的审查。李萍走了，孩子也送回了老家。徐家汇再也不用把那些花盆搬进搬出了。他把灵儿直接带到了家里。在他的家里再抱着她，他们都有了完全不同的感觉，有些像夫妻了。他做饭，她会在一边看着。他画画，她也在一边看着。他呢，一边忙着一边听着她不停地说这说那，不忙的时候他就陪着她一起说话。徐家汇还为灵儿裁了一条裙子，灵儿穿上一直笑，说，他手太巧了，巧得都像女人了，还问他会不会打毛衣。徐家汇说："我父亲就是个裁缝，我学了好多年，从画图打板子到盘扣，都会，本来要考服装专业的，谁知差了几分，又不想补了，所以才报了绘画专业。织毛衣，有什么难的，过去，画速写也会看纹样啊，平针、扭麻花针都会。但我最会做的还不是这些……"说着，徐家汇把灵儿抱了起来。这间徐家汇住了六年的屋子里，因为爱情又变得重新鲜活了起来。在情欲的浸泡下，某个身体相合的瞬间，他们都坚信，这就是他们所要的幸福。一切看起来，是这样的充实，这样的饱满。心情也是从未有过的光滑，没有一丝的裂痕。他们像所有恋爱里的男女一样，一有时间就会炫耀显示他们有限的思想和本领，任何话题都会扯得很远。徐家汇为了炫耀自己的画技，殷勤地想要给灵儿画毕业创作。灵儿同样也为了炫耀自己的独特，偏偏就不用他画，还说："我要画半面妆，你替我，怎么可能画出我所想的内容。"半面妆同样也是两个恋人互相炫耀的果实。灵儿在他面前总是要表现自己的独特，一次谈起半面妆，灵儿对徐昭佩大加赞许，徐家汇说了一句："那样的女人，再美也不敢要。"

灵儿就开始像演讲似的说一堆："历史是全能信的吗，把女人说得那样坏。既然她要气他才妆半面，那她就爱他吧，没爱哪来的恨，更不值得气他。况且，也许徐昭佩的本意是想说，人和人之间的了解就只有半面那么多，再努力也看不到全部呢？"徐家汇每次听到灵儿滔滔不绝地否定那些既成历史的东西，就会觉得灵儿很聪明，但同时也觉得她很幼稚。因为只有年轻、幼稚才总会对一切强加评论。但这又有什么关系，一切只要是喜欢就总会生出另外的味道来。

毫无例外，快乐的时间都是易过的，一个假期马上就结束了。李萍回来前，他们仔细打扫了房间，把一切和这个家无关的东西都清理了出去。最后，灵儿笑着说："我呢？该怎么清理？"虽然笑着，却已经有了些心酸。徐家汇紧紧地把她抱在怀里，不知道该说什么。

李萍晒黑了，也瘦了，浑身上下带着村里才有的好气色。一进门，李萍就对他端详了半天说："徐家汇，没什么瞒着我吧？"

徐家汇笑了，笑得还是有些不安，生怕他粗心落下什么不该落的东西。李萍在家里转了一圈，一屁股坐在床上，满意地点点头说："不错，挺干净的。"又转过头看了看徐家汇："你看你，脸白得和墙一样，一直待在屋里吧！"

晚上，李萍伸过胳膊搂他，她那样热切着，他却生疏了，比任何时候都要生疏。当她用手摸着他的脸，他有些不好意思回应她。还好，很快李萍把头埋在他怀里，他稍微松了一口气。这样，至少能让他有一些掩饰的空间。怕李萍起疑，他往紧搂了搂她说，路上累了，睡吧。九月的晚上，还是炎热的，抱了一会儿就出了一身汗。想起前两天灵儿还穿着短裤光着脚站在地上，让他看。她总是光着脚走，然后一下子就跳到床上……徐家汇只希望今晚快一点过去，也许到了明天，他就能适应了，像过去那几个月一样，他不是适应得很好吗？李萍回来的第三天，晚上他陪李萍出去，意外地看见灵儿站在楼下花池旁边，因为紧张，他没有和她打招呼，她也没有说话。走过很远又回了头，看见她仍旧站在那儿。第二天，问起灵儿。灵儿面无表情地说："等你。"

徐家汇一脸茫然地问："等我？我没有让你等啊？"

"是，你没有，你也不会，是我自己想等。"灵儿的回答干脆又生硬。徐家汇耐着性子哄着，灵儿把脸埋在他手里哭了，很快，他的手就湿淋淋的，像刚洗过。哭了一阵儿，灵儿抬起头说："这个假期我已经习惯了每天都和你在一起，回宿舍睡不着，我在楼下站了三天了，想等你下来，等你一个人下来，看看我，抱抱我。只抱抱就好。"

说着灵儿又委屈地开始哭泣。

连着几天下午,灵儿都摆了两个花盆,他知道她没事但还是去了画室。对她,似乎不只是心疼,还有害怕。灵儿曾经说过,她向往急速向前奔跑的感觉,还说,她知道,任何东西太用力都是不好的,容易折,但她就是要用力,她不要水流过却没有一丝痕迹。她说得很轻松,徐家汇的心却是紧的。一个人,如果清楚一切,还要去扑火,这就只能是天性使然,像蛾子,像荆棘鸟。可是,那样的惨烈局面却不是徐家汇愿意看到的。这些天,哄灵儿几乎耗尽了他所有的力气,回到家,就只想躺下。新学期一开始,系里开会让老师们准备考核。开完会,王峰单独找他谈了话,希望他能好好竞争副主任一职。还把自己曾经写的工作报告给了徐家汇一份,让他参考着写一份竞聘计划。自从上次评职称知道他在人事处有人,王峰对他就客气了许多,也高看了许多。他还是他,但有了那些关系就像房子外扎了新篱笆。篱笆虽然不能居住,但有了它,房子看起来会更像一座房子。这些他清楚。李萍却还是时刻说着、提点着,让他清楚。一听李萍说林处长如何如何,他就有些烦。看见他烦,李萍就免不了要生气。人总是要知恩图报的,她跑去村里为什么?还不是为了他,不是他,她何至于那么辛苦地和林伟排练。看见他懒洋洋地躺在那儿,连学校的考核也不积极准备,就觉得自己嫁错了人,越发嫌弃起来。

又过了几天,徐家汇回家开始认真准备竞聘稿。李萍看见,松了一口气,觉得自己没有白唠叨。其实,徐家汇做这些,并不是因为李萍唠叨,本来,他也准备做,只是因为灵儿的事,暂时变得没有心情罢了。职务对于男人就像花环一样,能戴在自己头上,哪有不戴的道理。

灵儿来找他的时候,他正光着膀子认真写稿。听到敲门声,还想李萍怎么不带钥匙。看见灵儿站在家门口,他完全被惊呆了,连忙问她怎么来了。灵儿的眼神像刀子，直直地看着他。没有办法，他披了衣服和她又到了画室。在画室，面对徐家汇的责问，灵儿一言不发，咬着嘴唇忍着流泪。徐家汇只好换了口气，开始哄着，但还是说，无论怎样也不该来家里找他，多亏她不在，要在可就麻烦了。灵儿把头往起仰了仰，看着他冷笑了一下，说："徐老师，我怎么会破坏你安稳的家，我早就想好了，如果她在，就说，我要回家，要请假。"听她这么说，徐家汇也觉得自己刚才太急了，于是开始解释。解释了半天，才知道这两天灵儿在窗台摆了花出来，却没有看见他按约定摆花。她问他，有没有看见她摆出的花？他说，他忙。她摇着头说："看一眼需要很久吗？摆一盆花需要很久吗？我又没有要求你过来陪我，只是希望和从前约定的一样，摆个花盆告我行或不行，这很难吗？"

徐家汇说，他真的很忙，要写竞聘的稿子。徐家汇越是解释，灵儿就越是绝望，不知道她究竟喜欢了一个怎样的男人。他的自私，以她的聪明不是看不到，有什么办法呢？她就是爱他，过去有那些柔情、那些呵护在，她很容易说服自己不去多想。可现在，眼看着自己成了他的负担，他躲的心情是那么明显，解释半天能说明什么？只说明，此刻，对于他来说，她不再是重要的，他也不会再费心去想她有怎样的心情。如果他肯说一句，是他错了，他该看见的，该陪着她。那她不会这么生气。但他只是解释，只是辩解，只是让她理解他，他从来没有给过她未来，哪怕是模糊的一句话也不曾给过，却那么心安理得。这就是她爱着的男人！在徐家汇的解释里，灵儿点了点头，说，很好，很好。说完转身跑走了。只剩下徐家汇一个人留在他的画室里。徐家汇不明白，为什么灵儿不肯理解他一下，他不是有意的，更没有她说的要躲她。他写稿子，远没有画画来得顺手，他已经很焦急了，她却一点儿也不肯听他解释。

早晨，徐家汇一想起灵儿委屈的眼睛，就决定好好再哄着灵儿，毕竟她还小。可是，教室里一天都没有看见灵儿的身影，也没有任何人和他说起灵儿的去向。他的心有些慌，但又不能马上问。画室的管理本来就不像文化课那么紧，人又可以随便进出，一天没来并不算很奇怪。第二天还是没有看见灵儿，他只能问，灵儿去哪儿了。为了掩饰他的关心，特意强调说，希望不来的同学可以提前和他请个假。红梅站起来说，昨天，灵儿很晚才回来，一早发烧了。听她这么说，徐家汇稍稍安了安心。下了课，思虑了半天，还是决定先不去看灵儿。一个专业老师，又不是班主任，去看女学生，这种举动实在太奇怪了。而且，去了，当着那么多人，该怎么说呢？

　　灵儿终于来上课了，他一直看着她，她却不肯再看他一眼。他走到她跟前借着看画，和她说话，她也只是沉默着。下了课，看见她往外走，他再也顾不了别的，跟了出去。走廊里，他低声说，让她去他的画室。她说，不必了。他又恳求说，就算分手也要说清楚了分。她看了他一眼，想冷笑，忍住了，说，好。

　　画室里，徐家汇说了很久。说他的担心，说他的内疚还有想念。无论他说什么，灵儿只是远远地抱着胳膊站着，不说话。徐家汇感觉到了她的冷漠，又放低声音说："我知道耽误了你，如果你想离开，我会躲得远远的，绝不再缠你。"听到徐家汇这么说，灵儿终于开了口："什么我打算离开，走的人是你，不是我，为什么你总要把事情最后推在我身上？"说着带出了哭腔。徐家汇看着她，也难受起来，往她跟前靠了靠说："我知道自己配不上你，你还那么年轻，全是我耽误了你。"

　　"什么耽误？我是嫌你耽误了吗？你冷淡我，却还要怪到我身上……"灵儿哭了。看着灵儿哭，他犹豫了一下还是抱住了。起初，灵儿挣扎着，很快就在他怀里大哭了起来。她说，那天走了整整一天，晚上就病了，恨他却又想他，想他又恨他，灵儿说得语无伦次。哭完了说完了，乖巧地靠在他身上。随着身体里多余水分的排出，灵儿又柔和了下来。他知道她需要他们有一个共同的未来。他也这样想过，但连想都让他觉得不是一件容易的事。先不说李萍会怎样大闹，单是童童就让他割舍不下，好几次，只要一想，她将来叫别人爸爸，心口就会揪得疼。做了八年的夫妻，婚姻就像穿在身上沾了水的一件衣服，即使是件破衣裳，它也会沾得紧紧的。剥下来扯疼的绝不只是肉皮。很多事情，连想一下都困难重重，做就更加变得不可能。何况，在徐家汇心里还有另一层连他自己都不愿意承认却真实存在的情形——他并不愿意离婚。或者说，他怕李萍知道这一切，并不完全是因为女儿，女儿只是一个很好借口罢了。因为想起女儿，让他心疼了，他顺理成章地把一切都归在了女儿这儿。其实，他骨子里从来就没有真的想过要离婚。离婚和平日学校里与他无关的事一样，只限于有空的时候想一想，尽管和灵儿在一起是美好的，快乐的。但也只能是他生活的甜蜜剂，仅此而已。刚才和灵儿说的话，全是他的心里话，既然没有结果也许还不如早些彻底结束。可看见她哭成这样，徐家汇刚刚硬起的心肠又回转了。

她何尝不知道他们没有未来，她就像插在荆棘树上的荆棘鸟，一面放声歌唱，一面看着生命之血一点点滴尽。有了刺穿身体的荆棘，一切，已经不是想停就能停下的，只能撑着往前走。

他们不断争吵又不断和好，他们不知道这一切早被陈卫东看在了眼里。美术系竞聘的前一天，系里和李萍同时收到了一封信。信里详细描述了徐家汇和12班学生田灵不顾学校风纪乱搞师生恋，信里还清楚记录了他们见面的日期和时间。信后署名：知情人。因为是匿名信，系里并没有太重视。王峰找徐家汇谈话，也只是让他注意影响和分寸，并没有多说什么。现在竞争副主任的就他和陈卫东两个人，大家嘴上不说，却都能猜测出是谁写的。师生恋在他们系，谁没经历过，哪儿还值得拿这个说事，明摆着是为了竞争。虽然系里没有处理徐家汇，他却丝毫不觉得轻松，这样的信既然系里有，那么李萍一定也看到了。他不敢想李萍看到信的后果，那是完全无法想象的。

还没看完内容，李萍已经觉得血全部涌到了头上。停了一会儿，又细看了一遍，心里核对着那些时间。那些时间，似乎她都不在家，至少上星期二她不在，这个星期一她也不在。她为这个家忙着，而他却为了别的女人忙着。信上的时间如果是对的，那么说明事情就是真的了。这么想，李萍觉得身体里被人骤然掏空了，只剩下骨架和皮肤，它们已经不足以支撑她一百三十斤的身体。很晚，徐家汇才回家，虽然想好了怎么解释，心里却仍旧害怕李萍的爆发。但就算胆怯他也只能回来，他没有退路。李萍倒在床上，没有说话，也没有哭。空气里只剩下徐家汇故意压低的呼吸。沉默了很久，徐家汇决定先开口。他故作轻松地说，这些都是陈卫东在搞鬼，他和她之间什么也没有，如果有，系里不会不处理。说完看着李萍。等了很久，足有一刻钟那么长，李萍坐了起来，走到他面前，突然开始疯狂地往他身上打去，边打他边叫喊着。李萍的叫声那么可怕，像是另一个生物发出的吼声。楼里一定都听到了这可怕的叫声。徐家汇任由她发泄着，直到两个人都疲累地坐在地上。李萍开始骂了，骂他不要脸，骂他不是东西，什么难听骂什么，他也不再解释。这中间，李萍因为嗓子干又去喝了两次水，徐家汇一直在地上坐着，他已经不恐惧了，以后也再不用恐惧了。听着她骂，他没有一点儿难受，反而很释然。发脾气说明她一切都正常，还是过去的那个李萍。快天明时两个人才沉沉地睡去。一起来，李萍又开始骂，他知道她咽不下这口气。见他洗脸，李萍推着问他要干什么？去见狐狸精？徐家汇被李萍推搡着，身上溅满了水。看着李萍憔悴的样子，他平静地说："哪儿也不去，考核也不去了，我就在家待着。"听见他这么说，李萍却把声音挑高了："为什么不去考核，为了狐狸精，考核也不去了？你要还为了这个家，你就去弄个副主任回来。"

他知道，李萍一向是吵闹的，却也是理智的，但不知道李萍面对这样的事仍能保持理智。如果换了灵儿呢？也许一转身就走了，除了他，现在没有什么会被她看在眼里。可生活真的能一走了之吗？李萍这样想得开，徐家汇不知道该庆幸还是该悲哀。

精心准备了半天，陈卫东并没有看到好戏上演，没有人知道他有多失望。碰见徐家汇他仍旧笑着问好，还关心地问徐家汇有事没事，一点儿也不显得心虚。过去，徐家汇总以为，人做了坏事，早晚会有内疚的时候，没有内疚也多少会心虚；现在看来，一个坏彻底的人是连内疚是什么都不知道的，更谈不到心虚。他觉得李萍的理智是对的，他的确应该拿个副主任回去。

李萍没有想到他们的事会传得那么快，一个晚上的时间整个音乐系都知道了。别人看她，都是关切的眼神，说话也刻意地开始小心翼翼，好像她随时会失控，也许他们就等着她失控。她发现，人们爱看戏的天性正毫无保留地发挥到了生活中。下了课，林伟走过来看着她收拾课本，她头也不抬说："改天再补课吧，老师今天有事。"

过了一会儿，见林伟还站着，她有些不耐烦，强压着情绪看着林伟。教室里的学生已经都走光了，他们已经习惯了李萍给林伟补课，而且他们也知道这和家长有关系，学生很多时候并没有表面看上去那么不谙世事。林伟只是看着李萍，不说话。看他这样，李萍失去了最后的一点儿耐心，拿起课本直接往门口走。她已经忍了一天了，她不打算为了一个学生再忍着装出笑脸。在教室门口林伟用胳膊拦住了她，她想推开他的胳膊，他却坚持拦着。这下，李萍彻底火了，声音提高了说："怎么啦，没有谁规定我必须给你补课吧！就算你叔叔是处长也管不着。"林伟看着李萍礼貌地说:"我就想让你发出火来,不要那么压着,一整天了,看你这样我们都很难受。李老师,你是最好的人,不该受委屈。"李萍的泪被这句话一下子挤了出来,再也收不回去。比起昨天的发泄,这句话更能触到她的痛处。 一个外人尚且能觉出她的好,他呢?早就对她厌烦至极了吧。她不去他系里闹腾,让他去竞聘,他应该高兴吧。早在昨晚之前,她早被生活教育乖了,反正都是失望,又何必和生活再较劲呢?可不较劲不代表她就能过得了心里这道坎儿。

　　面对林伟,即使难过,李萍也一直都是无声哭泣,尽管如此,哭过之后的李萍还是觉得心情好了很多。心里那道坎似乎也平滑了些。林伟说得没错,不开心,更应该多和音乐待在一起,就像他们在乡下演出,吃得差,住得也不好,但大家都很快乐。上次去乡下也是李萍最高兴的一次,因为是她主动要去的,所以也就不会生出任何怨言。任何事只要是愿意,苦的东西都会吃出清甜。晚上,大家坐在一起,看着星星聊天,竟然把陈年的隔阂也消除了,李萍自己也抒情起来,和大家一起唱儿歌,朗诵诗词。过去到乡下,因为一直想着女儿,她的心总是匆忙的。不只在乡下,这些年她的心从来都是匆忙的,那么认真地、急切地往前赶,最后却完全忘了要去那哪里。在乡下,有一次一个女学生说,我们为了自己活就好,每个人,如果都为了自己而活,那一切就会变得简单许多。父母为了子女,子女又为了父母,女人为了男人,男人又为了女人,说起来好像很伟大,其实都是困顿其中,最后生出来的都是埋怨和疲累。在乡下,每次听到学生们说这些或空洞、或热情、或哲理的话,李萍都会生出羡慕来。羡慕他们年轻,羡慕他们还有着水一样的不可捉摸的未来。不像她已经不可以选择了。

5

徐家汇一心等着系里考核的消息。自从那封信寄到了系里，他和灵儿的关系就被传开了。上课，他们再也不能互相看着，班里的学生时刻都在捕捉着他俩的目光。即使是正常过去给她看画，他也能听到教室里刻意地突然静下来。他的画室他们也很少去，因为总能隐约地听到一些声音，他怀疑有人仍在窥探他们。两个人没有机会在一起，灵儿有了大把的时间搞她的毕业创作。基本已经画完了。画面上，一个女人穿着松垮的衣服披着长发，掩住了多半边脸，眼睛半垂着，一只骨感极强的手立起了四个手指把梳子很有气势地按在腿上，另一只手掩在头发里。看上去，画面中女子似乎正打算做一个动作。用现代油画来表现这样一幅画面是极不讨巧的。油画重面，而这幅画里重的是线，用油画表现线，要么会显得僵硬，要么会显得太厚重，已然没有了线的轻盈。徐家汇原来建议灵儿画半面妆，画一个面具半掩在脸上，那样浓重的东西反而是好表达的。灵儿说，还要面具吗？不用面具我们已经是半面了，用了面具那就连半个都没有了。灵儿固执地坚持着，他也不好再说什么。好在灵儿算聪明，画里还是极好地隐藏了自己的缺点。灵儿最不擅长画布，过去画静物，她总是会把桌面处理成别的。这次也一样，衣服只是大块带过，仅有一个隐约的影像，不知道的还以为是为了强调头发而特意处理的。整个画面基调偏绿，营造出了有些忧郁又诡异的氛围。创意也算是很好，颇有些意在画外的景象。他想，即使他们从来没有过交往，只看到这幅画他也会给她一个高分的。

李萍和上学期完全一样，每天都很忙碌，在家里总是一副神色匆匆的样子，完全顾不上唠叨他，童童也送到了李萍姐姐家，只有周末才可以见上一面。没有争吵也没分歧,生活是这样平静。按理说,他该觉得幸福才对,但不知道为什么没有了李萍的管制,他似乎丢失了对抗的重心,反而有些没有着落。他总觉得李萍有些不一样了。不只李萍,灵儿也不像平时那么健谈,在确定李萍不回来的时候,他会把她带到家里。灵儿说话不再像过去一样,想起什么就说什么,好像在有意回避和他的矛盾。他能确定却不知道究竟是哪里出了问题。

又下了一场雨,树上叶子终于落了个干净。系里的副主任人选还是迟迟未定。李萍见他回来,说,要和他谈谈。徐家汇坐在沙发上看着她,不明白为什么李萍现在对他竟变得这样客气了,客气得让他觉得别扭。李萍说:"我们离婚吧!"见他望着自己,李萍又说:"离婚吧,何必这么撑着。"徐家汇不知道今天又发生了什么事,仍是迟疑地看着李萍,半天才说:"又怎么了,我不是已经竞聘了吗?"李萍笑了,笑得很温和,很从容。李萍人瘦了,也变漂亮了,在短短的时间内,她已经变成了一个徐家汇完全不熟悉的李萍。

"你竞聘不竞聘是你的事,我在说离婚。"

"为什么?"

"为什么?徐家汇,你还需要问为什么吗?你到什么时候才能不缩脑袋,什么时候才能主动地承担一次。"

"我和你说过,那封信是陈卫东写的,他的话能信吗?"

"徐家汇,你能不说谎吗?陈卫东不是个好人,你呢?你在两个女人之间就好吗?我们这些年怎么过的,你还不清楚吗?你以为就你厌烦吗?"

徐家汇有些语塞了。

"我已经决定了,只是告你一声,你尽快去学校开证明,我们早点给办了。徐家汇,如果,你还有点良心,就别拖着。"说完,看了徐家汇一眼,摔门走了。

徐家汇在沙发上坐了很久。虽然李萍无数次生气的时候说离婚，但这么认真地提出来还是第一次。他不清楚李萍是在激将他，还是在生气，还是真的要离婚，又或者是发生了什么事：灵儿绝不会挑事，那就只有陈卫东。可还有什么事呢！他和灵儿已经很谨慎了。徐家汇没有任何头绪地想着。李萍很晚才回来，躺在床上，徐家汇伸出手去搂李萍，刚搭在身上，被李萍一把拿开了，转过身冷漠地说："徐家汇，我们有必要这样装吗？"李萍这么一说，徐家汇也变得没意思了，两个人，各自背过去都紧靠着床边睡去。早晨，李萍又提醒徐家汇开证明。这下，他有些相信李萍是真的了，但为什么呢？这太不像李萍了，过去，李萍吵闹得厉害了，有时徐家汇提离婚，李萍总说，别想了，有了孩子我不会离，闹一辈子也不会离。现在，为什么突然就要离了，而且连商量都不商量，自己就决定了。那他算什么？摆设？晚上，一回家李萍又问他开好了没有，他摇摇头。李萍问，为什么？徐家汇说："你先说说，为什么离婚？离了要和谁结婚，我什么都不清楚，没法开。"李萍从鼻腔里哼了一声，眼睛看着他提高嗓门说："徐家汇，你还真行啊，自己错了还挺理直气壮。我跟谁结婚和你有关系吗？在你眼里我就是个用旧的东西，你看都不想看一眼。你没想到，我这个旧东西也能开始崭新的生活吧。" 看着徐家汇一言不发。李萍又说："其实，告你也没什么，是和林处长，他单身。"徐家汇在脑子里飞快转着林处长这三个字，李萍又哼了一声，她这一哼倒让他想了起来，问："就是你们班学生的家长？"

"不是家长，是学生的叔叔。"

在徐家汇焦头烂额的时候，灵儿正酝酿着一件大事。她怀孕已经三个月了，一直忍着没有和他说，因为她不确定他会要这个孩子。他说过，离婚很难。可是，她就是想要这个孩子，如果他们之间注定没有未来，什么都没有，那她至少有个孩子。这是上天给她的，她会自己养她。这些日子，灵儿一直仔细考虑着该怎么办？最后一切都想好了，她决定告诉他。徐家汇听灵儿说完，看着她苦笑着问："为什么不告我？"灵儿晃着他的胳膊撒娇地说："我自己想生嘛。我都想好了，反正你不要，我也要生。"徐家汇的神经被这句话一下子扯长了，长到快要绷断了，他大声说："很好啊，你都想好了，都决定了，你以为怀了孩子，我就应该和你结婚？你自己都决定了还告我干什么！你自己爱干什么就干什么！"灵儿看着他，胸口呼吸急促着，让他再说一遍，他又说："你想干什么干什么，少问我……"灵儿没有说话跑了。

徐家汇不知道两个女人是怎么商量好的，居然都变得这么有主意，都来将他的军。那天，他和李萍说，她就是个爱慕虚荣，喜欢权力的小市民。李萍不但丝毫没有生气而且还笑着说："小市民怎么样，不好吗？可是有人就喜欢小市民。你赶紧去找高尚的人吧，加快脚步，咱俩谁也别耽误谁！"

徐家汇的心情从听到离婚这两个字后起就再也没有平复过，一直处在深度的混乱里。过了一夜，他才觉得对灵儿有些过，她想生的是他们的孩子，他有什么可生气的。转念又想，反正，自己是要离婚的，离了婚和灵儿就能永远在一起了，这不正是她一直想要得到的吗！等忙完了这阵子，再好好哄就是了。他清楚再和李萍耗下去，只会成为结结实实的笑柄。哪有这样的男人，老婆想离婚了还强留的。随她去吧。

李萍是现实的，却并没有徐家汇说得那么不堪。和林伟练歌说起了乡下的美好，她一脸向往。林伟说，这没有什么难的。果然，没多久林伟说服了叔叔带着李萍一起去了郊区。李萍礼貌地叫林处长，林处长说，叫我老林吧，叫处长怪别扭，老觉得在上班呢。那次见面，因为大家都没有任何任务和要求，所以都觉得很轻松。轻松了也就容易走近。他们在郊区都放开了歌喉，老林在听了李萍唱歌后，连声说要拜老师。李萍以为只是一句玩笑话，谁知，回来后，老林真的来找她练唱歌。李萍没有思考，立刻就答应了。现在的李萍，双脚完全是踏空的，任何伸向她的枝干她都会毫不犹豫地抓住，而且是紧紧地用力抓住，即使握着枝干的那头是脆弱的林伟，她也会抓住。她庆幸，抓住她的最终不是林伟这样的小树干。

李萍唱歌的时候，老林眼里满满的全是欣赏，这让李萍产生了一种错觉，仿佛又回到了十年前。那时，她唱歌，追求她的男人也会这么看着她，满是欣赏。可那眼光，后来她再也没看到过。教老林唱歌以后，一天，老林单独约了她出来。平时，有林伟在，也是她和老林聊得更多些。老林比她大四岁，他们经历都差不多，聊起年轻时，聊起生活的艰辛，大家有的是话题。林伟在老林面前完全做回了孩子，很少参与他们的谈话。谁知，这次没有林伟在，他们竟聊得有些尴尬，仿佛林伟是润滑剂，有了他，说话可以更顺畅。老林说，我还单身着。见李萍不说话，又说，你的事，我都知道，林伟说过了。李萍不知道林伟究竟说了些什么，也不知道自己该说些什么。所以，老林只能自己一个人说下去。

女人也许天生就需要被爱慕，自从老林表明了爱她，虽然李萍拒绝了，但心里却对老林生出了异样的感觉。再练歌，看见老林盯着她看，她居然有些羞涩了。女人对男人一羞涩就很能说明问题了。和老林在一起是快乐的，对老林的追求，李萍表明是拒绝的，但更深的意思是等待。生活的折腾已经够了，她只能等待。直到看见枕巾上有一根黄褐色的头发。李萍身上最值得炫耀的除了嗓子就是那一头乌黑的头发。其实，她心里也清楚，没有那头乌发，他们也完了，只是需要最后的一丁点细如发丝般的推动力罢了。

结婚这些年，李萍和徐家汇共同的家产就只有房子和童童。对于房子，两个人都没有开口，没有说要，也没有说不要，只是争着要童童。吵了一天，李萍口气软了下来，看着徐家汇说："如果是个男的，我一定会留给你，女儿一天天长大，总是跟着妈更方便一些，你们结婚以后还可以再有孩子，我却没有机会了。女儿，我让她跟你的姓，还不行吗？"李萍说完，恳求地看着徐家汇。徐家汇也看了看李萍，两个人这些年，还是第一次这么认真地看着彼此。想着灵儿已经怀了孩子，李萍却还从来没有这样低声下气过，徐家汇的心又软了。对于李萍找了个比他强的男人，他虽然觉得没有面子，也说了刺激她的话，但心里总还是有夫妻情分的。李萍见他点头了，赶紧说，房子留给你。两个人说到这个份上，都想起了对方的许多好来。

徐家汇说："房子、孩子你都拿走吧，好好过日子。"

听他这么说，李萍的眼圈有些红了："不，房子，你住着，他那儿有。"

办完了手续，李萍说，以后再评职称记得找她，她会帮的。徐家汇点点头。临走又和李萍说，孩子还是姓林吧，那样对孩子好，只要孩子好了，就行了。李萍答应着。从离开徐家汇的这刻起，她才觉得徐家汇原来也并不是小气的男人，原来也并不那么自私，原来对她也很好。可一切已经过去了，也只能过去了。

回到系里，徐家汇才知道灵儿找不到了，没有人知道她去了哪里。在他忙着的这几天，她一次也没有出现过。徐家汇找了一切可以找的地方。已经十一月，这么冷，她能去哪里呢？没有办法，他找到了正在忙着准备个人画展的尚老师。灵儿是尚老师招来的。那年，尚老师在全国走了一圈，招了许多学生，这其中就包括灵儿。听他说灵儿不见了，尚老师看他的眼神立刻就变了。尚老师是系里资格最老、年龄最大也是品行最好的一个。平时话不多,只是一味地关心和画画有关的事,因为什么也不与人争,所以,口碑极好。他和灵儿的事,尚老师写生回来已经听到了一些,但是没想到会这么严重,尚老师叹口气说:"学校每年快毕业都有女孩子出事,这你不是不知道,为什么你也会变得和他们一样呢?白白毁了一个有才华的孩子。"说完,把画笔泡在松节油里,洗干净手又问徐家汇:"为什么会不见了呢?你不是已经离婚了吗?"

尽管不好意思,犹豫着,徐家汇也只能说:"她怀孕了,那几天我和李萍正闹离婚呢,和她说的话重了些。忙完李萍的事,回来,她就不见了。"

"我去她家找吧,是我把她带到这儿的,也只能我去找。"

徐家汇见尚老师肯帮忙,连声说,好,好,我马上回去准备。

"你还是先别去了,这种事放在谁家闺女身上,都是往死了气的事,闹得街坊邻居都知道了对田灵不好,对你也不好。我去找王峰,他会去的,以系里的名义去。我尽量带田灵回来,快毕业了,缺勤可不好。等回来,你们再慢慢解决。"

徐家汇知道尚老师一向看不惯师生恋,但现在却肯帮他,而且是这样设身处地地帮他,心里溢满了感激,恨不得立刻就有机会也能帮尚老师一把。一切只剩下等待。灵儿那天说,有三个月了,那么孩子出生也是夏天,徐家汇脑子里盘算着该怎么准备。小孩儿的衣服,他母亲做就可以。灵儿回来,办了婚事也来得及。小孩儿就睡童童的床就好。想起童童,他的心又缩紧了。已经有半个多月没见过童童,不是李萍不让见,是他不敢。心里既怕童童老想着他,和林处长疏远,让林处长不待见。又怕童童完全忘了他,只和林处长亲近,那样温馨的家庭画面,也是他不愿意看见的。这世上,任何缺失的东西总是要拿质地相仿的才好弥补。所以他盼望着灵儿,更加盼望着他们的孩子早点落地。

一个星期后,尚老师回来了,不过并没有带回灵儿。尚老师说:"孩子已经没了,田灵回到家的时候,满身都是血,但不说一句话,所以没有人知道孩子是怎么没有的。田灵的父亲问,田灵到底是和谁处对象,怎么会弄成这样,我没说……"说到这儿,尚老师把头低得很厉害,继续说着,"田灵只是躺着,一句话也不说,可怜啊……"徐家汇的世界在这一刻终于彻底支离破碎了。从此以后,他的世界里再也没有完整地出现过昔日景象。尚老师像是明白了他的心思,说:"你还是先不要去找她的好,她那个样子,家里人见了你,根本忍不住,只会闹得四邻都知道,那样对田灵不好。再有几个月就过年了,过了年,我再去看她。没人的时候,我和田灵低声说过,你已经离婚,她消了气再养一段日子,也许就好了。她是我招来的,你们既然已经开始,我也就只能盼着你们有个好结果。要不然,我也不安啊。"

一切仍然还是等待,徐家汇却已经没有了先前等待的心情。在他失去了一切的时候,副主任这顶帽子终于在入冬前落到了他头上。他丝毫没有觉得暖和,更没有觉得欣喜。没过多久关于他的种种谣言,一个一个传到他耳朵里。最广为流传的一个版本是:他为了评职称让李萍勾引了他的同学林处长,之后,他的同学索性取而代之把李萍完全笑纳了。为了报答徐家汇的让妻之恩,林处长又帮他拿到了副主任一职。这个版本的故事极为流畅、逻辑又缜密,徐家汇自己听来也觉得颇可信。另一个流传的版本是,他搞师生恋,李萍为了气他,故意找了他的同学。他的同学为了能顺利和李萍结合,给出的条件就是帮他当副主任。徐家汇知道,如果李萍再嫁的人没有他强,那版本就会更改成别的。但无论怎样,他都摆脱不了可憎的嘴脸。现在的他在众人眼里,不只可憎,也卑鄙,也可怜。他入校十几年,还从来没有见哪个老师因为搞男女关系而离婚的，更没有哪个老师像他这样被老婆主动踢开，并且老婆还攀上了比他高好几倍的高枝。他不明白，为什么，别的人搞师生恋，像割韭菜一样，一茬又一茬地割，没有任何事，而他，只碰了一次，就碰得一切尽失。这不公平。他只有一线希望，就是等灵儿回来，只要灵儿回来，孩子，一切也就都有了。

过了年，风尘仆仆赶回来的尚老师仍旧没有带回灵儿。他说，田灵已经去了另一个城市生活，她的家人说，她不想被人打扰。一句不想被人打扰，彻底断了徐家汇最后的一线希望。灵儿一定是恨极了他，否则不会留一句"不想被人打扰"，这是说给他的。

徐家汇觉得自己彻底多余了。去系里辞了副主任出来，头一下子就轻了许多。他知道副主任算顶帽子，可一切都失去了，连脸皮也失去了，还要帽子做什么，只能是打扰别人罢了。帽子应该送给急需御寒的人才对。那以后，从学校到系里，对他就只剩下怜悯。他们觉得在学校里再也找不出第二个像他这么倒霉的人。他不可怜谁可怜。直到徐家全的再次到来，这一切才有了改变。徐家全把粮票拿出来先在他面前抖了抖，然后拍在了茶几上，说："整四百，全国粮票，拿去，租你房子两年，两年以后你住你的，我走我的。"徐家汇看到粮票的时候，并没有像田有禄一样两眼放光，此时此刻，就是把金子放他面前，他也未必会觉得有用。看见他没有任何反应，徐家全笑了说："哥——不需要这样，女人嘛，走了，说明还会有更好的要来。何必这么半死不活的，不就是面子嘛，我要是你，就先出去转一转，反正学校也请得了假，大不了还能停薪留职。这么好的单位，不好好利用，可惜了的。人挪活，树挪死……你要动一动……"又拿起了粮票说："全国粮票，你走到哪里不需要这个？我就是雪中送炭，当然，顺便也要帮帮自己，货放在这儿，安全又放心，也好销。"说完看着徐家汇等着他说话。徐家汇不知道他这个堂弟哪儿来的精神头，每天鼓捣来鼓捣去，现在居然又自己弄起了生意。

"你粮票从哪儿来的？"

"倒腾的呀！这些你不懂，反正不是抢的，你看看我，这么瘦，我抢得过谁，倒是被人抢比较容易！"听他这么说，徐家汇被逗笑了。这么久，他还是第一次这样大声地笑。他也盘算过出去走走，但想到请假以及一系列复杂流程，也就只是盘算而已。如果没有徐家全租房子这件事，他一定不会真的就放下工作出去。但他出去却也绝对不是因为要给堂弟腾房。他没有这么高尚，至少目前还不具备如此高尚的情操，做到只为他人不为自己。说白了，他总是被动的，总是需要被人推一把，才能往前走。而徐家全就是这个推他一把的人。以前和现在都是。和学校请假比想象中还要容易，有了之前对他离婚的同情，似乎一切都是应该的，他不出去、不闹情绪反倒有些不正常。要去哪里，却是徐家汇早就想好了的。这些日子，他脑子里一直转着灵儿说过的话——湿漉漉的、甜香的巷子。他期待着，去了那里，一切会好起来。

6

每天傍晚，徐家汇都要一个人在涂水巷里走一走，从东面走到西面的清虚阁。有太阳的时候，会安静地站一会儿看着太阳落下，再绕到北门转回来。巷子里的人遇见了会叫他徐裁缝，他已经很习惯这个称呼了。他们除了问候他还会顺便问候田有禄，这让他仿佛觉得自己和他们是一家人。田有禄和王玉琴在一起很少生气。最初，他以为是在避讳他；快一年了，天天在一起，才发现，他们的确吵不起架。两个人似乎早就达成了某种默契，只需要一个眼神就能平息事端。他无数次想过，他怎么也应该比田有禄强，可为什么自己就不具备这种本领呢？无论是和李萍还是和灵儿，他们仿佛总是要跋涉千山万水才能到达彼此的内心。即使到达了，一个不留神就又拉回了从前。就凭这一点，他就该羡慕田有禄。田有禄偶尔也会和他一起喝点酒，聊一聊，但从来都很克制，不像在学校，大家总是会喝到忘了自己、胡乱吹嘘的地步。徐家汇也是个克制的人，所以，两个人聊天也就都圈在一定范围内，谁也不会绕到圈外去胡说。徐家汇的婚姻、田有禄的女儿，这都是他们从来不谈的话题。只有一次，玉琴摘了槐花给他做拨烂子吃，田有禄主动说起了自己的女儿，说她小时候常会爬上树去摘槐花，淘气得很。徐家汇接过话说，那她现在呢？在哪儿，怎么不见回来。说完，小心翼翼地看着田有禄。田有禄望着摘槐花的玉琴淡淡地说，儿孙自有儿孙福，长大了就由她去吧。徐家汇早就知道，田有禄是淡定的，如同这巷子里的四季，该来则来，要去则去，从来不见他着急。

  入秋又下了一场雨，天气彻底转凉了。这样的一年，时间竟还能过得这样快，这是他没有想到的。最初，涂水巷在他的印象里并不像灵儿说得那么好，整个巷子虽然到处都湿漉漉的，却沁着让他不舒服的寒意，而且无论哪里都没有一丝甜香飘过，只有清冷。后来，住久了，他才渐渐地发现了这里的好。巷子里几乎每家都种着槐花。一到五月，家家的槐花开了，连同巷子里那棵千年的老槐树会一起散发出诱人的浓香，光是那香气就极为壮观。据说，过去离着十里地都能闻到巷子里的香气，还曾经叫过槐花巷，解放后才叫回了原来的名字。巷子的风，也和别处的不同，有时候柔得像丝手帕一样，绵软得都无法触摸；有时候，却又同刀子似的生硬冰冷，嗖嗖地从耳边穿过。巷子很深，每一家却很熟惯，常常会端着碗边吃饭、边串门，像一家人一样。玉琴开始待他那样冷淡，后来也一天天暖了起来。像是习惯了他，虽然他清楚习惯是那么的艰难。他对这里也习惯了，相比之下，对学校反倒变得有些生疏。这种生疏，偶尔会让他生出些不安。和学校请一年的假，学校准了他一年半，算是创作假。可一年下来，他一张画也没有画，只是裁衣服。裁衣服也并没有最初徐家全说的那样赚钱。去年回家，徐家全听他说开裁缝店，一直拍着胸脯说，相信我，没问题，人多得简直就是在抢布料。开了一年，人虽没有断过，却从未出现徐家全所说的抢布料的场面。他的本意是想支起个摊子，生意兴隆的时候，再盘出去，好让田有禄赚些房租钱。他能做的也就只有这些。对灵儿的想念已经没有一开始那么强烈，但内疚却逐日递增着，那样一个花一样的女孩儿，因为他的缘故，现在，远走他乡，连父亲的面都见不着。田有禄的落寞还有玉琴常常发呆的神情，对他来说越来越变成了一种折磨。他只想挣些钱补偿他们，早日结束这一切。但生意这样不景气又能盘给谁呢？再待半年，无论怎样他都必须回去了。

　　进了十一月，裁缝店的活计居然一下子就多了。没几天布料高高地堆了一摞。徐家汇掩饰不住，整日都笑着。看见他高兴，田有禄也高兴。怕他忙不过来，还帮他张罗了个小工。这下，徐家汇彻底安心了，心里盘算着过了年，不忙的时候，好好教这个孩子裁衣服。他只要肯盘下这个店，就能租田有禄的房子，田有禄就算是有了靠，他也能回学校了，他的心也能安了。忙碌了一个月，眼见着人比先前还要多，都催着给自己先做，说自己是要年下穿的，那情形还真和抢布一样。这下，他算是彻底佩服徐家全了，也佩服自己，觉得自己到底做了一件对的事情。

　　徐家汇以为他可以一直这么高兴下去，至少年前会高兴下去。谁知，十二月的第一个星期二，田有禄突然被人告发了，罪名是私吞公共财产。据说，一起被告发的还有供销社的肖主任，他的罪名是包庇罪。被告发的当天田有禄就被保卫科的人带走，关了起来。一块铺板竟惹出这么大的麻烦,这是徐家汇没有想到的。他又自责,又着急。可越急, 就越没有头绪。玉琴气得也埋怨着说,早就劝他不要和画画的人打交道了,就是不听,这个家受的害已经够多了,还要受害到什么时候啊。徐家汇不敢说话,只是在堂屋默默地站着,他心里甚至在等,等着玉琴说出更难听的话来,这样,他心里或许才能好受一点。但玉琴并没有说出更难听的话,后来就只是在那儿叹气。徐家汇除了惭愧还是惭愧,刚刚建立起来的自信眼见着垮了下去。过了晌午,对门张福生来了,犹豫了半天说:"上次和供销社的老高喝酒,喝大了,就说起了你们家徐裁缝,也说起了老田怎么帮他张罗弄铺板。本来是夸耀的,想说老田总算有靠了。老高和肖主任一直就不对,不知道这次的事和他有没有关系。"说着,又看了玉琴一眼,说:"大妹子,是我害了老田,我这张嘴啊,"说着就要打。玉琴拉住了。听张福生这么说,徐家汇像是看到了一线希望,急急地问:"你和他喝酒应该熟吧,找找他,看能不能不告,想想办法。我这儿有二百斤全国粮票,还有一些钱,全给他,如果不够,我还会想办法。"边说边从兜里掏出粮票和钱。这些是他昨晚就准备好的,虽然还什么办法也没有想到,但他知道办事总是要用钱的。这个只要他有,他舍得。张福生看着粮票点点头,说,我去说,我去说,这粮票他稀罕呢!

三天后,田有禄放了出来。过了一夜,他叫住徐家汇往他手里塞东西,说,只剩下一百斤了,那些我以后补给你。徐家汇一看是粮票,又塞了回去,说:"铺板本来就是为我找的,这是干什么,怪我吗?"

昨天夜里玉琴和他把家里这几天的事全说了,田有禄说,把剩下的给了人家吧,人家也不容易,灵儿的粮票以后再攒。玉琴点点头。见徐家汇不要,田有禄有些急了:"你拿着,我不欠人的。你肯往出拿已经帮了我了。"徐家汇按着田有禄的手说,我欠你的,你要塞给我，我明天就走。说完不等田有禄再说话转身回了他的小屋。几次，他都想和田有禄挑明了，说出一切，可每次话到嘴边又咽了回去。一开始，是存着心想再见灵儿一面，不敢说。后来，是他们对他的那份好，让他留恋着，也不敢说。他知道，一旦说了，他们之间的关系瞬间就会不复存在，留下的只会是怨恨。

　　一个冬天都没有下雪，进了腊月了，雪开始一场接着一场下起来。徐家汇知道自己是要走的，想着年后处理完事情就再也不来了，心里生出了许多的不舍。所以回去的日期推了又推。过了腊月二十三，他知道不能再推了，收拾了行李去和田有禄说，他要回去。田有禄看着他，面有难色地说："按理，这种话不该说。可雪这么大，你回我也不放心。你要是能和家里人说得过去，就留下过年吧，过了年再回去。"

　　"可你家里人回来，方便吗？"听田有禄挽留自己，徐家汇才知道在自己心里一直是想留下的，说要走不过是个托词。

　　"方便，你不算外人。"说完这句话，田有禄似乎有些不好意思，低下头一直抽烟。徐家汇笑了，他终于可以再次期盼了。

7

　　灵儿进来的那一刻，徐家汇紧闭着呼吸。他生怕一呼吸，就把她吹跑了。进了门灵儿看了他一眼，笑了一下，就坐下不再看他。他一直盯着她，急切地想要弄明白那一眼的意思。虽然灵儿笑了，可那一眼在他看来是那么陌生，完全不是他想好的目光，既不热烈也不生气，眼神里空荡荡的。和灵儿一起进来的还有一个中年女人。田有禄介绍着，女人原来是灵儿的小姨。徐家汇点点头，田有禄叹了口气说："老徐，不是想瞒你，这实在不是一件光彩的事，她就是我闺女，原来也在你那个学校上学，前年，从学校回来就很少说话，后来，彻底失了心，人的精神就全废了。有时候，能认得我们，有时候连我们也不认识。刚病的时候，我还提前退休让她顶了我的班，可没法上啊，白顶了。大夫说，这种病，有时候突然就好了，所以一直在她姨姨家住着，希望好了，好能寻个好人家。我们攒了粮票也是给她用，不想让她姨受了累再受亏空。怎么思谋也思谋不过当官的，粮票竟然要作废了。过去白攒了那么多，现在一下子都不知道该怎么花出去。"

徐家汇无数次幻想过他们再重逢的情景。或热烈，或激烈，或者是冷淡。如果，她还爱着他，那他们的眼神一定会一直痴缠着；如果不爱，她也许会瞪他，也许会骂他，看着他离开。相见的场景已经在他脑海里演练了无数遍，无论是哪一种，对他而言都是熟悉的，他都可以接受。但现在的一切，却像一个湿冷的梦境，让他无从下手。徐家汇的身体在灵儿面前像水一样，一点点垮着流下去。

徐家汇说得很认真，田有禄一直犹豫着，过了几天才说，先住一起吧，试一试，能行了再结婚。

那天，面对徐家汇的诉说和不安，田有禄显得很镇定。听完了才缓缓地说，他一直有种感觉，觉得他和田灵可能有牵连。但是徐家汇不说，他也不好说。他早就不恨了，因为，恨，没用。早些时候，也想过，去学校找一找，问一问，想知道灵儿究竟是怎么才变成这样的，学校派人来看过，后来还给了毕业证。他就知道学校是知道的。既然，那个人不来找灵儿，可见那人是铁了心的。他们再去闹，灵儿只会更没脸。孩子是那么一个自尊心极强的人，已经病了，再把脸也没有了，那就更不能活了。还说，你离婚能怎么样呢！把灵儿放在她姨姨那儿也是希望她能好起来，好了再回来，邻居也不知道什么，她还能继续过下去。可已经一年了,还是不见好。就算再有错,他们也不会把一个终身的拖累推给他。他们做不出这样的事。是好,是坏,是她的命,谁也不怨,只怨自己当初太疼闺女,把她送到那么一个地方。

徐家汇本以为,只要他一开口,立刻就会遭到唾弃,没想到田有禄却说出这样一番话来。原来田有禄也揣测过他,不同的是,别人是包容,而他却用自己已经萎缩的心境胡乱地低看了他们。只要他们肯,他只求一切还能有机会再弥补。

灵儿虽然失了心,却并不是一个傻子,不会好端端地就和徐家汇住在一起。田有禄有的是办法。他和灵儿讲起了梁山伯和祝英台,还说,学好了就能去外面上大学了。这么说,灵儿果然一下子就同意了。

为了他们,田有禄和玉琴搬到比偏房大一点的南屋里,大屋腾了出来给他们住。徐家汇知道反对也没用,索性坦然接受了。他只盼望着能和她立刻单独相处,他有那么多话要和她说,他的思念,他们失去的孩子,还有这一年的煎熬。他还想告诉她,她的以后,就是他的以后。他们不会再分开了。

8

真的面对失心的灵儿,徐家汇发现一切并没有自己想得那么容易。灵儿已经不再是过去的灵儿了。坐在面前的这个女人,除了长着灵儿的样子,其他,完全是另外一个陌生的女人。一个动作,一个笑容甚至连声音都是陌生的。他努力克制着陌生的感觉,开始和她说话,说那些想念的话。可他无论和灵儿讲什么,灵儿只是笑一下,就开始专心做手里的事，有时候是做一朵花，有时候是在纸上认真地画谁也看不懂的线，从来不会静静地看着他，听他把话讲完。田有禄和她说话，她偶尔还是有回应的。但和他，却一点儿也没有。他的那些思念，在反复地重复叙述里变得越来越稀薄。他对她来说，应该也是陌生的吧，不只是他，周围的一切似乎也都不在灵儿的世界里。没有人知道她的世界里到底有什么，她到底在想什么。亲热，更是无从谈起。第一天，他试着搂她，他也仅仅是想搂着，她大声叫了起来，吓得他连忙往后退去。这之后，只要他坐得离她近一些，她就会突然大叫。玉琴已经和他谈过，让他不要急，慢慢来。他知道她是什么意思，这让他再面对玉琴一家人又生出更多的羞愧来。

两个月过去了，他们之间陌生的感觉丝毫没有消除的迹象。徐家汇回了屋不再和灵儿说任何的话，只是看着她，看一会儿就上床睡觉。他多希望，这样看着，他的灵儿突然就能回来，从前的时间也能像水一样流回来。过去，看不见，灵儿却一直是清晰的，从来没有一刻离开过他。晚上想了，只要一伸手就能把她揽在梦里。可现在，每天面对着，和她躺在一张床上，却是这样陌生。他常常会想，她根本就不是灵儿，是个完全陌生的女人。可她看起来是这样可怜，他总应该好好待她，或者干脆把她当孩子一样爱着。面对一个曾经和自己那么亲近过的女人，亲密的时候，他也许常常会生出怜惜来，会生出对孩子似的感情。可一旦那种亲密没有了，甚至已经变成了另一个人，他们之间竟然比完全陌生的男女还要陌生，还要别扭。每晚，看着灵儿，他都会说服自己对她好，他也应该对她好。每天，他都要对自己的心重复地说几次这样的话。他们终于生活在了一起，可这就是自己想要的生活吗？徐家汇的心比任何时候都要灰暗，光亮对于他而言，已经比梦境还要不可求。

过了清明的第二天，雨哩哩啦啦地下了一整天。屋子里冷极了。

晚上看着灵儿，他苦笑着说："赶路的人还能抱把柴取暖，可我，什么也没有。我就和你这么干坐着等老，这就是我的命。"说完，他折过身子躺下。他知道空气里虽然是两个人的呼吸，却永远不会有任何回应，比和自己待着还要寂寞。夜晚实在是太冷了，徐家汇一会儿就被冻醒了。然后，他听见屋里的大钟左右摇摆的声音：左一下，右一下，左一下，右一下……

天明醒来，已经没有了灵儿的踪影，他只看到了一封信。

  即使我们努力，终其一生，始终也还是只能以半面示人，这不是悲哀，是宿命。柳树也许明天一早就发芽了，我相信我要找的生活，它就在远处，也许已经等我太久了。匆匆，勿念。

春暖花开

王湘和李军结婚了。婚礼那天,王厂长没有来,但给上了礼,礼是一块毛巾,一块肥皂。捎礼的人说,老厂长让你们洗一洗思想上的污染。王湘听人这么说,像吃了蜜一样,笑开了,一笑身子就跟着乱抖,身子一抖,长头发也随着身子的频率前后摆动。李军看见王湘这样,心里第一时间蹦出了"花枝乱颤"这个词。很多年以后,她逐渐遗忘了结婚那天的所有细节,唯一清晰就是这一幕场景。当然,遗忘的过程也相当的漫长,她的婚姻在最初的日子里,和这个世界上的任何东西一样也曾崭新过。

做梦也没有想到他们会结婚的,王厂长在他们婚后很长一段时间里,每天都无数次地回想起自己当初的决定,他常常会在反复的回顾中,试图推翻和重组一些东西,但又有什么用呢,像已经打完的仗一样,一切已经晚了。说实话,当初派李军去帮助王湘清除精神污染,那真是经过认真考虑的。一来,李军是个军人后代,血液里天生就和自己一样流淌着军人的正义;二来,李军一向是个不着脂粉的女孩子，看着就让人又放心又舒坦。他培养和提拔李军当团支书也是这个原因。这样一个让人放心又上进的女孩子，怎么帮着帮着就把自己给同化了进去呢？王湘这么个浪荡子凭他哪一点能配得上李军呢？王厂长实在是想不通。其实李军自己也很想弄清楚这一切发生的来龙去脉。她一直希望在她的婚姻或者说爱情的道路上有个类似分水岭的东西摆在那儿，一眼望过去就能看见哪儿是从前哪儿是现在，像旗帜一样鲜明地迎风飘着，旗子上再标明从讨厌到喜欢王湘这个男人，具体的转变时间究竟发生在哪一刻。如果是这样，那么她和父亲摊牌的那天就不会那么被动。面对父亲的质问，她一句也解释不清，甚至也说不明白喜欢王湘什么，最后，只是耍赖似的扔下一句话，就是要结，结定了，否则就永不结婚，然后摔门而去。她能想象到她离开后屋子里父亲挫败的表情。用父亲的话讲，王湘那个男人留的头发比女人还要长，走路都是一副松松垮垮的样子，能好到哪里去。

  一年前，李军第一次看着王湘从远处走来就是这样一副松松垮垮的样子。因为逆着光，人又瘦，披着长发的王湘在她眼里没有任何的好印象，甚至都谈不到时髦，那个脑袋倒是让她想起了家里刚洗过倒立在墙角的旧墩布。很快，王湘就走近了，抬眼看了一眼旁边三车间的标牌，又用手看似随意地抖了一下风衣的领子，风衣上的黄色肩章在他抖动瞬间比阳光还要强烈地晃了一下李军的眼睛。李军挪了一下身体侧过了阳光，面无表情地看了王湘大概十几秒的时间才伸出手做了自我介绍。王湘在李军不说话和他对视的时候，嘴角抹上了一丝懒散的笑意。李军的本意是要在这十几秒里的对视里压一压王湘的傲气。但和王湘对视的过程里，李军丝毫没有占上风，她严肃而认真的目光在王湘懒散的回应里，被瞬间稀释了。之后的几天里，李军和王湘谈话就一直板着脸，她也只能板着脸，因为王湘看见她总是笑嘻嘻的，无论她怎样凶，他总是笑嘻嘻的，一点儿也没有要生气的迹象。

一个人笑也就算了，两个人都笑嘻嘻的，那成什么样子了，还像是在纠正错误之风吗？有时候，李军也会不耐烦地敲敲桌子说，你不要嬉皮笑脸行不行？王湘就把嘴咧小一点，但仍旧浮现着笑意说，这行吗？这可是同志间友好的微笑。客观地说王湘长得真是挺不错的，特别是眼睛，深深的，看人的时候，像是一眼就能看到人心里去。和这样一个男人成天面对着，哪个女人都会受不了，何况是一个从未恋爱过的李军。偏偏王厂长知道王湘会唱歌后又安排了他们搞个节目出来。王厂长本意是希望王湘这个落后分子能在李军的带领下来个彻底转变，变落后为先进。他做梦也没想到，不但没把落后捞上来，先进却在情海里先淹没了。排练的那段日子，李军看着王湘写的谱子，王湘站在旁边给她讲哪里要合唱哪里要领唱，不时地也哼唱几句。他们挨得这样近，她都能听到他的心跳声了，再凑近一些，脸也要碰到一起了。但他却一改往日的调侃变得认真又规矩起来。那次演出很成功，是液压厂成立以来最大型的一次表演。老厂长不但表扬了李军，也表扬了王湘。王湘一直随着大家使劲鼓着掌，不时也扭过头看看她会心地笑一下，那是他们第一次也是最后一次那么默契地一起分享成功带来的喜悦。他们就像不同方向的两条溪流，命中注定般地汇合了。但注定就只能汇合那么一下，然后各自流向远方。如果，他们最初就能清楚这一切，干脆而顺利地分开，那么，对于彼此的这次相遇他们一定会心存感激。

见到艺术院校通知书的时候，李军才知道原来过去那一年王湘一面接受着她的改造，一面准备着考大学，什么都没耽误。你都污染成这样了大学还要你吗？王湘没有回答李军的话，刮了刮她的脸，叫了声"小傻瓜"。李军无论白天怎么强硬，怎么利落，怎么雷厉风行，只要王湘叫一句"小傻瓜"，她从里往外立刻就能酥软了。尽管结婚四个月连婚床都没有躺热,她还是同意了王湘去上学。可王湘一走,李军立刻后悔了,晚上和烙大饼似的翻过来翻过去,怎么也睡不着,煎熬得她心里都快起泡了。她开始想他,想看见他,想听他说话,这想念甚至超过了结婚前谈恋爱的时候。从来不喜欢写信的她也开始写信了。一开始,一个星期给王湘写一封信,后来发展成了三四天。王湘有时候是一个月,有时候是几个星期给她回封信,信的开头总是写,我的小傻瓜。看到这样的称呼李军的心总是会先狂跳一阵儿,然后才能静下心看信的内容。王湘的信写得简短却充满了激情,常常用我恨不得立刻飞回去这样的字句,不像她,再想念落实到信上也只是记流水账似的告诉他自己每天在干什么,吃什么。王湘走后,李军每天晚上都会像王湘在的时候一样要打开收录机听音乐。当屋子里歌声响起的时候,她也会学着王湘平时的样子,闭上眼睛。过去看见王湘这个样子,她就忍不住要教训他,像什么样子呢?一副资本主义的享乐样子。可现在,一个人了,她也闭上了眼睛,在黑暗里音乐还真是和平时不一样了,仿佛和人贴得更近了。偶尔恍惚间,她会觉得王湘也在这个屋子里,和她一起听着音乐。赶上王湘放假回来的那些天,李军完全没有一点心思再管厂里的那些鸡毛蒜皮。每天晚出早归,一心只想守着王湘。王厂长晚上和老婆一说起李军就有种恨铁不成钢的感觉,感叹说,真是越来越没有以前的样子了,简直都快成了第二个王湘了。老婆却说,想想也是可怜,没找个军人,到头来还是搞得和军属一样,一年见不了几次。于是,王厂长也点点头,但还是叹着气。

再艰难的日子也总是要放到自己身上才会觉得艰难,在旁人眼里,十年也不过是一瞬,何况才四年。所以液压厂的人总觉得一转眼的时间王湘就毕业了,一转眼又分到了省歌剧院。简直是没有费什么工夫就一步登天了。在王湘分到省歌剧院的当年,他编的一出歌剧的曲子还获了省里的奖。王厂长组织全厂的职工分五批看了这场歌剧，这算是那个夏天除了发凉茶和西瓜之外最大的一份福利。按照惯例，每次观摩学习完，厂里都要开个大会，在会上总结所看、所想。以往都是李军主持，然后厂长发言。王厂长讲话总是要把国内到国际形势都说一遍，再结合这些形势把他的感想说一遍，等他说完了会也就开得差不多了。看完歌剧后，李军一直发愁该怎么主持这个会，以她和王湘这样的关系，怎么主持都让她觉得别扭。不夸吧，这毕竟是大会，是群众性的活动，又不是在她家里谦虚客套一下就完了，太谦虚反而显得小家子气。可是夸奖吧，这其中的语气她还真是拿捏不了，一不留神就变成了王婆。那几天把她愁得呀。过了一星期，见还没有动静，她有些忍不住了。再不想主持，这毕竟是件事啊，既然是事儿，以她一贯的作风还是喜欢早完早了，老悬着反而更难受。王厂长见她进屋没等她开口问，先开口说："会不开了。歌剧，也不是咱们的传统剧目，如果不是省里让各厂矿组织人看，我本人是不主张职工们看的。那个剧目的名字，你听听，《天堂之路》，一个信仰马克思的人怎么能喜欢天堂之路呢？当然我不是说你们家王湘不好啊。"王厂长见李军不说话，把语气又放慢了半拍说："李军啊，我真是不知道该怎么去评价这个剧，得奖是好事，艺术有高度也是好事，可我还是喜欢思想和艺术都有高度的作品。毕竟思想决定一切嘛。我总觉得啊，你们家王湘和我们不是一条路上的人，所以，生活上你该关心关心，但还是不要太受他的影响。"看见李军点头了，王厂长才放心地拿起他的报纸继续看。从屋里出来，李军并没有感到轻松。王湘和她不是一条路上的人，这句话从别人嘴里说出来，听着虽然刺耳，但立刻又有种击中内心的感觉。她何尝不是这样想。他们在一起快六年了，按理说该开始相濡以沫了，可她却觉得离王湘越来越远了，尤其是这两年，她完全不知道他心里在想些什么。到了省歌剧院，好容易能回家了,王湘却老说嫌孩子太吵,打着要创作的旗号常常住在单位里,本来她想闹的,但偏偏王湘还真是得了奖。就算是孩子吵吧,可她呢?和结婚前一样,婚后他们之间关系的转变也没有任何标志物可循。可能在一夜间,也可能是几年间,总之是变了。但变得又有些说不清楚。王湘也还是会搂着她,但再也不说"小傻瓜"之类的话了。不止这样,过去这个词曾带给李军所有美好的联想,现在也消逝得无影无踪了。偶尔想起,李军自己都会起一身鸡皮疙瘩。见面他们也聊不了几句,问多了,王湘一句,你又不懂就把她顶了回来,彻底被顶回来的还有她的自尊。怎么就不懂了呢?在厂里,她大小也是个人物,谁碰见都要打个招呼,怎么在王湘眼里,她就那么不入眼呢?于是她也懒得再问他什么。王湘回家看见孩子也会逗一逗,但给李军的感觉这更像是对待邻居的一只小猫的态度,只是好玩而已,孩子一吵、一哭,他立刻就要走。这算什么父亲呢!王湘第一次见孩子,是孩子出生三个月后。王湘一直记得他第一次见孩子的心情,紧张、激动、亢奋又担心。总之复杂极了,他还从未如此紧张过,考试也没有过。但见这个小生命,他却紧张了。那么小的一个东西,居然是他的孩子,真是神奇。这世间任何一样东西能带给你多少憧憬,多少喜悦,那么也就同样的能带给你多少麻烦多少痛苦。

  王湘一直弄不明白,李军的转变究竟是从什么时候开始的。从前那个在阳光里等着她的女孩子,一脸的倔强,一脸的不在乎,那神情像极了唱摇滚的。所以,无论李军怎么说他精神污染,他都不会生气,反而觉得有意思。看着她一本正经地念文件,他就想笑;看见她一本正经地教导他,他也想笑。总之,就是生不起气来。她的认真常常让他有种想抱她的感觉,真是太奇怪了。李军最吸引他的还是她那张严肃的脸,包括结婚后,一看她严肃起来,他就忍不住想笑,那种严肃里天生有一种俊朗和杀气在里面,不是摇滚又是什么。但这都是孩子出生前的事。孩子出生后李军完全变了个人，简直就是婆婆妈妈，什么都和他找碴儿。他一直以为她能体会到他的心情，能体会到再上大学对于他是多么不容易的一件事，不只为了他还有他死去的母亲。李军第一次见他母亲的照片，发出了赞叹，说，真漂亮啊！还说，他的眼睛像她母亲，那么深，可他的母亲更漂亮也更忧郁，只是看照片就觉得是个绝美的女人，何况是本人。是的，母亲的确是漂亮，但她的漂亮也同时害了她。母亲临死的时候说，最遗憾的就是她的手不能再弹琴了，要是，能再弹一下该多好啊。母亲的手因为常年在凉水里浸泡再加上鞭打，已经不再是一个女人的手，甚至不再是一双完整的手。这就是关于母亲的最后的记忆。李军听他说完这些流下了泪，也是那次，他吻了她，吻了一个肯为了自己流泪的女人。这一切，她明明都是知道的，可为什么一有了孩子，就变得不可理喻呢？孩子八个月的时候李军曾经打电话到学校，几乎是喊着让他找个人来带孩子。他说，让谁带呢？李军说，不管，谁都行，阿猫阿狗都行，再不回来，她和孩子就都要死掉了。这不是不讲理嘛，母亲已经死了，父亲，他提都不想提，那根本就不算是个男人，哪有男人因为别人喜欢自己的老婆，就拱手相送的，而且还是那么恶劣的交换。他只有一个姑姑，也很少来往。他还有什么？最后只有他赶了回来。回到家里，看到李军蓬头垢面地抱着孩子来回忆，他也承认她不容易，可谁让她那么倔呢，就因为父亲的一句话，她就能再也不开口求他们，一副誓死不相往来的架势。何苦呢！李军听到他说这些就忍不住要吵，何苦？还不是因为你吗？要不是因为你，我至于和我爸说那么绝的话吗！男女两个人一旦指责起来，那就没个完的时候。王湘说，谁让你要和我好呢？李军说，我那是在帮助你。王湘说，用你帮助吗？中央都下文件不许乱扣帽子了，你们还说我精神污染，我容忍那是看你是女人一个，要搁在别人身上，我根本就没个完，还帮助我！

在孩子刺耳的哭声里,他们吵架常常会暂时告一段落。那段时间,任何事情,任何心情都有可能导致一次争吵。就连给孩子起名字也争吵过,王湘要叫沐牧,沐浴在牧歌里,多诗意的名字啊。李军坚决不同意,名字,这是大事,男孩子自然要起个阳光一些的名字,什么雄啊,光啊,泽啊,都比沐牧要好。在不间断的争吵里王湘和李军一样觉得疲惫极了,回到学校总要缓好一阵子才能恢复精神学习。李军更是觉得自己要崩溃了。孩子一岁生日的时候,一切终于得到了缓解。在老厂长数次拉线下,她和父亲和解了。其实这几年,父亲一直托王厂长和家里亲戚给她带钱,只是不愿露面罢了。李军从来没有想过,和父亲闹僵会在心里有这么大的阴影,也从来不知道,她原来这么在乎父亲。和父亲和解后,转身而来的居然又变成了父亲和王湘之间的矛盾。本来父亲已经放低姿态了,可老人嘛,总免不了要说教。遇到父亲说得不高兴了,王湘倒是不顶嘴,但也不再搭话,而且脸会立刻挂上一层霜。到后来,除了过年王湘很少再登他们家的门。李军因为这个和王湘吵了好多次。王湘总说,你那个爸呀,早就落伍了,还老以为自己什么都懂。而父亲呢,也总和她说,那个王湘啊,什么都不懂,尾巴却要翘到天上去了。到后来,她懒得再为他们彼此辩解任何的话,爱说什么说什么吧。

　　王湘一心搞创作,李军一心抓生产,一切看起来是这样的平静,但李军还是感觉出来了不一样的气息。最近王湘回家居然又哼上歌了,什么生活比蜜甜之类的。以李军的经验,王湘只有十分得意了才会哼歌,和她恋爱那阵儿就是这样。整天哼着歌,那时他哼的是让我们的生活充满阳光。王湘那么一哼哼,李军果然觉得她的生活就充满了阳光。现在又是为什么呢?李军带着审视的目光看着王湘。只要找问题就没有发现不了的问题,这句话真是太对了。过去,是她李军太马虎了,一找果然是出了大问题了。王湘和一个叫张小娟的好上了,两个人好得没法说。李军知道这个消息的时候，据说，张小娟已经为王湘刮了四次宫。李军心里说，王湘啊王湘，你还真是个勤快人啊。王厂长退休后，新来的厂长很快给李军调整了工作，先是在装配上，干了一个月，后来觉得她更适合进料，于是就又去了配料车间当主任。总之，再忙都没有以前在团委搞活动忙。现在居然冒出这么个女人来，李军的斗志突然就被激发出来了。这些年，她还从来没有如此精神抖擞过。李军很快找到了张小娟单位。张小娟办公室在三楼，李军人还在一楼的时候，她的气势就已经直逼了上来。张小娟哪里会是李军的对手，只能躲，在厕所里待了近两个小时，吓得灰头土脸的。但吓归吓，还是铁了心要跟着王湘。李军这么一闹，王湘彻底搬了出去和张小娟住在了一起。李军哪受得了这种窝囊气，开始隔三岔五地折腾，有时去王湘单位，有时去张小娟单位。李军还放出了狠话，只要王湘和张小娟结婚，那她是什么事都能做出来。至于做什么事，没说。但想想吧，还能是什么好事呢！王湘的领导犯了愁，王湘可是歌舞团的作曲主创啊，没有他，什么奖也拿不下来，这么个状态哪还能创作呢！找李军单位的领导一起协调，最后，李军退了半步，说只要王湘不和张小娟结婚，什么事都好说。不和张小娟还能和谁，领导没有办法，王湘更没有办法，因为李军不断来突袭，他和张小娟见面也变得很困难，简直就变成了一对逃命的鸳鸯，哪里还敢住在一起。

　　王湘这个婚一离就离了四年。四年间，王湘和张小娟两个人都很累，累得常常莫名其妙地抱头痛哭。在张小娟身心疲惫的时候，李军突然来她单位让单位的人转告她，说王湘又和另一个女人好上了，另一个女人叫刘舒，是大学老师。说来奇怪，自从王湘和李军公开闹离婚以后，关于王湘的消息，李军总是能第一时间知道，仿佛她再也不是当事人，而张小娟变成了当事人。听到这个消息，李军果然一点儿没生气，倒是把张小娟气坏了，她惹不过李军难道也惹不过刘舒吗？

就按先来后到她也算是排在前面的。于是她气冲冲地拿着刀子去找刘舒。刘舒文弱书生一个,哪里会是张小娟的对手,只能躲。刘舒其实和王湘就只是拉着手压过一两次马路,吃过几次饭,亲过一次脸而已。当然发展下去,也不能说一切就没有可能。听王湘小声哼着歌,她总有种陶醉的感觉。找不到刘舒,张小娟和王湘大闹了一场。朋友们也都看不下去了,纷纷指责王湘。王湘呢,心累,身累。这几年和张小娟每见一次面就加倍累一次,离婚这个话题一提,两个人就要吵,吵完了再哭,但不提,又能提什么呢?倒是和刘舒散步变成了他最轻松的事,一切还停留在风轻云淡的阶段。或许一切事情在它初始状态的时候都是最美妙的吧,他也常常怀念和张小娟最开始的时候,他给她唱歌,她用眼睛柔柔地看着他,把他都看化了。无论他说什么,她都说好,那真是一段美妙的日子啊,不像现在,怎么哄都哄不下。但累归累,王湘对张小娟其实还是有感情的。在酒桌上当着朋友的面,拿烟头烫自己的胳膊发誓,烟头烫进去有一厘米,一毫米一毫米往进烫,周围的人都能闻见一股肉焦味,把大家感动坏了。王湘说,我要是不给张小娟一个交代,我就誓不为人。

时间又过去了半年,王湘还是给不了张小娟任何交代。有个朋友给王湘出了个主意让他软化李军,说,李军是军人家庭出身,是个吃软不吃硬的人,没准,一软化就心软了,一心软就放了你了。王湘觉得有道理,出于软化的目的又搬回家和李军住在了一起。但软化的结果是李军怀了孕。大家都说,你看你这事办的。王湘说,是呀,是呀,没办法,都是女人,都是弱者,硬闹下去都对不起——况且,怀孕期间离婚,也不道德呀!张小娟只能再等。张小娟的朋友都说:小娟啊,你可不能傻等了,看样子王湘没什么指望了,你看着吧,等孩子生出来,王湘又说,孩子还小,孩子小就提离婚,不道德。

歌舞团有一个小伙子,叫奇尔东,蒙古族人。属于蒙古黄金家族，取成吉思汗第一个字奇渥温·博尔只斤·铁木真的"奇"为姓，小张小娟八岁，平时对张小娟很好。听到人们的议论，在一天夜里，狠狠揍了王湘一顿，把王湘的鼻梁骨也给打断了。张小娟很愤怒，去找奇尔东算账。奇尔东这个小她八岁的孩子，见张小娟为王湘抱不平，黑影子里只给她一个脊背，不理她，任她发作。张小娟捶着他的背发作着，到后来越来越底气不足，恍惚间，自己竟在奇尔东怀里躺着。原想奇尔东不过是个孩子，没想到竟是这样庞大的一个男子，在他的怀里自己瞬间像一只猫，乖巧了也柔顺了。从躺在奇尔东怀里的那刻起，五年间和王湘在一起后的各种阴霾和纠缠突然就烟消云散了。

张小娟不久与奇尔东结了婚，还生了个女儿。生女儿那一年，奇尔东作为内蒙古长调演奏者被调到了北京民族歌舞团，张小娟也随之到京。在张小娟从这个城市彻底消失的那天，李军平静地和王湘提出了分手。其实，王湘重新回来，她就知道他是来软化她的，好吧，软化吧，看谁能软化得过谁。再次回家的王湘对李军而言，根本就是别人的一个男人，对他，她已经没有了愤怒，也没有了温情，有的只是不甘心。这次怀孩子，完全就是一次不自觉的报复，她只想让别人看看，李军还是有本事的，没本事怎么就能又有了孩子。尤其是要给张小娟看看，让她知道男人不过是迎风摇摆的旗子罢了，哪边风大就会飘向哪边。可张小娟走了，敌人也就消失了。敌人消失后，眼前的这个堡垒就像个废墟，她还有什么必要再留着。这回轮到王湘傻了眼，于是，又托人跟李军说，想好好过日子，两个孩子都小呢，小树桩似的蠢在那儿，何苦来着。李军这回决心很大，说他王湘能对不起一个张小娟，就能对不起天下人，人家张晓娟为他刮了四次宫，他的良心让狗吃啦！他还是个男人不是！什么也别说，趁早让他滚蛋。

李军痛痛快快和王湘办了离婚手续，两个孩子自己养了起来，不让王湘见一面。王湘在一天黄昏去找刘舒,刘舒像见了个陌生人,半天才认出是王湘。但那个时候,刘舒正在办出国手续,客客气气请王湘吃了一顿饭,临结账,两个人抢,王湘抢到了结果身上没带够钱。临出门的时候刘舒笑了一下,那笑,让王湘好几天一想起来就脊背发冷。

王湘还是单身住在单位。有一年,他去内蒙古转了一圈。有一年,他又到张小娟的家乡转了一圈。从此闭门不出,写出来的曲子谁都不能演,团长苦个脸说:王湘的曲子怎么啦,你们不演?乐队的人说:他的曲子,招鬼。

又过了几年,厂子改制新成立了六个子公司,竞聘承包经理,因为有多年当车间主任的经验,几乎没费什么劲儿,李军就竞聘上了。又一个春天的下午,李军走在厂区东面的路上,阳光又像是回到了多年以前,也有微风吹过,抬起头的时候,太阳晃得她有些睁不开眼,李军忽然想起王湘还有过一件带肩章的衣服,在阳光下仿佛比阳光还要刺眼。

王湘听说李军要带孩子来看他,表现得很平静,不过倒是专门买了很多小孩子吃的东西回来。孩子们的表情完全是出门在外的样子,又客气又拘谨。一顿饭过后,小一点的那个就先跑开了,一会儿摸摸琴,一会儿摸摸笛子。大点的孩子已经有了成长中孩子惯有的羞涩,中午吃饭,只夹了一小块肉啃,米饭也吃了一点就擦了擦嘴说吃饱了。李军让他随便转转,于是他礼貌地起身真是转了一下,然后就坐回原地,两手交叉握着,眼睛不时看着自己的手或者是地。王湘问他,还想吃什么?他摇摇头,很快地说,谢谢,不用了。他并不知道在王湘自己的家里,此刻的王湘也和他一样的拘谨,只是成人更善于掩饰罢了。这次见面,除了小一点的孩子,大家都觉得十分疲惫,尽管他们没说了多少话。那次见面之后,王湘又出了一趟远门,回来给两个孩子带了很多奇奇怪怪的玩意儿,什么驴皮影儿啊,布木偶啊,还带回了几个面具和木皮鼓。有了一堆的东西活跃气氛,大家终于不再尴尬了,王湘和两个孩子讲着那些东西的来历,该怎么用。等孩子出去玩的时候,李军才问,以后呢?有什么打算?还在歌舞团半死不活地待着吗?王湘看着李军,奇怪这张脸是从什么时候开始又有了从前严肃又俊朗的神情的。李军又说,去外面吧,去北京,都一辈子了,你既然爱好这个,干脆去外面吧,离开这儿,就不会再有人说你的曲子招鬼了。说完看了看王湘。王湘笑了,说,是招鬼,还真是招鬼呢。李军也跟着笑了。晚一些时候,孩子们的爸爸进屋也和王湘客气地打招呼,王湘才发现已经在别人家待了很久了,一家人都留他吃饭,但他还是走了,他身后传出了一家子其乐融融的笑声。外面的夕阳把天色染得通红,虽然天空一点儿也不刺眼,他还是眯起了眼睛,看着遥远的天边。

让我落在尘埃里

牧牧还是和以前一样地缺乏想象力。对于雷歌的热情，常常表现出一副浑然不觉的样子，这让踌躇满志的雷歌多少有些吃不准，不知道自己是该上还是不上。

要不是陈涛极力撮合，他是不会和她往这一步走的。之所以这么说，倒不是因为他不喜欢她。事实上，还在念大学的时候，雷歌就开始喜欢牧牧了。虽然在多数人眼里，牧牧一点儿也算不上漂亮。五官每个部位都有些轻描淡写，如同用水洗过多次的衣服，干净是干净，可干净里总是多少带了些陈旧。加上性格也完全配合着长相，仍旧是一味的淡。所以，几乎都用不着往人堆里扔，牧牧自己就能把自己悄无声息地淹没了。可是，这一切，在雷歌看来，居然有了另外一番韵味。他从心眼里喜欢牧牧那种淡。她就像他家里挂着的写意山水画，无论摆着还是看着，永远不会有任何的攻击性。让人觉得放心，同时也安心。年轻时自然怎么也比不上浓艳、隆重的女人来得抢眼、来得热烈。但随着时间的推移，也绝不会像隆重的女人消退得那么惨淡。

落了灰、发了黄的山水画,旧是旧了,但多半都会生出些别样的味道来。雷歌喜欢的就是牧牧的淡。但偏偏他的表达出了问题,在食堂聊起班里的女生,他端着饭盆,举着筷子说:"牧牧啊,就像一杯白开水,可以装在任何的容器里。"他本来是想夸牧牧"淡"得很亲和,很随意,谁知他的话音刚落,就引来男生的一阵儿哄笑声。有人附和,对,像白开水一样淡而无味。你看,咱们莉莉,多浓啊,像玫瑰一样,可不能随便地装在任何的容器里,要捧着,不对,要贴着胸口搂着。当时,牧牧就在隔壁的桌子上吃饭,虽然脸上还是一如既往的淡然,但神情冷漠得已经可以结冰了。所以大学四年,不用说发展恋情,就连朋友都算不上。

毕业后,班里只有八个人留在了东城。八个人里只有两个女生,一个是他们的副班长,另一个就是牧牧。谁都没想到,性格一向不招摇的牧牧会留下来,而且还早早地已经应聘好了工作。毕业那晚,大家都拼命喝着酒,说着话,努力地想要留住些什么。他们把班里的女生都说了个遍,也第一次谈起了牧牧,陈涛使劲拍着桌子说,女人真是搞不懂啊,搞不懂啊,你看牧牧。居然能留下。小慧慧也晃着站在桌子上说,女人真是搞不懂啊,搞……桌子没晃,小慧慧自己把自己晃倒了,嗓子里依旧咕噜着话,大家都笑了,笑得模糊而灿烂,那晚最后的记忆就是笑。

他们终于留在了这个并不陌生却仍旧满是隔阂的城市里。开始,他们一如既往地重温着毕业那晚的好时光。不断地聚会,不停地聊天。时间在那些谈话里变得像羽毛一样丰满起来。每次聚会牧牧都安静地坐在角落里,听他们说,偶尔会笑笑。他只要看见牧牧坐在那儿就没来由地踏实。后来,大家开始各自忙得一塌糊涂,聚会也就渐渐少了。几年下来,副班长、陈涛、姜武、刘飞……都陆续结婚,除了他，每个人都像落定的尘埃。某个怎么也打发不走的时刻，他也会想起牧牧，但那些喜欢早就被时间拉得又细又脆，不经意间，常常会断裂。所以，如果有可能，他宁愿什么也不想。

三个月前，陈涛突然叫吃饭，饭桌上不断往近拉拢他和牧牧的关系。牧牧没有说话，他也只好不说话。有了过去那次说话失败的经验，他不敢再乱说什么。吃完饭，陈涛先走了，他只好送牧牧回家。在车里，两个人都有些尴尬，反而更没话了。牧牧一直看着窗外。路灯下，外面的车，还有人，变得柔和、缓慢了，不再像白天那么刺眼，那么急匆匆的。慢了真好啊，除了在大学的那几年，她还真的没有更多体会过慢的滋味。上学的时候，每一天都在为以后做准备，不是上课就是补课。那些年，她觉得自己从来没有认真睡过觉，"荒废"是她母亲那时最爱说的一个词。怎么能把时间荒废在睡觉上呢！睡觉就像她每天必须按点喝奶一样为的是循环、为的是维持正常的生理代谢。所以，考完大学，她在床上躺了整整一天。时间终于不用再划分了，不用一格一格地摆在那儿等着让她跳。但也只躺了一天，第二天答案下来，她就开始不断地估分，光母亲就和她详细地估了四遍。母亲总是不停地说，一定要细，要细，最好一分也不要差，这样就能走个好学校。从估分到大学毕业，好像就是一转眼的事儿。终于上班了，她仍旧没觉得松口气。反而觉得像回到了上大学之前的日子，又是在赶，又是在为明天。像现在这样，坐在车里，对她来说真的算是最缓慢的时光了。和这个城市比起来，身边的这个人让她觉得温暖、踏实，她甚至希望，路，就一直这么无尽地延伸下去。她回过头看了一眼雷歌，发现雷歌也看着自己。她笑了，虽然浅浅的。这一刻，他和她的感受有些居然是一样的。他拍了拍她的肩。她点了点头。那晚，他们都没有多说什么，好像也不需要说什么。送牧牧下车雷歌就直接走了。但从那晚起，他们开始单独见面了。

转眼半年过去，除了过马路的时候，他拉过她的手。其余时间两个人就像是来接头的革命同志，没有任何的进展不说，连话题也不会涉及结婚这样敏感的领域。雷歌觉得自己的耐心正在一点一点瓦解、坍塌。下午，看完电影，他决定带牧牧回他住的地方，也许是该创造一些暧昧气氛的时候了。牧牧从进门起就一脸的平和，既不紧张，也不兴奋。对于他说的话一律用无知的眼神来接应，弄得他完全丧失了信心。于是只好沉默着抽烟。见他这样，牧牧眨了眨眼有些无辜地问："怎么了你？怎么不说话了？"

雷歌有些哭笑不得。"噗"的一声连烟带笑一起喷了出来。因为噗得太急，喀喀地咳嗽开了。牧牧这回没有旁观，居然腾出了插在兜里的手，在雷歌背上一下一下轻轻拍着。雷歌又激动了。不等咳完，顺势把牧牧搂了过来。牧牧居然没有躲，这让雷歌心里又一阵儿窃喜。早知道，就不说那么多话了，多费劲啊，这么一抱不就什么都解决了嘛！他把头伸进牧牧的脖子深深地嗅着。

"牧牧，咱们结婚吧。"说着把头偏了偏，开始亲牧牧的头发。边亲，边拥着牧牧往里屋走。

"牧牧，咱们结婚吧，就现在，好不好？"快到卧室门口了，牧牧突然推开了他，神情很严肃地说："你能保证一辈子喜欢我，和我在一起吗？"他点点头。

"你能保证不再喜欢别的女人吗？"他又点点头。手放在牧牧的背上摸索着。

"那你发誓吧，说，如果再和我以外的女人调情就立刻去死。"雷歌愣住了，脑袋稍稍清醒了些，用手拍着脑门说："你说什么？让我去死？"

"你要不敢发誓，就说明你做不到，就说明你在说谎。"牧牧的眼神凌厉起来了。

"我都说了,不会离开你的。发什么誓啊,死多不吉利啊。"雷歌说着又伸出手去抱牧牧。

"你发不发?"

雷歌摇摇头。

"你发不发?"

雷歌还是摇摇头。没等雷歌再说话,牧牧转过身走了。

门"哐"的一声关上。楼梯里还听得见牧牧噔噔的下楼声。雷歌摸出了烟,使劲地吸了一口。

看着雷歌握着酒瓶,陈涛在对面哈哈地笑。笑得都有些喘了。

"你说,你吧,人家姑娘就是有点心理障碍,让你发誓就发吧。有什么大不了的。"

"滚,少废话。你会无缘无故地咒自己死啊。"

"嗨,你不知道她父母离婚,心理障碍啊,可怜的孩子,到你这儿寻求父爱来了。你居然还不肯发誓,你说你有多绝情吧。"陈涛笑得眼泪都快出来了。

"废话,你去多情吧,不就是离婚嘛,谁没受过伤啊,我从小就见我爸妈吵架。我还受伤害呢!"

"那你以后聚会还参加吗?"

"参加,怎么不参加。我们又没怎么着。"

"回头给你再找一个吧。"

"就你?就能给自己找好的。连人带房子一下就都齐了。"听他这么说,陈涛笑容里爬上了知足又伤感的表情,点着头说:"明年,孩子就上幼儿园了,她们单位办的。对外一个月两千多呢!对内才二百。"

"那不就和白上一样吗?"

"嗯，是啊。要不就我那点死工资，供了孩子就供不了自己了。"两个人互相看了看，眼睛里的落寞居然都冒出了苗头。没等苗头继续延伸出来两个人赶紧心照不宣地笑了。和抱怨比起来，男人更喜欢吹嘘的形式，至少，看起来是饱满而完整的吧。笑完了，雷歌轻轻叹了一口气说："不管怎么说，你是安定下来了。来，再喝一杯，你回吧。省得回去找别扭。"

城市的夜晚到处都飘着暧昧，荡着激情。雷歌四处看了看，刚刚压下去的落寞又混杂了荒凉一股脑儿地全扑了上来。他有些踉跄了。这个城市，他已经待了十五年。除了大学四年的时间让他觉得踏实，其余的时间，都像是飘在身外的东西。虚晃晃的，越用力就越抓不住，也看不清。一年一年的慢慢变成了在挨、在拖，也想过回到老家去。老家在记忆里就像热腾腾的菜，飘着香气，温暖着身体。可真的回去才发现，他变得挑剔了，看什么都忍不住要和东城比一比。住了才不过一星期，就觉得有些住不下去。爸妈多数时间都殷勤地给他做好吃的，然后就是小心翼翼地唠叨，边唠叨还边看他的脸色，显得生疏又客气。他也客气地听着，不再像过去那么顶嘴，那么不耐烦。爸妈偶尔吵个嘴，只要妈的声音略高些，爸就用眼神使劲地往他这边瞥。妈立刻心领神会，很快就住口了。他们当他是客，他知道。不只他们，他自己也当自己是客。远房的表弟们来看他，照例他是要给些钱的。有时候，他也恶毒地想，他们来看他不会就是为了那些钱吧。但听着他们说话，听着他们憧憬他在外面的生活，还是让他觉得满足。他会讲很多外面的事，变得健谈而且幽默。在大家羡慕的眼神里，生活似乎暂时被他主宰了。他可以摸着生活的触角，任意地弯成他喜欢的样子。临走，他给母亲放下了一些钱。母亲没有推托，只是问他什么时候结婚，有些诺诺地说，隔壁和他同岁的小林生的孩子都要上初中了。每次家里打来电话,都只会问他这些。好像这是一个很好的话题一样。他只能说,快了,快了。

　　再回到这个城市,起初总还是亲切的。看着车像蚂蚁一样挤在一起,听着周围的嘈杂,他居然觉得平静而心安,但绝不是踏实。他知道踏实是什么感觉。是那种口袋里装着足够的钱抱着心仪的女人,沉沉地睡去,又轻松地醒来。心呢?始终能乖乖待在肚子里,而不是晃来晃去的让你发慌。

　　他也找过女人,做完爱搂着很快就睡着了。可到了半夜总会莫名清醒,再睡着就变得有些困难。听着女人咻咻的呼吸声,杂乱的屋子里就只剩下陌生。他也下过决心,想,就这么结婚吧,这不就是生活嘛。早晨醒来和女人一说,女人把头摇得和筛子一样。还没房子呢!还要奋斗呢!哪能这么将就呢!他才知道他也就是别人暂时凑合的对象而已。虽然看见别人比他想得开,多少有些不平衡。但不知道为什么,到底也还是松了口气。

　　打嗝把酒又翻带了上来,胃里消化了一半的食物也跟着一齐往上涌。雷歌嘟囔着骂了一句,扶着墙站了会儿,使劲压着又咽了回去。他不想吐。他有经验,吐了会更难受。回到屋里连灯都没开就躺下了。

　　敲门声响起的时候,雷歌还在他短暂的梦里徘徊着不肯出来。敲门声又急促又野蛮,没有一点儿礼貌。他皱了皱眉,不耐烦地喊:"谁啊?"声音哑哑的,和空气一样干巴得很。没有人回答他,只是继续咚咚敲着门。实在听不下去了,他有些愤恨地爬起来开门。

　　房东的老婆,胖胖的身子敦实地斜靠在门框上正看着他。他赶紧笑了。

　　"呦,敢情你在啊?我还当人没了呢!"胖女人习惯性扬了一下手进了屋。雷歌挠着头跟在后面,胖女人像视察工作似的到处看了看。突然一转身,脸差一点儿就碰到他了,他赶紧直着脖子往后仰了一下。胖女人极不屑地瞥了他一眼。

"到期了不想租,也该言语一声啊,再怎么着也得接电话吧。今天能搬吧。你搬了别人也好往进住。"

"不是,我在外面吃饭没听见电话。"

"少来这套,三四天了,你连着吃饭啊?"胖女人把头来回摆了摆,顺了顺发型。雷歌本来是想拖一拖的。因为陈涛最近给他说了一套离单位更近的房子,但还没最后定下来。所以,不想轻易就放弃了这里。这儿虽然离单位远,但价钱便宜。而且,住了两年也多少有些习惯了。他赶紧跑到厨房给胖女人倒了杯水。

"别,别,这是干什么呀。"胖女人嘴里说着,可手还是接过了杯子。雷歌用力把头低下,闷着声音说:"大姐,您就多体谅一下我吧。说真的,其实是因为最近谈了女朋友,钱花得多了去了。下星期发工资我就把房租给您送过去。"听他这么一说,胖女人口气突然开始变得舒缓了,而且眼睛里闪出了热情的光芒:"哦,谈对象啦,现在的女人真是能花钱。不比我们那会儿,老想着省。你可要好好找一个,太能花了,可不是能过日子的人。"

雷歌点着头。胖女人又说:"你也是,怎么能把钱都给她花了呢?结婚还要花一大笔钱呢!还都让你父母出啊。"说着叹了口气:"我们儿子长大了估计也是个花钱的主儿。哎,都不知道是怎么了,过去是嫁鸡随鸡,现在啊,是娶鸡随鸡。我呢?碰巧,哪趟好事儿也没赶着。"

雷歌不由得笑了。胖女人继续絮叨着,喝完一杯水,雷歌又给她倒了一杯。胖女人的身子陷在沙发里,话题像细线一样扯也扯不完。他看着阳光从胖女人的脚上一直移到肚子上。琐碎、繁杂的说话让这个周末的上午突然变得不那么空了。胖女人临走又压低声音说:"女人呀，不识惯。该敲打还是要敲打，要不她就该爬上你的头了。你看，我不就上我家老庞的头了吗！他哪敢管我。"雷歌哈哈哈地笑了。

给陈涛拨了电话，接电话的是一个奶声奶气的声音。弄得雷歌也压着嗓子装起嫩来，问："你是谁呀？"

"我是和和。你是谁呀？"

"我是你雷歌叔叔，你想不想我呀？"

电话里小孩问陈涛想不想？陈涛说，想个鬼呀。

小孩儿唧唧地笑了："爸爸说，想个鬼呀。"

雷歌又换成了粗重的声音冲着话筒喊："快，叫你老子过来，他才像个鬼。"

陈涛的话已经说了好几遍了，可雷歌还是有些犹豫。不是不想买。谁不想有自己的房子呢！踩着自己的地，看着自己的天花板，睡着自己的床，无论怎样总是贴心的。可真买了房子，每月的还贷就让他吃不消。工资的一半还多呢！剩下的，抛了饭钱、路费、手机费、水电费一类的，估计连在摊上吃面的钱都没有了。陈涛也说过，让他在婚姻上别老把情啊爱啊的瞄得那么高，能一块儿供房、过日子就行。

他知道陈涛说的都在理，但越在理他就越难受。在一堆正规又站得住脚的大道理面前，他的自尊像街上被车反复碾压过的一块脏兮兮的老鼠皮，眼看着就萎缩了，平平摊在那儿，谁路过，都会不小心踩一脚。看见陈涛龇着牙揉脖子，他知道自己刚才又手重了，不知道男人是把一贯的压抑都转变成了含蓄，还是天生就喜欢社交似的模棱两可。他们表达感情的方式总是有些单一，甚至是别扭。关系越好，说起话来就越是有些骂骂咧咧，而且还常常要夹杂些暴力的模式在里面，好像只有这样才能显示关系非同一般。不像女人，关系越好，越是要贴着、黏着、宠着，咬着耳朵说着悄悄话，走路也总是拉起手挽着胳膊，时刻都会把关系好这三个字放在最明显的地方。简直就快成恋人了。他们公司的那几个女人就那样，腻歪得都让他有些烦。有个小孩儿从他和陈涛腿之间咿咿呀呀地跑过去，他看见陈涛的嘴又咧开了。怕陈涛往孩子身上扯，赶紧把酒端了起来。陈涛自从有了小孩，和他说话的时候，时不时总会突然露出傻兮兮的表情，然后兴奋地说些他们孩子的有趣事情。每次，陈涛都说得唾沫星子乱飞。雷歌则半闭着眼睛耐着性子听着。他很纳闷，怎么男人一有了孩子就和女人似的也变得婆妈起来，而且还个个都傻子似的觉得自己孩子独一份的又聪明又有趣，这些在外人看来实在肉麻得有些滑稽可笑。但真的见了陈涛家的孩子，他也不由得有些开心了。小孩子和小动物很相像，有着某种无知的执着。哭和笑没有一点儿遮拦。那么敞亮地一笑，让雷歌觉得生活立刻也敞亮了。

一次他蹲在地上逗着小家伙说："哎，陈涛，养个孩子的确比养狗强啊，还会说话，能和你交流。"

陈涛"呸"了一声回答了他。

晚上，雷歌的梦里来来回回跑的都是房子。这些年，他的钱除了套在股市的，其余全部交给房东了。有时候，喝酒喝得情绪高涨，他也会和陈涛说，看，哥们怎么说也是有二十万存款的人了。陈涛附和着，对，对，你是有钱人啊，努把力，能买个床那么大的地儿了。再放张床，想干什么都能干了。但他要真的沉下了脸，陈涛又会往死了开始夸他。

犹豫了一个星期，雷歌终于决定把股市的钱取出来了。赔是赔了点，但赔的还不算多。付了楼房的首付，估计还能剩下一万多平时急用。去买房的路上陈涛不停逗他说话，一会儿说，哎，你小子也算是地主了啊，有房了嘛。一会儿说，想想睡在自己的家里，自己的床上，再搂着自己的女人，那是什么感觉啊。雷歌始终一句话也没有说。买了房子并没有让他觉得踏实，光明。反而像走进窄窄的胡同里一样，掺着些压抑和某种看不到尽头的无谓恐慌。最后把手印按下去的时候，他听见自己的心"扑通"的一声落了下去，总算是落下去了。但具体落在什么地方他就不明白了，也没有人会明白。他嘘了口气，陈涛说："晚上的聚会你来吧，今天牧牧不来。"见他没有任何表情，又说："牧牧的妈得脑溢血了，父母离婚后她就一直跟着她妈。来上大学，她妈卖了家里的房子也跟来了。和其他人早就没了来往，现在她妈一病就她一个人里里外外陪着。说真的，牧牧真是够可怜的。"陈涛说完回过头看雷歌，雷歌的眼神有些飘了。脑子里像水一样淡的牧牧此刻变得更加的单薄、脆弱，好像轻轻一碰就会折断。雷歌闷声闷气地问："怎么不早和我说？"

"和你说？你不是不关心她吗，怎么？还是放不下吧。"

"别废话了，现在陪我一块儿去吧。"陈涛本来还想开玩笑，看见雷歌一脸的认真，顿了顿也不作声了。

牧牧的脸和医院的床单一样，白得有些发乌。看见他们进来，抬起眼睛招呼了一下，又把头转向她母亲。屋子里弥漫着不好闻的味道。雷歌下意识地皱了皱眉。牧牧说话的时候，说一句就叹一口气。叹息声落在雷歌耳朵里，一下一下地又落在他心上。他真是心疼了。就想抱抱她，告她说，没事儿，有我雷歌呢。可到底还是没抹开这个面子，临走他从身上拿出那一万块钱给牧牧放下了。牧牧推脱着，他说："别推，这是我和陈涛的一点心意。"

出了医院，他和陈涛都大口呼着外面的空气。陈涛问："你干吗说是我和你的心意啊？"

"我不愿意让她觉得欠我，而且说说怎么了？不平衡拿过五千来。"雷歌又恢复了死皮的嘴脸。

"就你聪明！我们早就给过她了。"

"那怎么不叫上我啊？"

"嗨，知道你和小慧慧都没房子，叫你们干吗！王军做买卖最近挣了点钱给了三万，我和三儿、小武、刘飞、圆圆一人拿了一万。"

听着别人对牧牧好，雷歌感动了，一感动就想伸出拳头捣陈涛一拳。都伸出去了，又改了主意，用胳膊揽住了陈涛。之后，两个人又都觉得有些别扭。他拍了拍陈涛的肩。怕自己有些忍不住，一个人先往前走了。

第二天一下班，雷歌就去了医院。牧牧似乎一点儿也不意外。抬起头，安静地冲他笑了笑。倒是雷歌有些不好意思了，眼睛在屋里来回转悠。牧牧说："你别站着，坐吧。"他哦了一声。

牧牧的母亲躺在床上，脸上插着横七竖八的管子。因为还处在半昏迷状态，整个人看起来并不十分痛苦。他又看了看牧牧的脸。她还是那么安静，可安静里似乎少了平日里的那份平稳，变得有些没着没落。沉默了一会儿，雷歌说："我刚刚才知道。"

牧牧低着头说："我知道。"

雷歌舔了舔嘴唇，看着牧牧说："你别担心。伯母会好好活着的。"牧牧又点点头。

两个人就这么来来回回用句子拉扯着，好不容易拉近了，就快说到想说的话了。牧牧的妈妈喀喀喀地咳了几声，牧牧忙回过头去看母亲。她母亲只醒了一小会儿，眼神在牧牧的身上逗留了一下，就忽地又回到了她的梦里，呼吸也渐渐变得沉重起来。牧牧习惯性地往里掖了掖被子，然后又把床边的接尿管往空排了排。做完这一切，认真看了雷歌一眼。然后，低下头，缓缓叹了口气。雷歌也不知道该说什么来安慰牧牧。想说一些更贴心的话，又觉得在医院这么压抑的地方谈感情多少有些不妥。见雷歌不说话，牧牧站起身说："不早了，你先回吧，我要洗漱了。"听她这么说，雷歌也站了起来。他想，是握个手好呢，还是应该拍拍肩膀。

"谢谢你。"这次，牧牧把声音放得很低，似乎努力在压着什么。雷歌看着牧牧的脸，往前跨了一步，这下他们离得很近了。近得都能听到彼此的呼吸声。牧牧的头又低下去了，然后有些急促地说："你走吧，真的你走吧。我要休息了。"说完扭过身子不再理雷歌。雷歌抖了抖喉结说："好，那我明天来。"

听着门"砰"的一声关上，牧牧哭了。声音虽然不是很大，但抽噎还是逐渐变成了呜呜声，她好像又回到了小时候，那种没遮没拦的日子里。她知道，母亲是爱她的，但父亲走后母亲似乎总压抑着，隐忍着。那份隐忍不知不觉就传递给了她。小的时候，母亲总是说，她为了她不会再嫁，为了她会吃苦，为了她什么都能忍受下来。让她常常觉得是自己拖累了母亲。长大了，母亲开始不停地说男人如何的不可靠，如何的没良心。要她睁大眼睛，要她不要再走母亲的老路。每次，她都忍着不吭一声。但心里却厌烦得要命，整个儿抵触着。她告诉自己，她才不会像母亲那样偏激地想问题。但很奇怪，真的面对男人的时候，母亲的想法和一切的唠叨会突然地覆盖在她身上，赶都赶不走。母亲说过的话也会从她的嘴里汩汩地流出来。这些，都让她觉得越来越害怕。男人带给她的不过是些不安全，不踏实。可母亲，那个和她朝夕相处的女人却让她有了压迫感。母亲发病的那天，从她一回家就开始唠叨着，要她一定要早点儿找对象，早点生孩子，要不就成老姑娘了。接着又唠叨起男人的花花心。这几乎成了她每天回家后的必修课。牧牧突然就变得不可自控了，几乎是喊着说："全是你造成的，全是你造成的。你被别人甩了就老说我，全是你……"母亲听见她喊，身子抖了一下，眼睛有些虚晃晃地看着她。其实一喊完她就后悔了，她和母亲一样也被自己的喊声吓了一跳。她不敢再看母亲，折回身子躲进了厨房。后来，母亲"嗵"的一声倒在地上，她才跑出来。母亲先是往外吐东西，后来几乎变成喷了。她不知道发生了什么，吓得连哭都不会了。到了医院，母亲完全昏了过去。

这些天守在母亲床边，她不停地给母亲擦着发干的嘴唇，给母亲导尿、给母亲掖被子。时间一点一点又倒了回去，让她想起了母亲的不容易。过去她病了，母亲就总是这样守着她。其实，母亲就只是唠叨而已，从来没有真的干涉过她什么。从来没有。她凭什么把一切都推给母亲呢！是她自己嫉妒别的孩子有父亲，是她自己在恨那个男人，凭什么都怨在母亲身上。她和母亲说了，什么都说了。可母亲似乎深陷在一个绵长而湿冷的梦境里，只是短暂地醒来看她一眼就又沉沉睡了。今天看见雷歌，听着他说话，牧牧突然好想被这个男人紧紧抱着，温暖着。但她怕自己会错意，更怕自己现在这么一个生活的烂摊子拖累别人。总之，她还是怕。

陈涛听雷歌说完，看了雷歌半天，然后呵呵笑了。笑得雷歌有些莫名其妙。

"雷歌呀，你还真是天真啊，过日子可不是演电视，浪漫一下就完了。一天一天地要往下过呢！牧牧的妈以后恢复也还要花一笔钱呢！况且和老人住到一起也会有你想象不到的磕碰和麻烦。你可一定要想好，弄不好，可就连牧牧一起害了。要不，这样，今天呢，你就别去医院了，你好好感觉一下，看自己能不能扔开牧牧。要是能扔开，哥们劝你还是别给自己找麻烦了。"雷歌抽着烟看了陈涛一眼，在陈涛的头上看到了好几根白头发。说："你看，你都有白头发了。"

"废什么话呀，和你说，听明白了吧。"说完看了看表走了。雷歌一直看着陈涛的背影拖成了一条黑线，才把目光收回来。不光陈涛，他知道这几年他自己也老了，对一切变得不再那么热衷，包括女人。

这些天去医院，倒是勾起了他久违的热情。牧牧也开始变得爱笑了，一逗就笑。随便他说什么她都会笑。牧牧的母亲醒的时间也开始长了，看见他也总是努力地笑一下。一想起这些他就觉得自己不空了，觉得自己不再是一个可有可无的人，变得重要了。至少对这个女人来说，他变得重要了。世间的一切归根结底都拗不过时间这个坎去，变老也就是很快的事儿。他突然不想再这么空下去了。

　　雷歌直直地看着牧牧，他发觉，牧牧笑起来真是好看，哪还淡呢！简直是很浓了。脸红扑扑的像个小姑娘一样！他把头埋在牧牧的脖子里嗅着说："我们结婚吧。我会好好照顾她的，让她好好活着。"牧牧从嗓子里嗯了一声。
　　雷歌犹豫了一下又说："我保证不多看别的女人，我发誓……"没等他说完，牧牧用嘴堵住了他。
　　躺在他怀里的时候牧牧闭着眼睛说："以后不许和我再发誓了，我只要你好好活着，我们都好好地活着。"

来吧，猫

晚上九点，欧阳送走最后一拨客人。

楼道的灯又不亮了，但这并不妨碍大家继续之前高涨的说话热情。在楼上，话题已经从孩子出国扯到了小陈结婚，从小陈结婚又扯到了医院八卦。再后来，欧阳感觉客厅里的每个人都在积极表达着什么，那些不断从话题里枝枝蔓蔓衍生出的新话题和着杂乱的人声咕嘟咕嘟冒着泡，仿佛将要滚沸的粥，而她只能一趟趟地端茶续水。还好，在分别的那一刻，有人再次祝贺了欧阳，大家随即恍然大悟一般热情附和着，算是让今天的见面从形式上又回到了主题。黑暗里欧阳熟练地上着楼，为了和同事见面特意换上的真丝旗袍已经不像早晨那样轻柔、熨帖。退休后，她很少穿之前上班时的衣服，很奇怪，尽管她从来没有刻意划分过什么界限，但是从退休开始，她的生活连同一些心境甚至是衣服还是和工作一起退了出去。为了今天的见面，她和老李准备了好多天，收拾屋子不说，还特意买了几个好看的花篮，水果也特意摆在了平时从来不用的雕花的盘子里。老李逗趣地说，这是要搞新闻茶话会吗?其实,欧阳并不能确定自己到底是怎样一种心情,炫耀的成分肯定有,要不她也不会告那么多人,但一切似乎又不仅仅是炫耀那么简单。

坐在沙发上打盹的老李,已经完全睡着了。退休前,老李并不习惯早睡,倒是欧阳除了妇产科一周一次的夜班,只要在家八点半就上床了,早晨四点半起,每顿饭只吃半饱。相对于欧阳的节制,老李过的完全是另一种生活,喝酒、吃饭、睡觉没有一个在点儿上,偶尔早回来也一定要在电视前磨蹭到电视说再见才休息。欧阳最小的妹妹也问过她怎么会和这样一个人搞在一起。什么叫搞呢?欧阳不喜欢这样的说法,尽管她自己对老李也有种种的看不惯,但还是不愿意家里人说老李不好,尤其是说老李素质低,这是她姐惯用的口头禅。她姐在一个中学教语文,曾经貌似强烈地反对过她的婚事,说貌似是因为一切反对只是停留在嘴上并没有任何实际的行动。最后,母亲说,既然你决定了,既然你准备留下那就办了吧。至此,她留在另一个城市,与家里人一两年才见一次,也因此大家见面都保持了某种虚无的客气。直到姐夫中风偏瘫,她姐才破天荒地开始数落、哭泣,说自己多年来多么不容易,多么委屈。姐夫教了一辈子政治,自己却直到瘫痪也没有搞懂学校的政治,用她姐的话说,至少你也当个年级组长呢。才几天时间她发现从姐姐放下面子唠叨数落的那刻起,一切开始迅速衰老了,从眼神到皮肤到体态,迅速地垮了下去。

欧阳看见老李大张着嘴在沙发上完全睡着的模样,就知道自己睡着应该也是这个样子,这就是"老态",谁也躲不过的一个坎儿。白天,在有意识的状态下,人还勉强可以用意志和它抗衡一下,但只要一放松,一不留神,"老态"还是会自己主动跑出来,执拗地立在那儿,赶也赶不走。作为一个大夫欧阳很清楚,实际的衰老其实比外表看上去更严重,更彻底,也更快。自从意识到"老"已临近,欧阳突然就不那么纠结了，也不想和老李计较了。不是因为她突然想开了，而是觉得没有力气了，之前盘踞在她体内的那些坚固的东西已经开始像雨后的泥墙，不只变得斑驳而且开始松动甚至是脱落。

她几乎是拖着老李回了卧室。

早晨，老李磨了豆浆炸好了馒头片等着欧阳起床。退休后，老李像是完全变了个人，不但生活规律，而且异常勤快，连脾气也比以前好了许多。现在他起得比欧阳还要早，欧阳反而开始爱睡懒觉了。五年前欧阳母亲去世后，第一年断不了还会哭泣，后来再说起母亲就像说书里面的人物一样，又遥远，又客观，客观直接导致了生疏，这让老李常常觉得和这个岳母从未谋面。欧阳偶尔也会为了她的姐姐还有妹妹哭泣，哭的时候他不能劝，劝，往往招来的是一顿数落。后来，他就由着她哭，不再劝。但有时候，不劝，欧阳也会骂他，说他冷血，连个安慰都不会。娜娜结婚后有一次对他说，爸爸，妈妈的意思你是需要猜的，她说"不"的时候，也许说的是"是"，女人有时候就爱说反话。老李对猜这类东西简直反感极了，好好的答案非要绕它个七八圈，有意思吗？女儿结婚后似乎也变了个人，多愁善感起来，其实他对女儿的印象一直停留在多年以前，在他的记忆里女儿从哭着要糖吃的小女孩儿直接就过渡到了现在，一个比欧阳还要高的大姑娘。在心里他是不习惯的，但，只能接受。还有女婿，一个完全陌生的人，张嘴闭嘴喊他爸爸，他也只能接受。女婿身上满是理科生的木讷和冷漠，和他从来没有更多的交流，一切仅限于表面客套。在他看来那实在是太表面了，一点连筋带骨的热乎劲儿都没有。结婚快四年还是像个外人一样。和欧阳说起这些，欧阳就说："你不也一样？在我们家多久了，一辈子了吧，还不是把自己当外人？"老李也和欧阳说过女婿配不上女儿这样的话，结果更是引来欧阳一连串的讥讽。很奇怪，在这件事上，欧阳居然和女婿站在了同一立场，而且，说多了还常常会扯出他和她家庭间的一些不愉快回忆。老李不明白说女婿怎么会牵扯上自己，更不明白欧阳的难过从何而来。尽管两年前女婿和女儿就去了美国，他们还是常常会为这个离他们已经十万八千里的女婿拌嘴吵架。每周女儿会和他们视频一次，在电脑里第一次看见自己的图像，老李觉得电脑把他照黑了也照老了，和欧阳说，欧阳就去沙发上把猫抓来举到探头前："睁大眼睛，仔细看看，猫变黑了吗？变老了吗？自己就那个样子，还怪电脑。"说完把猫放下继续和女儿聊天。老李发现欧阳可以改变唠叨但绝对改变不了奚落人的毛病，这个绝对要比他们的关系更长久也更顽固，甚至颇有些生死相随的味道。猫现在是他们家除了女儿之外的第三个成员。去年夏末的一天，外面下着大雨，老李去地下室拿东西，一只猫竟然跟着他亦步亦趋地上了楼还进了家。老李看见猫湿漉漉地望着他，那神情像极了女儿小时候淋雨时的样子——小小的、可怜兮兮的，忍不住摸了摸猫，猫就像懂得他的心思一样，干脆走到他脚边卧下开始舔身上的毛。他知道欧阳不喜欢这些小东西，嫌脏，赶紧从厨房拿了早晨剩下的蛋黄和馒头喂猫吃了，又把猫往门口引，想把它弄出去，结果弄了几次猫一走到门口就坚决不再挪步。没办法，他只好抱起猫把它放在门外，猫又开始用之前那种眼神看着他，不仅看，还开始"喵喵"地叫，叫声很低很细却很悠长，把他的心叫得一缩一缩的。欧阳听见猫叫从书房出来，"啪"的一声关了门。这一夜，老李总是能听到隐约的猫叫声，问欧阳，欧阳说他是心理作用。

　　早晨一开门，那只猫竟然还蹲在门口，看见老李往回缩了缩脑袋，小声却又固执地"喵喵"地叫开了。老李忙叫欧阳出来看，欧阳站在门口看了看猫又看了看老李，挑了一下眉毛当作是问话。

　　"它真的叫了一夜，不是幻觉。"

　　老李看着欧阳小心翼翼地说："它，它和咱们有缘分呢，昨天我就看见它的眼神像咱们娜娜。"

"像娜娜？"

"嗯，不信，你看，你看，看它的眼神。"说着老李把猫抱了起来往欧阳跟前凑了凑，欧阳往后躲闪着看了猫一眼说："行了，行了，什么像娜娜，想养就养着吧，赶紧给它洗洗，脏死了，明天去检查一下看有没有其他病。"

"哎。"

老李欢快地把猫抓回了屋。

从那天起此猫正式落户在老李家，更名"猫"。对于这个名字，虽然老李解释过多次，是为了和别人不一样，老李说，你看，你见过别人直接给猫起名叫猫吗？还不都是毛毛、豆豆之类的，多俗，我们就叫"猫"，本来就是猫嘛。尽管如此，欧阳还是不屑极了，这也算名字吗？自从有了猫，老李就给猫脖子上拴了一根柔软无比的花布细绳子，然后，只要外出就会带着它，猫仿佛是他必备的拐杖一般。碰见熟人，他总会大声说，带它遛遛，遛遛，话里话外满满的都是充足的理由。欧阳最初并不喜欢猫，尤其不喜欢刚拖完地它到处乱踩。后来，有一次为了惩罚，干脆把猫抓到大水桶里浸湿再提出来，出乎意料猫竟然没叫唤只是一点一点儿舔着自己湿淋淋的毛，舔干了悄悄卧在沙发边静静地看着欧阳，就和知道自己错了一样。欧阳一直盯着猫，看了一阵儿，破天荒地居然抱了起来。猫柔顺地躺在她怀里，讨好地用脑袋蹭着。某个瞬间，欧阳突然觉得自己是过分严厉了，不只对猫，对娜娜也是。因为害怕老李那种拖泥带水的生活方式再遗传到女儿身上，所以她凡事都要和女儿讲个对错，不许这样，不许那样，以至于女儿和她总是生疏的，连结婚都没有好好征求她的意见，她一反驳，女儿就不耐烦。倒是结婚后她们之间的关系似乎改善了许多，至少不再争吵了。

两个星期前,女儿视频说,怀孕了。最初听到这个消息,欧阳以为自己听错了。因为娜娜之前一直坚持不要孩子,说养孩子太累也怕影响两个人的感情,为了这个两边家长劝得嘴都快麻了。但无论他们怎么劝,一切还是老样子。出了国,娜娜更是在聊天的屏幕上打上"好好享受生活,享受二人世界,关于孩子免谈的字样。"渐渐的,欧阳也就习惯了,甚至常常劝慰自己:这样未尝不是一件好事儿,至少简单,能做到赤条条来去无牵挂也好。谁能想到她开始适应了,认可了,娜娜居然又改变了。欧阳努力整理着自己的思绪,陪着娜娜来来回回聊了一整个下午才弄清楚来龙去脉。

知道娜娜怀孕,老李完全没有欧阳那么大的反应,只是点着头"哦"了几声。见老李这么淡定,欧阳忍不住问:"你不奇怪?"

老李摇摇头说:"有什么好奇怪的,怀了就生呗。"

"你就不想知道到底是为什么?"欧阳不依不饶地把脸伸了过去。

"嗨,来回想有什么用呢?能不发生?还不是孤独了,难过了,肯定不是因为高兴才想要。要是因为高兴,她早要了,干吗等到现在。"

说完躺下和欧阳一起看着空落落的房顶。欧阳扭过头盯着老李像不认识一样。一直以来她都知道老李是个头脑简单的人,她的纠结、难过、左思右想,在老李身上从来没有发生过。包括退休,似乎退也就退了,如此而已,一点儿不纠结,甚至随着她的生活习惯早睡早起也一点儿不难过,更没有不适应。这样一个人,居然一句话就说透了她和娜娜聊了一个下午才明白的事儿。这还是她了解的老李吗?见她盯着自己看,老李用手在她眼前晃了晃说,睡,睡吧,别想了,白想。欧阳居然没有像平时一样反驳,就那么睡了,睡得还异常安稳。

第二天,老李没有早起,感冒了整整一周才好。事情过去很久,老李才说，那天，他一夜都没有睡。决定出国，也是老李最后定的。在老李逐渐显现出处事坚定的同时，欧阳却日渐柔弱起来，尤其是面对娜娜。娜娜说，去了美国，不再需要面对双方家长以及乱七八糟的社会关系，两个人空间大了，本以为会更开心，更轻松，谁知道在相对大的空间里矛盾似乎也瞬间放大了，大家都不想吵，很多时候选择不说，有些夜晚醒来她会无比孤独，娜娜说最后两个字的时候迟疑了一下，说出来眼圈瞬间红了。"孤独"这个词传到欧阳耳朵里，欧阳感觉既久违又生疏。娜娜所说的孤独，她在多年以前，还年轻的时候一定有过吧，但现在却很难再还原出那些瞬间，就像她常常试着回忆娜娜小时候，那段时间应该是她最累最忙的一段时间，评职称，做手术，带孩子，总之忙极了，她以为自己会一直记得那段时光，但实际情形却是：和过去所有记忆一样随着时间的推移只能剩下一个眼神一些手势一些零碎的片段，大块大块的东西开始模糊、遗失。年纪越大她越感觉没有一样东西可以一直杵在那儿、横亘在那儿，无论是好的、坏的，一切在时间的打磨下，最终都会模糊消逝掉。如果是过去，甚至只是早几年，她都会劝娜娜快刀斩乱麻般把问题解决掉。但现在，她似乎比娜娜还要犹豫。因为退休后，她越来越羡慕老李，老李一辈子从来不活在虚无的情绪里，该吃，吃；该干活，干活。偶尔有不痛快也马上说出来，绝对不会让它隔夜发酵，更不会衍生出别的情绪。所以尽管老李生活没有任何规律身体却比一直严谨生活的欧阳还要健康。也许这就是生活，你再怎么认真铺排都会有意想不到的时候，你能铺排计划百分之六十、百分之八十，但你永远计划不了百分之百，你想得越严丝合缝，合缝到一点缝隙都没有，结果就越是合不上。老李的散漫或许正好给时间留下了空间，留下了余地，也留下了回旋。虽然这些她从来没有挂在嘴上，也没有和老李说过，但在内心已经对过去自己的坚持动摇了。所以，她劝娜娜只是说，会过去的，一切都会过去的，一切不要急着作决定。娜娜显然并不满意这种模棱两可的建议，对于即将到来的小生命，她既希望他可以带给她转机，又担心新生命诞生会带来更大的危机。在她看来，未来就像一个骰子的两个面，只能靠碰运气。如果，欧阳能像过去一样强势地帮她选，无论结果如何，她至少不用再犹豫，也不用再等待。娜娜反复问欧阳，要留下孩子吗？还是打掉？欧阳一点儿一点儿试着帮她分析，希望在不断分析下，事情可以像做手术剥离一样随着一层层的剥离清晰地看见内核。但实际情形却是，两个人越分析越茫然。看着母女两个来回拉锯快两个星期了却没有任何进展，老李终于打断她们的谈话，说，别犹豫了，有了就留着，决定了，我们过去陪你吧。娜娜在屏幕上愣了几秒后点头说，好。

从那天起，不知不觉家里很多事居然都是老李在做决定。包括和同事见面穿的旗袍，老李说，你不是喜欢那件吗，就穿那件呗。穿了她也还是扭捏着，对着镜子左看右看，老李探过头看着镜子，说，这不是挺好，还来回看什么？欧阳说，退休了，还穿这样人家会说吧？老李白了她一眼："给我看就行了，还给谁看呢？"

最近，老李和她总是这么逗着。老李还说，以前怎么就那么忙呢，这些年都没怎么说话，说完就正经坐在她面前看着她。她问，干什么？老李说，和你说话啊。欧阳没想到活着活着两个人居然像是又绕回到从前。

早晨听着老李走来走去，欧阳又赖了半天床才起。她吃饭，老李继续逗着，怎么样，今天咱再接见哪拨人啊？见欧阳不搭理他，又对猫说："来吧，猫，咱们出去啦。"

欧阳没想到昨天会那么累，最后把老李拖回卧室，她连脱衣服的力气都没有了。怎么会那么累呢，也就是说了几句话，倒了几次水而已，感觉却比做一台手术都要累。过去，一说累她总是习惯用手术做类比，一台、两台，最累的一次她连着做了三台手术，做完，都想原地坐下休息。退休后，她还是常做关于手术的梦，总有找不到的东西，有时候是线，有时候是刀子，还有的时候她在循环剥离着皮肤，一层又一层。医院的人偶尔碰到她总说，多好啊，休息啦，不用忙了。欧阳就抿嘴笑笑，遇到人说她胖了，她也是抿嘴笑笑。还能怎么样呢？退休了，就是退休了。对于昨天的见面，欧阳本来有着莫名的憧憬，甚至是期盼。欧阳早晨穿着旗袍看着镜子，心里说，还好，一切还好，但可惜没有人注意到这些，包括装水果的雕花盘子。对于衣服，大家倒是夸了几句，但也只是几句，随即大家的兴趣就都转移到了说话上面。至于说什么反而变得不是那么重要，原以为这次聚会可以让她重温医院时光，至少可以感觉到自己的部分存在，但实际情形却是，大家拉起手围一个圈做游戏，任何一个人走掉，都不会影响什么，大家都会立刻重新拉起来围成一个新的圈。而她，欧阳，就是已经走开的那个人。但是，她竟然也没有想象中那么难过，仿佛结果只是印证了之前的设想，如此而已。

娜娜最后还是决定不要孩子。很奇怪，之前一直犹豫着感觉没有任何方向，等父亲真的为自己选了方向，才发现心里其实是有主张的。最后，她特意问了老公，男人说，随你。娜娜重复这句话的时候，欧阳看不出她是悲伤还是气愤，脸上淡淡的，已经没有了之前的彷徨，只说，希望她和老李暂时先不要过来，她想把问题解决了再说。

欧阳看着护照，问老李怎么办？已经告了那么多人，该怎么解释呢？无论如何都接受了别人的祝福了，结果却没有在别人羡慕的目光里出国，这怎么解释？欧阳说这些话的时候一手举着护照一手叉着腰。

"那就是茶话会,聊一聊而已,别太认真啊。"老李慢悠悠晃着脖子说。不管老李怎么说,欧阳还是觉得怪怪的,有些别扭,也不好意思出门,她总怕人问。直到月末的一天,和同事碰见,因为来不及躲,寒暄了几句,结果人家压根儿就没问她出国的事儿,她才确信,老李说得没错儿,那的确只是个茶话会。

入秋,他们面对面坐着捡芹菜的时候,正午敞亮的阳光有一束斜斜铺在桌子上,猫偶尔会蹿上桌子,路过阳光,毛色就一闪又一闪,这样来来回回好几次猫一点儿不烦,欧阳也不烦,就那么看着,直到阳光彻底隐去。后来,老李剁着菜,欧阳揉着面。再后来,老李叫:"来吧,猫。"

欧阳白了他一眼,说,别只叫猫,明明是三个人。

阳光下的皮弹弓

　　曹局长也就是十几年前的曹大头——曹轩。当然现在没有人这么叫他了。一个人只要有了一定的社会称谓，身价也就顺着涨了起来。原来的外号、名字都会缩水似的快速缩小下去，小得再也戴不到他头上。偶尔有人拎出来，仿佛在叫别人一样，听着那么陌生和别扭。从宣布的那一刻起他就认定曹局长就是他的名字，他的名字就叫曹局长。前不久医科大的同学聚会，有人喝多了搂着他高叫，曹大头……你他妈运气真好啊，学得好不如娶得好啊，边说还边摸了摸他的大脑袋。碍于面子他并没有说什么，但有些没好气地把那个人的手甩开了。虽然这是大家都熟知的事情，但，很少有人会和他提起。大家都心照不宣地闭口不谈这些，就和商议好了一样，共同保守着一个过时的、连根子都快烂掉的小秘密。这种东西说出来并不碍事，但不说效果会更好。这就是分寸。城市里最不缺的就是分寸。不过，在每一个剧里总是有人偶尔要跳出来的，要搅和一下。说的都是大家想说的，无一例外地表达了大家的心声。大家思想里也都心花怒放，恨不得越演越烈，像看戏一样好好地过一下瘾。但表情上却轻描淡写一副和事佬的样子。有的还会站出来忙着打圆场，又是碰杯，又是寒暄。今天挑事的人既不够强硬又不够坚定，所以早早地被拥着拉到了另一边。戏，只开场没高潮就匆匆落幕了。

　　退回到二十年前，那时的他，虽然不能说帅气但也是个蓬勃向上的男人。怀揣着梦想，整天都埋在书本里。一心想着能像白求恩一样治病救人。对于姑娘们也同样怀着无比美好的梦想。但一切都没有容他细细地想清楚，命运已经自顾自地把他拉了过去。王艳是一个不胖不瘦的姑娘，但不胖不瘦不意味着就好看。他从来没有想过，自己的女人会是这个样子。当然，在他的梦想里他的女人也不是画报上的样子。他是个实际的人，连梦想也不会做得虚无缥缈，总还是要落在实处。画报离他还是太远了。想起女人，他总是想着自己在老家上学时见过的一个姑娘，长得不扎眼，但耐看。有些羞涩，有些婉转，就像他奶奶手里的线一样可以绕来绕去地婉转。王艳却不是婉转的人，像铁，而且还是生铁，放哪儿都会有些硌得慌。快毕业的时候突然去宿舍直接和他摊牌，问他做朋友愿意不愿意？还说要是愿意她能把他留在这个城市，而且实习能去市第一人民医院。一句顶一句地说完了就直直地看着他。他有些蒙了，呆了半天，一句话也说不出来。王艳有些不耐烦，用眼睛在宿舍里晃了一圈又一圈，终于忍不住又说："怎么样啊，你觉得，说句痛快话，谁也别耽误谁。"听王艳这么一说，曹轩更不知道该说什么了，结巴了半天才说，"我不太明白……"王艳长吸了口气说："怎么不明白，哪儿不明白？你说，我说得已经够明白了，咱俩要是处对象，你就能留在这儿，还能去一院实习。要不你想想吧，明天，要不后天，你告诉我决定。"说完"砰"的一声碰上门走了。人是走了，可空气里却还是硬硬地留着她说的话，一粒一粒地放在那儿，等着曹轩往起拾。过了一夜，他终于能清晰地梳理昨天的情节了。可梳理了半天也没梳理出个眉目，后来居然连王艳的长相也想不起来了。但脑子里还是不由得想着王艳说过的话，那些话像无数的小鱼钩一样，一晃一晃地在曹轩的眼前摆。

不怨他，后来，他总是这么想。明明摆在跟前了，一伸手就够得着的好东西，谁能不要呢？但，有时候喝了酒，特别是喝得还不是很多，但已经开始上了头的时候，总有些后悔的影子出溜下来，灰头土脸地躺在那儿。生活也在那一瞬间暗了下来。

张建军习惯性地把手插进了裤兜里。突然，想起了周鹏说过的话，不由得笑了笑又把手拿了出来。那天，周鹏很认真地问他，"知道为什么曹局长最近总是把手插进裤兜吗？"

他摇了摇头说："那有什么啊？大家不都一样嘛。你不也往兜里插吗。"周鹏瞥了他一眼继续说："那能一样吗？你能和人家比吗？人家每天多操劳啊，"说着自己先嘿嘿地笑了起来，"曹局长是疝气，而且挺厉害，要用手托着走才能好点。"周鹏用手比画了一下，做了个运动员托举的动作。张建军也哈哈地笑了，推了周鹏一把。

"听谁说的，怎么还用手托着啊"

"嗨，你别管听谁说的，反正是真的。你以前什么时候见过他把手往兜里插过啊，没见过吧。"想想倒也是，以前好像还真没见过。

如果不拎东西，两只手甩在外边难免显得有些多余。走了一会儿张建军还是把手又放了回去，但还是有些想笑。和所有的人一样，他也喜欢听领导的八卦，看有关领导的爆料。生活就是这样，既然坐不到那个位置，开开玩笑，调笑一下，松弛一下被压抑的神经，对于个人的日常生活也算是一件蛮有趣味的事。何况那些带点幸灾乐祸的小心思还真的能让人痛快呢。旁边小亭子里几个老人在哼哼呀呀地唱着曲子，紧挨着亭子那儿还有几个人一字排开摸着太极，腿脚软绵绵地抖来抖去。紧挨着,却好像谁也不碍谁的事,唱的唱,摸的摸,很自得其乐。路边小吃摊子上咕嘟咕嘟地冒着热气,中年男人拿勺子磕了磕锅,抬起眼来轻松地吆喝:羊汤、羊杂、小米饭……声音和热气一样,拖得长长的。另外一家也跟着喊:馅饼、包子、大馄饨……声音响到一块儿的时候,偶尔,有空,喊的人会互相笑一笑,顺便问卖得怎么样了。其实紧挨着,即使不说也知道个大概,但,还是会问,倒不是为了客套,更多的时候是为了那份高兴。早卖完就能早收摊,也能早一点吃饭。老婆不在的时候他也常常在摊子上吃,趁着热把汤往嘴里一吸溜,边吸溜边哈着气,整个人会立刻暖和起来。在这儿,只要坐下来随便哪一家的东西都能吃得到。隔着桌子远远地喊一声:哎……包子一笼……小米一碗……土豆丝多点儿……热乎乎的立刻就能端到你眼前。他喜欢的就是这种气氛,不像单位门口的摊子,好几家一起招呼你,但你要选着一家坐下来,另几家立刻甩脸子,就像你做了多不对的事一样。每吃一次,都面临着选择,总是非此即彼。弄得他心里怪难受,而且别扭。门口的小卖部也是一样,两家总争着让他买自己的东西,一提到选择,他就觉得气紧。索性离得远远的,谁的也不吃,谁的也不买,甚至经过的时候躲着看也不看。似乎这样就省去了心里的麻烦。但,他还是常常觉得麻烦。

张建军的老婆在图书馆上班,大概是时间宽裕的缘故,每天不厌其烦地鼓捣美容知识,并且积极在自己身上实验。今天贴黄瓜,明天贴红薯。临睡前,油也是抹了一层又一层,弄得他一亲一嘴油。有时候连想亲热的念头也没有了。张建军稍表示些不满,老婆立刻没完没了地开始唠叨。女人的话就和线头一样,真扯起来没有完的时候,而且捎带着把陈年的旧事全部能扯出来。上个月图书馆决定把楼上的房子租出去,开瑜伽馆,顺带着还给每个人发了两张一年的免费瑜伽卡。老婆催着让他给局长的老婆送去。像他们这样的家庭,虽然不求着有大的改观，但还是希望往好的方向奔，利益能见着一点是一点，好处能落到身上就绝不让它落在地上。但又没有具体的方向和目标要实现。所以，即使准备着送人东西也要仔细思量。既不能花太多的钱，那样自己划不来，可又得让人家能看得了眼，否则送了也等于白送。老婆已经说了好几天了。送，送，送。张建军脑子里像捂了只虫子一样，时不时地爬一爬，歇歇，但总是不想彻底停下来。最后还是他老婆送了过去。这下子他彻底地松了口气，简直就是幸福了。晚上，开始在老婆身上上下地忙乎，直到老婆脸上泛起了潮红他才满意地嘘了口气。在张建军大汗淋漓的时候，曹局长正为不能顺利表态而犯愁。在他看来任何时候表态都是最重要的，即使在床上也一样。做不做是态度问题，做得好不好，那是能力问题。适当地表个态，一切问题都可以迎刃而解，比你说一百句、一千句都强。但那晚他努力了半天也没有表态，最后王艳有些气恼地扭过了身子。

  结婚后王艳渐渐地磨去了生铁的硬和愣，加上日渐丰盈的身体慢慢整个人像包子似的变得热乎温暖起来。随着曹轩职务一天天地涨上去，她身边围绕着的人也一天天地多起来。听她们叽叽喳喳地说话，她的生活也变得满满当当的。男人的话题总离不开女人，女人也一样，最后总还是要落到男人身上才能找到支点。不同的是男人说的看的多数都是和自己没什么关系的女人，而女人说得最多的即使再远也还是和自己有关联的男人，不是家里的，就是暗恋的，再不然也是恨过的。话题扯来扯去到了一定时候就会扯到性上面。每当这个时候，王艳总是觉得有些不好意思，但还又想听下去。说着说着大家都开始打诨着问她，你们怎么样。她抿着嘴咻咻地笑："什么怎么样啊，还不就那样。""哪样啊？"大家的兴致都高涨起来，想着平时不苟言笑的曹院长脱了衣服尤其是脱了裤子的样子，都有些忍耐不住地想乐。大家推搡着她揉着她。

"哎,说说嘛,怎么样的啊?"

"肯定每天都疼着你是不是?"

她也忍着笑用手拍着她们说:"太没个正经了,都说些什么,让人听见了,多不好。"

她们又说,男人对你勤奋说明心里还想着你,甜着你,还把你当宝呢。要不然就是外边有人了。这最后一句话,王艳一字不落地留在了心里。

王艳整个人说到底也还是一块铁,并不会婉转,而且也懒得婉转。这么多年下来边边角角是磨得光了,滑了,不那么硌手了,但只要一放下来,一出手总还是重重的没余地。早晨,看着曹轩把碗往桌上一摆,说:"昨晚怎么回事啊,她们可都和我说了,在这上头不行,就是在外头有了。说吧,怎么回事?"曹轩没想到,王艳会在大早晨,阳光这么亮的情况下说昨天的事,而且还是他不行的一件事。一下子又和以前在宿舍一样整个人傻在那儿了。

"说啊,到底怎么回事?"王艳并没有生很大的气,她觉得不过是问一下,有什么大不了的。"你快说啊,怎么这也没听懂啊?我再重复一下?要不晚上我们再试,你要不行那就说明你有问题。"说完自己咕嘟咕嘟地喝起了汤。曹轩挠了挠为数不多的头发,看着王艳半天没说一句话,觉得已经走了的时间又突然地绕了回来横在那里,龇着牙看着他笑。

张建军用胳膊扛了一下周鹏,有些疑惑地说:"是吗?他老婆真这么说啊,看来还是真的了。"

"我也是听我老婆说的。你知道女人在一起,什么话不会说啊!就没有她们不敢说的。"

"难怪这几天曹院长看上去有点憔悴！"

"嗨，以前我还不太信呢！我也是听人说的。真是该好好想想，到时候没准让谁主刀呢？那可是机会，没准哥们的运气就来了。"

"为什么要开刀？现在都流行保守治疗。"张建军不紧不慢地说。

"保守？放心吧，永远都是开刀最正确，药哪如刀快啊，你要听外科大夫的。刀最快。"周鹏一边说一边比画着动作。张建军觉得头顶嗖嗖的发凉，用脚踢了一下周鹏的腿。

"哎，说真的，外科除了张主任，还就数我了，张主任怎么会看得起这种小手术，简直没有任何挑战。"

"那可不好说，给院长做，那可是露脸的活。没准人家就愿意做呢，你呀，就别打算了，没用。"

"是吗？你是说张主任愿意做。哎，你从哪儿觉得他愿意啊？"周鹏有些急了似的问他。他摇了摇头。突然周鹏把胳膊撑在桌子上，很认真地说："我会想办法做这个手术的，这是个机会。抓住了，没准，我很快就能提副科了。"他说得很用力，仿佛要传递力量一样。

他笑了，拍了拍周鹏，无声地鼓励了一下。说实话，他挺喜欢周鹏这一点的。周鹏总是很热忱地想抓住任何机会，并且丝毫不掩饰自己的这种情绪。在这方面他不行，不是他不想抓。机会就和街上走过去的漂亮女人一样，所有人都会多看两眼，但敢上去说话的恐怕没有几个，更别说直接领回家了。但打心眼里还是会想，会惦记。晚上，想着周鹏说的话，他也有些心动了。

曹轩一进门就闻着一股扑鼻的香味儿。是那种烤得焦焦的、脆脆的皮子都烤得出了油的香味。他深吸了一口，接着又更深地吸了一口，脸上的笑也立刻跑了出来。但他没有立刻进厨房，而是在沙发上坐下来，闭着眼睛开始细细地品这股香味。多年的经验告诉他表态是十分重要的，但不能瞎表态。在还不清楚是怎么回事之前，最好是别表态。这几天王艳那张胖脸一直黑着,一到晚上他就有些担心,怕她真的试他。本来没什么的,但一紧张,再试来试去的,他怕真的就不行了。奇怪的是王艳并没有来试他,每晚练瑜伽弄得满头大汗,冲了澡就上床睡了。他呢,要在客厅看电视待到很晚才进卧室。不是他喜欢看电视,他觉得现在的电视越来越不好看了,换了数字后,一百多个台,越觉得没有什么可看的。但早早地进了卧室,总是要往那上面想,倒不是身体多想要,是脑子在替身体想。想归想,又没有把握做,但,又不能不做。弄得他都有些怕晚上了。现在这些香味,一阵儿一阵儿地往他鼻子里钻。他一向就偏爱味儿重的食物,最喜欢的就是那些煎的、炸的、烤的东西,觉得嚼在嘴里带劲儿,甚至嚼出些咸味儿才更过瘾。要是在往常,他早就进了厨房先叨上一口吃了。但今天,却有些拿不准,不知道王艳究竟在搞什么名堂。以王艳的性格,不高兴就是不高兴,不吵闹已经是很好了,哪还能指望她再做什么好吃的给你。这几天明摆着是不高兴,而且还是那种很不痛快的不高兴。这些,他都懂,所以就越觉得奇怪了。王艳听着门响,却半天没见他进去,到门口一看,发现他在沙发上坐着,心里就有些想笑。她也知道他在想什么,于是,把呼吸调匀了冲着他喊:"哎,干吗呢?还等着喂你啊,快过来端饭!"说完转身又进了厨房。曹院长忙答应着,赶紧起身,挂了一脸笑,脚都有些飘飘地往厨房走。以前,他并不喜欢她喊他,他总希望她能像别的女人那样柔一点叫他。更确切地说,他希望她能像单位的小青一样柔柔地说话,好像随时能挤出水来。那种水水的东西才是他想要的。小青是周鹏的老婆,既年轻又漂亮,说起话来总是软软的,不紧不慢让人听着觉得骨头都往酥了走。他倒没有沾染别人家事的意思,但是,作为男人,一个中年男人,谁不喜欢年轻一点的东西呢。当然他喜欢年轻一点的,并不等于说对家里的女人就完全厌倦了,只是天天看着觉得有些累,不像远远地看那些花一样水灵的女人，什么负担都没有，心里荡来荡去还能憋出一些肿胀的东西来。但今天听老婆喊他，却由外到里，由皮到骨头到血液都觉得舒服。整个人一下子就舒展了，好像连日来的担心都卸掉了。他还是第一次觉得女人的喊声这么受用。

端上来的不知是什么东西，像是鸽子肉，又像是锦鸡肉。这些年，他经常在外面吃饭，但吃再好的东西，总觉得没有家里吃的那种味儿。他边吃边看她，希望能从脸上看出点什么来。看见她光吃菜不吃肉，曹院长心里又有些感动了。她疼他呢。男人一旦觉得女人疼他，会突然像小孩一样变得可爱起来。他撕了一大块儿烤肉放在她碗上，眼神里有了些依恋的意思。王艳又把肉放回到他碗里，说："我不吃，专门给你吃的，快吃吧。"

他有些吃不下了，心里有些地方一动一动的，拱得他有些眼热，不光眼，浑身都有些发烫了。

"专门给我吃的？你也吃吧，这比在外头做得好吃多了。"

"外头？你在外头也吃过？"

"这是什么肉？饭店里也常有这道菜的。不过，我也只是吃，从来不问到底做的是什么。"

"麻雀。"王艳说完话的时候，匀匀地吐出了一口气。

曹院长一块肉塞在嘴里，有半边还露在外面。他的手指白胖白胖的，眼睛看着她，好像一时拿不定主意到底该做什么。

张建军的老婆还没到中午就迫不及待地跑去问王艳效果怎么样。王艳脸红了一下，笑笑说："挺好的，他……爱吃。"声音转了一个不大不小的弧度。张建军的老婆也笑了，她注意到刚刚那一个脸红的瞬间了，而且声音里透出的欢快她也听出来了。

"就是嘛，这多好，我就说那不是什么大病嘛。我们建军查了好几个晚上,又对照了医书才决定用这个偏方,麻雀是专门去村里买的。麻雀肚里塞的小茴香也必须是刚出的嫩芽才行。你说现在也怪了,吃个杂粮吃个小麻雀比吃海鲜还要费劲,哪儿都弄不着。不过只要曹局长病好了,我们也就放心了。"王艳有些感激地拉着她的手,抿了抿嘴说:"我知道,你们费的心。我会和曹局长说的。你们有什么我能帮的就尽管说。"听王艳这么说,张建军的老婆像朵花一样彻底地笑开了。

其实女人们给了王艳的偏方很多,给的时候她总是谢了又谢,怎么说人家也是一片好心呢,但她知道能用的其实并不多。自己虽然不是医生,但,是药三分毒的道理还是懂的。偏方里如果是食疗,她就决定试一试。吃不好,但也不至于吃坏吧。如果是放了几味药的,那就再说的管用她也不会用,她不想冒那个险,怎么说也是她的男人。这几天不是炖黄芪乌鸡汤,就是烧药狗蛋。但曹轩最高兴的还是吃烤麻雀。那些女人们照例都会问她管用吗?她总是有些不好意思,因为她们问的意思她已经很明白了,知道她们问什么。她只好笑笑说,哪能一下就看出来呢?才吃了没几顿嘛。那些女人不肯放过她,总是追着问:"哎呀,怎么看不出来呢,他和以前还一样不一样?缠你缠得还紧吗?"问的人恨不得亲自去看一看才歇心。她们看药有没有效果,主要的根据是看王艳的脸,脸色红了就说明还是有效果的。在这方面最有信心的还是张建军的老婆,她发现只要头一天她送了麻雀,第二天王艳的脸就总是有些红红的。这很能说明问题了,就和痒了挠背一样,挠上了才舒服。拍马屁也是,拍上了合适了才算大功告成。这一回,她觉得他们家建军还真是下了功夫,看来她还是没嫁错人,好日子一步一步地往她这儿迈过来了。

过了一星期曹轩才知道他吃的是偏方。他简直是太惊讶了,这么大的一件关于他自己的事,他居然不知道,而大家却都知道了。他本来是有些不舒服,最近,老觉得小腹有些隐隐地疼,但并不特别厉害。他很奇怪,连他自己都不知道是怎么回事,怎么大家就已经都知道了呢,并且自己居然还吃了那么多的偏方。

"别琢磨了,这可是你们单位张建军费了好大的劲才弄到手的。你不知道他老婆为这个来回跑了多少趟。"

"你是说他们都知道了?"

"知道什么?你怎么就不能往好处想想?人家这是关心你。"

王艳有些责怪地看着他,圆脸上大眼睛斜斜地拉了下来,嘴也噘起了老高,但并没有显出可爱来,反而加深了岁月留下的痕迹,脸上的纹路一条一条清晰地堆了出来。本来他还有一肚子的疑问,看着王艳懒下来的脸,突然觉得不想问了。过日子嘛,只要一团和气就好。管他到底是什么气呢!疝气就疝气吧。第二天去了办公室,他才觉得最近大家的眼神多少有些怪异。想想也是,同样是肚子,如果是阑尾,或者是胆结石什么的,说起来就很好听。甚至在会上也可以说说,说某人得了阑尾炎了,甚至吃饭的时候也能说,因为并不影响气氛。但说到疝气,仿佛就多少有了些见不得人的东西。

周鹏敲门进来的时候,曹轩的眉头紧紧地皱着。在周鹏看来,那完全是病痛的征兆。想想他们局长每天忍着痛还坚持工作,他就多了些同情出来,眼神里也多了些关切味道。觉得他要说的要做的都是在为一个病人解除痛苦,什么局长不局长的根本不重要了。在他面前有的只是一个病人。他有些诚恳地说:"曹局长,是我们不好,不够关心您,而且替您分担的工作太少了,才把您累成这样的。"曹轩有些纳闷地看着他,挑了一下眉头。"曹局长,我向您简单介绍一下普外做疝气的几种方法,和一些相关的最先进技术。"曹轩的眉头皱得更紧了,但他沉住气没有说话,耐心地听周鹏说了下去。

"疝气做手术主要是放置一个补片,就是为了能更好地托住下垂

181

的部分。目前有两种做法：一种是张力修复法，以缝合为主，但缝合的时候张力很大，痛苦也大。另一种是无张力修复。用一种先进的疝补片来做。我们院现在已经开始做无张力修复，在这方面我已经做了十几例，反应都很好。病人的痛苦小，恢复得也较快。这是我做过的病人的资料和一些图片。曹院长，您要注意身体，可不能累垮了。"说完他深吸了口气，有些期待地看着曹轩。

曹轩也深吸了一口气，通过气管、肺、肚子又回笼到了脑子里。他简直不知道该说些什么，又不好立刻发作，只是点了点头。周鹏还想说什么，被他的眼神制止了。周鹏知趣地走了，出来心里想，看来院长的病还挺严重的，一定是疼痛太强了，听他说了那么久忍着不想表露出来，看不出来还是挺坚强的一个人。想想刚才自己说的话应该还是到位的。不过还是要仔细想想，毕竟是手术，对于病人来说再小的手术也是大手术，何况还是给行内的人做。该准备的资料还是要再准备得充分一些。突然他想，也许该做个幻灯，那样比较直接，一看就清楚了。真是的，怎么就早没想到呢！边走心思又来回地转了好几个弯，但到最后也没有弄顺溜了，总觉得还是欠缺。

曹轩用手按了按肚子，心里隐隐地觉得有些不妥。本来凭着自己的经验一直觉得不是疝气，但被人这么说来说去又有些信了，肚子里某些东西好像还真有些下滑了。刚才周鹏说的话此刻像小刀一样，一点一点把他的思绪全旋开了，突然就有了些凄凉的感觉。好像已经过了一辈子一样。折腾了半天没想到末了居然还是空空的。以前那些时间见缝插针地又跛着脚晃了回来。那一年头一次上解剖课他们班好多人都吐了，简直是说不出的恶心，紫黑的血都已经冻在了血管里，切开的时候像香肠一样，感觉噌噌地响。但上到后来，下了课大家常常连手也顾不上仔细地洗就能大口大口地去吃饭。大四的时候他们班的任何一个人都能在半小时内像剔猪肉似的把一个人剖得干干净净，内脏一件件摆在那儿。他们谈情的谈情,说吃的说吃,丝毫不会影响什么情绪。想着有一天他也会躺在那儿让人一件一件地摆出来,再一件一件地缝进去,他就觉得有些恶心。

夜像织得太长的围巾一样怎么也绕不完。看着王艳胖墩墩的身体随着呼吸均匀地起伏,他心里就有些柔和的东西生长了出来。这些年好像从来都没有仔细地看过这个女人,只是觉得她硬、愣、不婉转。当然,也不好看。现在,看着她起伏的身体突然有一种从未有过的亲近扑了出来,就和以前看自己的女儿一样,很亲。于是,他把手放在了她的胖腰上摩挲了几下,她动了动身子翻着挪开了。他又把手搭了上去,她迷糊地睁了一下眼把身子又扭到了另一面。他想都没想重新又把手搭了过去,这次他把身子也靠了过去,伸开胳膊揽住了她,挣扎了一下后他们都沉沉地睡了过去。

周鹏想了想觉得还是不放幻灯的好。完全放别人做过的片子,势必说不过去,那还找他做手术干吗,直接找别人不就行了吗。放他做手术的片子吧,拍得实在是不怎么样,连他看都觉得效果不理想。图片如果没有精细到一定程度,最好还是不放的好。像图片这种东西永远是最直观的,一眼就能看出好坏来。院长怎么说也是行内的人,真看了恐怕立刻就决定不用他做了。想来想去,觉得还是把方案再做得仔细一些比较好。医生不怕细,细了还能再细,精了还能再精,这个是没有止境的。他清楚这个道理。

曹轩躺下的时候,用眼神瞄了一眼老婆,看见王艳也看着他,他像孩子一样一下子踏实了。查吧,不管是做还是不做,总是要查的。

看着屏幕周鹏把眼睛往大睁了又睁,然后又用手触摸了半天曹轩的腹部,有些茫然地看着王艳说:"奇怪啊,怎么就不是呢?"

"不是什么?"王艳虽然没有听明白却有些急了。

"不是疝气，是小面积的淋巴肿块，吃药热敷一下就好了。"说完，周鹏觉得自己整个身体都变得松动了，好像晃一晃就能全部掉下来。

　　曹院长一声不吭地坐了起来。他系好皮带，出门的时候还拍了拍周鹏的肩，说："好好干。"

　　周鹏有些诚惶诚恐，嘴里动了动，不知要说什么。

　　看着曹院长脚步轻快地走出来，张建军还问了句："曹院长，没什么事儿吧？"

　　曹院长没有搭话，只是点了点头。看着从里面走出来的周鹏一副失落的样子，张建军绽开的脸慢慢地缩了回去。

　　晚上和老婆说起来，女人还觉得不可思议。

　　"不管怎么样，王艳的脸一直红艳艳的却是事实。不要想那么多，不管怎么样，曹院长肯定都会理解的，至少王艳会领我们的情。"

　　张建军什么都没有说，语言在这时突然变成了极度匮乏的一个东西。

　　天有些凉的时候，张建军做了一个很大的弹弓。拉弹弓的皮子用的是做手术的手套。浅黄的色泽，上面有一些棕色的斑点，是医院最新出来的、弹性很大而且还是超薄的那种。他就不信了，这么好的皮弹弓还打不下一只小麻雀。他举起来眯着眼睛试了试。透过皮子，阳光被摊得薄薄的，一小片一小片地落了下来。

等　待

1

车行老板递过一支烟，瞟了下前座的包裹，说："还带着呢？有五六个月了吧？"

包裹外面的塑料袋还是五个半月前车行老板亲自套上去的，那时，塑料袋崭新、挺括，几个月过去，虽然一直轻拿轻放，而且大部分时间它都待在同一个地方，也还是有了磨损的迹象。透过塑料袋可以看到大片的黄色，是绸缎，但没有绸缎的厚重，仅有的光亮也像是用锉刀粗略锉过，既不平滑又单薄至极。每次与这种黄对视，李耀都会迅速别过头，这次也不例外。虽然别过头并没什么可看的，街上除了忙碌的人群就是房子、电线，还有偶尔飞过的鸟，最后和车行老板一起抽着烟看着远处的天空。下午阴沉的云在傍晚竟然溜边滚了一层绯红，像女人脸上的胭脂，眼看着越染越浓。几个月前，李耀第一次从后备箱拿出黄色包裹平放在副驾驶座上，一边放一边嘱咐：别碰，千万别碰，碰坏了可真没法赔。车行老板走过来一看，没说话转身去了隔壁洗衣店，出来时手里拿了个大大的白色塑料袋。

"来，套上，套上，万一溅湿了，不吉利。"

套了塑料袋的黄色包裹看起让人放心了许多，像穿了件大衣似的。这之后的五个多月里李耀一共洗了六次车，每次，他都会重复同一个动作，搬出、然后搬进。每次，老板见他搬出东西都会走过来聊几句，包裹就像他们之间的另一个熟人，老板看看他，再看看包裹，看包裹的时间甚至比看他的时间还要长。随着时间的推移，老板不断说，一个月了吧，两个月了吧，快三个月了吧……就像今天老板又说，有五六个月了吧，老板一定以为李耀一直把它带在车上，其实这中间有些时间它也待在医院里，和一些衣服、碗筷挤在一个狭小的柜子里。只不过那时李耀忙得饭都顾不上吃，更别说洗车，等有时间洗车了，它恰好又出现在了车里。和多数男人一样，李耀从来不聊这些细节，聊的都是一两句话就能说明白的事或者干脆是些无影无形的事儿。他说，"预报有雪呢。"车行老板说，"嗯，该下了，腊月二十八下场雪，一切都好了。"又说，"过年也挣不下个钱，往年这个时候洗车最少也八十、一百呢，今年才五十……"说到后来声音明显低了下去，自言自语一般。烟快抽完的时候李耀从兜里抽出两支，一支递过去，另一支自己续上。

2

几个月前七七亲手把寿衣放在李耀车里的那个下午，阳光很好，天上不时飘过一只只风筝，再丑的风筝只要兜着风放起来，也一律看着精神抖擞，看久了常常会忽视放风筝的人，似乎风筝自己有了手脚，有了翅膀，也有着单独的生命。那天七七没有心思看太阳，更没有心情看风筝，把寿衣交给李耀后，直接陷入对往事杂乱而冗长的叙述里，中间不时夹杂着抽泣，偶尔也停顿下来问李耀一句：你说我爸没事儿吧？李耀说：没事儿。七七似乎并不在意李耀回答些什么，只是想问而已，问完，停顿一下又接着叙述从前。整个下午的时间都在这样的反反复复中度过，天黑到什么都看不见了，七七才停止了哭泣。

　　两年前，朋友婚礼上刚认识七七的时候，七七挂着一脸没心没肺地笑说，叫我七七吧，出生时七斤七两，所以叫七七。李耀说，我还九斤九两呢，那该叫舅舅？看着他俩儿自来熟，朋友纷纷帮着起哄，后来又拉拢着聚了几次会。对七七，他有好感也有心动，这心动的前提竟然不能免俗地是因为外貌。七七够白了，白得有些晃眼，在聚会餐厅的灯光下有时候是瓷器般的白，冰凉细滑，有时候是粉糯的白。在他的想象下一切也有着细腻的手感，但他没有想过要走近她，他宁可想象着。因为唯有想象能让他感觉安全，感觉自己还有无限的可能。一直以来，他都对"爱"心存疑惑。从大二谈恋爱开始，陪着女孩儿遛弯、吃饭、逛街、拉手、接吻、抚摸，该做的都做了，就是没有那种所谓的惊心动魄、死去活来的感觉，似乎在一起，挺好，但分开亦没有什么关系。一毕业，大家各分东西，他回老家考上市档案局的公务员。最初，他们两周打一次电话，然后是两个月、半年，再后来彼此的消息需要从同学那里才能听得到。其实他从来也没有天真到一定要找个真爱结婚，只是，心有不甘罢了，不甘心就这样尘埃落定，不甘心这触手可及的未来竟然有着他最不愿变成的父母亲生活的影子。其实最让他难过和不能容忍的还不是这些，是所有的决定从头到尾竟然没有人真的干涉过，大家顶多只是建议而已，无论是否愿意，一切都由他一手造就。所以他没有可以埋怨的对象，他的难过只能属于他自己，既得不到宣泄更不可能被分享，只有偶尔聚会，听着大家吵吵嚷嚷，生活过得似乎还没有他顺心，那一刻，会有类似安慰般的情绪从他身边闪过。时间并没有因为他的难过而停止了脚步，几年一晃而过，同学结婚的结婚，离婚的离婚，看着同学的小孩儿跑来跑去，他已经没有了最初的感慨。秋天的一个晚上洗漱完，他看见镜子里的脸居然和父亲有些相像，苍老、固执、毫无生气。他知道再过些年大家也会像称呼父亲一样叫他老李。想到"老李"这个词，他突然有些慌乱，有些焦虑，就像快考试了结果书还没背。第二天，和他母亲说：以后，有合适的就相亲吧。母亲总以为是父亲的病让他懂事儿了。其实，一切能看得见的理由都不过是借口，是个类似路标一样的东西，有没有它，路一样存在，有了或许会更安心，如此而已。从那时起，近的、远的、高的、矮的、胖的、瘦的，李耀总是好脾气地谈着，然后等着分手、再谈、再分手。大家都是奔着结婚去，没有谁愿意像大学里一样磨叽着浪费时间。他不主动，女方也不主动，结果只能是分手。大家都以为他是挑剔，只有他自己明白，看似有无限机会的相亲，其实不过是又一场无从选择的游戏。这次，他选择等待。

  喝了酒的七七脸红到了脖子根，仰着脸问他，挨得那么近，说什么他竟然没有听清楚，只记得接吻、抚摸。那晚的情节，在两个人后来的叙述里有着不同的版本。他记得是七七主动，七七说是他先主动，并且还描述了一大堆铺垫的情节。关于那晚的记忆李耀一直是模糊的，始终只有零星的片段——气味、头发、一帧一帧像电影胶片，然后被剪辑得有些凌乱。一切，有了开始就像是有了结果。那晚的前后顺序还没有讨论清楚，他们已经手挽手开始出双入对。后来他们在一起亲热，李耀的大脑再也没有像第一晚那样凌乱过。那个夜晚，就像是特意准备好的一服药，似乎唯有如此，才能让他确认，这——就是他的等待。

午后，他们面对面坐着安静地叙述彼此的家庭，不像恋人般而像所有初次相亲的人那样，叙述得很详细，很具体，没有添加，没有渲染，只是叙述。七七说，她有一个姐姐，大她二十岁，现在在西安，父亲快五十才生的她，所以，是老生子。所以，父亲很老了，已经痴呆了近十年。但是到了转折处，七七开始一个字一个字地说："但是——他有我妈照顾，不会拖累我们。"这句的末尾她特意用了"我们"两个字。七七说话的时候，阳光从她的脸上斜着照下来，浸在阳光里的那半张脸可以看见淡金色的绒毛，显得异常柔软、稚嫩，另一半隐在暗影里有些模糊有些青绿。七七说完，李耀也说了他的家庭，就他一个，父亲去年生病，脑梗，但是已经不碍事儿了，没有什么，很简单。听他说简单两个字，七七眼睛往上翻了一下说："都简单，我们家也简单，没那么复杂。"李耀本来想解释，但解释的话途经喉咙的时候突然被自己的一阵咳嗽打断，咳完，见七七盯着他，瞬间也觉得自己仿佛是故意干咳，于是解释就演变成了掩饰甚至含有一丝讥讽。其实，他没有。又过了几分钟，七七深吸口气说："放心，我不会轻易说'分手'这两个字的。"说完，嘴角牵强地平拉了一下，呈现出一个极不自然的笑。

李耀从大学谈第一个女朋友起就幻想过女友和他说"分手"这两个字的情景。在他的幻想里，他会笑一笑，心里不会起一丝波澜，有的只能是快意，然后再说一两句话祝福的话，或者干脆拍拍女友的肩或是送一个拥抱，一切显得既大度又留有余地。可惜这些从未发生过，从没有人要和他说"分手"。"分手"似乎从来就不是一个词而是一个动作，走了自然就分了。作为男人，在一段感情里最沮丧的不是追不到女人，也不是女人寡淡无味，而是你感觉无所谓的时候，对方比你还要无所谓，她的无所谓产生得甚至比你的一切感觉都要早。你来不及厌弃别人，要厌弃也只能厌弃自己。从下午一板一眼聊家庭开始，李耀明显感觉到的是七七和他的疏离，就像之前他和大学同学、和父母的关系一样，有关联但绝对不亲近。此刻，当七七忍着难过说不分手，李耀闲置着的心一下子就热了，他知道，她需要他，于是伸出手贴在七七脸上。手一碰七七的脸，七七立刻泪雨滂沱，仿佛他碰的不是脸而是按了一个哭泣的开关。

七七的父亲从李耀登门的第一天起就老是对着他笑，不仅笑还和他没完没了地说话。尽管七七进门前就嘱咐过他别多搭茬，因为她爸痴呆那么多年根本不知道自己在说什么。但李耀还是不好意思把这样一个大活人完全置之不理。老头儿问，谁啊？他指指七七说，男朋友。又问，干什么？他说，"看您。"李耀说这句话的时候说得很大声，一边说一边坐到老人身边，后来又握着老人的手。事后连他自己都觉得奇怪，竟然会主动去握着一个素昧平生的成年男人的手，和父亲都没有这样子握过。上大学时偶尔还会和父亲聊天。一次，谈起佛教，父亲说，他本人是纯粹的唯物主义者，不信别的，所有的宗教只不过是心里的安慰剂罢了。说完，不忘提醒他千万别走歪路。父亲总是这样，能把他们之间的任何谈话直接简化为选择题、判断题，从来不会和他往深里讨论。毕业后，连那样的谈话也省掉了，一个屋子里，彼此的生活都看得见，除了让早上班，就是让早回来，再没有其他可说。只是，他从来不当着父亲的面抽烟，所以他以为父亲不知道。一次，相亲地点在家里，母亲有些显摆地介绍说：他不抽烟。那句话直接导致了相亲的失败。母亲说话的时候，父亲白了母亲一眼。客人一走，父亲就说，还不抽烟，我看没少抽，指头都快黄了。他抬起右手看了看，心里说，还好，还好。七七父亲的手只有最初的几分钟被他握着，随后的时间里一直是老人紧紧反握着他，很紧，抽都抽不出来。七七拿了一个苹果使劲往她爸手里塞，他才把手抽出来。后来吃饭之前，老人就一直紧紧地握着苹果不肯松手。以后，每次他去，七七的父亲都会问这几句话，问的时候，抬着脸，用小孩儿般惊奇又执着的眼神看着他，仿佛他们每次都是初见，永远都新鲜。去的次数多了他发现老头儿也会骂人。一次，尿了裤子，七七母亲压低了声音但还是让他听见了训斥，从厕所出来，老头儿嘴里就一直嘟囔着，仔细听，全是骂人的话。见到这一幕，他会不好意思，一个家、一个人的另一面突然平展开放在他面前，让他多少有些无所适从。见他别扭，七七突然笑了："不习惯啊，就这样，平时你不在，他们掐得更厉害。"

"瞎说，谁天天掐呀，他有时间，我还没有那个工夫。"七七母亲认真地说。

七七母亲很瘦，脖子上的锁骨有些吓人地突起着，但说话嗓门响亮，她总叫七七父亲"老王"，叫的时候完全是在喊，一会儿喊，"老王"咱们喝水吧，"老王"，快，快，去厕所啦。就算在厨房也会喊，"老王"听你闺女的话，起来走走。一开始，有他在，老王尿裤子，七七母亲还会压低声音骂，几次后就像平时一样喊着骂。最逗的是，她压低声音，老王也压低声音；她喊，老王也喊。吵急了，老王有时还会"呸呸"吐几口。

李耀去七七家比七七来自己家的次数要稍微多一点。即便是饭点去，七七母亲也不会慌乱，饭够就坐下吃一口，不够直接从冰箱里拿出什么就凑合着吃什么。吃完饭，除了七七母亲洗碗时他们需要看着老王，其他时间都在七七屋里待着。来他们家总是显得有些正式，每次来，母亲一般提前一天就开始准备，会做很多吃的。因为之前的丰盛，吃完饭他们也不好意思自己单独待着，总是在客厅陪着他父母，似乎唯有如此才配得上之前的丰盛。客厅的电视一直都开着，黑匣子里不断传出的人声适时填补着聊天的空缺，播什么倒显得不那么重要。很奇怪，不善言语的父亲在七七眼里居然是个幽默的人，而母亲在冬天也会坐在沙发上拉着七七的手帮她捂着取暖。这一切都让李耀不习惯极了,他不明白为什么有了陌生人的介入,他们家反倒看着越来越融洽了。

3

为了防止七七父亲动手上的监控器,他一直握着老王的手,这次,老王没有像之前一样反握他,只有偶尔醒来才会挣扎着扬一扬胳膊,然后用一个指头把另一个指头上的监控器蹭下去。干这个,老王很麻利,丝毫看不出痴呆。不知什么缘故,老王从住进医院的那刻起,就显得比平时瘦弱了许多。印象中老王很重,个子也不低,偶尔扶老王去厕所,他总是要费很大的力气才能把他从凳子上拉起来。但躺在白色病床上的老王却显得瘦瘦的,小小的,脚离床栏杆甚至有很大一截距离。隔壁床的老人输完液开始走来走去,不时咳嗽着。七七母亲放在床边让他们陪护时戴的口罩一只挂在他耳朵上,另一只悬垂着。他很佩服大夫可以一直戴着口罩工作,他不行,戴不了十分钟就闷得浑身出汗,头也感觉大一圈,口罩只能沦为摆设。后来的一段时间出院、又住院来来回回都在呼吸科,住的也都是各种肺病人,他和七七的家人竟然一个也没被感染,他老觉得是几率的缘故。七七母亲说:是自私的老王保佑着呐,都病了谁来伺候他,说完摇晃着床上的老王说:是吧,老王。老王答应着,大张着嘴笑了笑。那时,他们已经是第三次住院,也是第三次接到病危通知书。和第一次不同,这次,医生说完,他们没有细看直接就签了字。第一次医生下病危通知的时候,他们都不信,不相信进来时只是气喘咳嗽的老王一下子就病危了。主治医生没有说更多的话只是告诉他们结果。李耀又托了朋友,找了另一个医生看片子,结果和主治医师说得差不多,只是添加的话更多了一些。医生说:"有个现实你们弄混了,不是来医院发展得这么快,是病变早就有了,只是来医院才发现而已,过去吃饭老被呛吧?"见七七母亲点头,指了指片子说:"每呛一次对肺都是一次感染,还有就是年纪,都这么大了,所以,如果好了,就是运气,不好才是正常。"那是李耀第一次听运气两个字从医生嘴里说出来,之前他一直以为医生这个职业和所有的理科职业一样都是理性的,既然是理性就该丁是丁卯是卯,"运气"倒像江湖术士该讲的。随后的几个月,七七爸爸每次感染好些出院他都会听到医生说运气这个词。很多年后他才明白,越是理性的东西就越是存在着混沌的死角,而所有看似感性的东西却往往都有理性在做支撑。

几个月前,第一次下了病危通知书,插上胃管、氧气管、雾化管的老王看起来完全是一副危重病人的模样,身体每挪动一下都显得很费力。七七母亲听医生的话,当天回家就找出了寿衣。一层一层解开看了,又一层一层包裹好。寿衣十年前就做好了,还是闰月年做的,她和老王一人一套,她的咖啡色缎面绣着金丝牡丹,老王的蓝色缎面绣着金丝的福寿,外加一件斗篷,两人一模一样,都是攻金的缎面绣着龙凤呈祥,当时做好她还披了披。那年老王已经痴呆了,但还是看着她说,好看,好看。每年春天,她都会拿出寿衣晾一晾,拍打拍打,然后再放包樟脑进去。十年,年年如此。刚拿出的寿衣有一股子樟脑味儿,樟脑还是今年春天新放进去的,还没有挥发完。她取出樟脑胡乱塞在柜子里,包好寿衣后,又在外面裹了三层明黄的布,来回看着妥当了才走。医院里,寿衣最初和碗筷杂物放在一起,虽然放在最里面,每次开门也还是能看得见明晃晃的,那黄色就像是锋利的牙,一口口啃咬着七七,那些天七七总是一副凄惶要哭的样子。几天后见老王的气喘好转些,七七母亲说:"要不把寿衣放李耀车上吧,在医院老和吃的挤在一起也不好,也省得你看见难受。"把寿衣拿出来又犹豫了很久说:"反正也会结婚,算是叫父亲呢,放车里应该不会不吉利,都说老人的寿衣压寿。"包裹交给七七后又说:"别让李耀拿回他家,就放车里……要不,还是问问李耀吧,看他介不介意。"

李耀当然不介意寿衣放车里,只是不能洗车让他有点不舒服。起初,他忍着。一个月过去,车脏得只能看见挡风玻璃的时候,他决定把寿衣暂时挪放个地方再洗车。琢磨了一圈才发现除了车里根本没有任何地方可放。七七说过不要放他家里,其实七七不说,他也觉得抱着寿衣回家有些别扭,单位也不能去,那样做不但招骂,还会遭人记恨。七七家和医院也都不能放,人家只托付你一件事,因为洗个车,你就还回去,不仅不像个男人,连说都说不过去。最后没有办法,他只能带着寿衣一起洗车。从那时起,寿衣多数的时间就一直跟着他。老王第一次拔了胃管出院回家休养,寿衣曾短暂地被拿回过家,放一星期后随着老王的再次住院而住院,后来急救的时候又往医院拿过几次。七七母亲对寿衣看得很重,每次医院急救都会第一时间给他打电话,让把寿衣拿来。而寿衣也真的像是老王的一个护身符,再危险的抢救,寿衣拿来了也就平安无事。每次拿回寿衣来七七母亲都会一层层打开,摩挲一阵儿再包上。开始,李耀以为是检查寿衣破损没有,弄得他很紧张,生怕无端地寿衣就破个洞或者扯一条出来,后来发现七七的母亲只是单纯地抚摸衣服而已,他释然了许多。见他总是盯着寿衣,七七母亲说:"来的时候都是光着来,走的时候要穿舒服了再走,自己预备的总比从外面临时买来的强,就是辛苦你老拿着。"听到最后一句李耀摆摆手说没事儿,没事儿。每次都是有惊无险。到后来李耀接到电话,虽然还是会尽快往医院赶,但心里早已没有了第一次急救时的慌乱和紧张。不只他,七七也一样,有一晚两人一起守夜,他们竟然在陪护的床上抚摸了很久,那种感觉真是奇怪极了。尽管知道老王不会醒而且已经痴呆的老王也不会懂,他们还是不停看着老王。七七压抑着笑声,他压抑着汹涌袭来的情欲,虽然最后只是抚摸,他还是感觉到了一种从未有过的压抑的快感。放在几个月前,七七绝对不会这样。那时在医院里,七七除了盯着他爸就是盯检测血压、呼吸之类的仪器。对他,只有需要干活才能想起来,其余时间一律视而不见。不要说抚摸,连拥抱都显得很勉强。七七紧绷着的神经随着老王住院时间的不断延长,还有一次次有惊无险的抢救逐渐松弛了下来。现在,她几乎已经习惯了医院,也习惯了她爸在医院躺着,仿佛生活本来就应该是这个样子。她们雇了一个护工白天和她妈一起照顾她爸,一周有两个晚上她和李耀会一起守夜,妈妈可以回家好好休息。其余时间,和平时一样,按点上下班,只不过,回家改成了回医院而已,生活又和从前一样了,规律得仿佛是墙上悬挂的一块表。在医院没事儿干的时候,他们也谈到了婚事。七七主张暖和的时候结婚,她觉得天冷了穿什么都不好看,鼓鼓囊囊的。结婚对于七七来说似乎要的就是亮相的那一刻,要好看,一定要很好看,一个女人最隆重的时刻怎么能不好看呢?谈到结婚七七能想到的就只有这些。李耀不一样,结婚对他来说除了钱还是钱。这个城市结婚给女方的彩礼钱已经涨到了十五万,这也只是普通水平,还有给更多的。即使七七不攀比,但十五万他肯定得给,除了彩礼还有用车、酒席、烟酒,都是钱,他从来没有考虑过结婚穿什么衣服,这个对他反而是最不重要的一项。一想到结婚的钱全部都是父母出,他的自尊心瞬间就会缩水,不要说更远的抱负、孝顺,就连眼前这十几万他都绕不过去。一个院里玩大的王嘉,还是个女的,开个很小的洗发屋,听说一年都能赚二十万。王嘉只是职中毕业,他呢,大学毕业一年工资还没有四万块钱,刨了手机费、吃饭、上礼,每月都所剩无几,他还有什么脸面和父母生气。对于未来,李耀根本不能细想。不想,一切都可以风轻云淡,可以谈着恋爱,可以温存;细想,整个人如同陷入漫无目的的沙

195

堆里，越挣扎就越乏力，甚至完全没有可以用力的方向。所以谈起结婚，一般只是听七七一个人谈，他的那些想法从来也不说，要说也只是说，随你，怎么都行。七七听他这么说，立刻会很开心。有时马上会翻手机里的日历，然后指给他看："这天，还有这天，好不好？"他还是那句话，都行。有天聊完结婚回家，晚上竟然梦到了结婚，梦里的七七显得很遥远，他走了很久也没有走到她跟前，中间有一堆手伸着要钱。给到后来，他再也掏不出钱，于是开始翻兜，一个一个地翻，最后所有兜都翻遍了也没有，站在人群里的他窘迫极了，没有人给他解围，他们只是一直看着他……这个梦和所有关于考试的梦一样，只要醒来，李耀就再也不愿意回顾。所有这些都带给了他无限的挫败感。就像考试，李耀不算差，但也绝对不会是第一。初中时，母亲不止一次和他说过，再努力一点点就好了，只要一点点就好，说话的时候母亲极力保持着平和，语调也总是尽量婉转。尽管如此，他也还是感觉到了压力，他们永远不会知道，他比他们更希望自己考好，因为在班里考到前十名是可以随意挑座位的。其实坐哪里是次要的，重要的是挑的那个过程。他只挑过一次，在班里转了一圈后他坐到了第三排的位置。后来，他永远徘徊在十几名，有时是十一有时是十五，没有更靠后，也没有更靠前。他甚至后悔自己那次考到前十名，那之后，每次考完，老师都会说和他母亲一样的话，只不过没有那么委婉。老师说：李耀，你再努力一下嘛，努力一下不就可以挑座位了嘛。他知道是他给了他们念想，给了他们希望。从那时起，希望这个词在李耀的人生字典里就不再是个好词，希望如果注定是渺茫，那就还不如没有。他们永远不知道他们所说的努力一点点，对他来说有多么遥不可及。他在努力，别人也在努力，一天二十四个小时，刨去吃饭、睡觉只有不到十四个小时可以用来学习。除非他更聪明，就像同样是吃饭，吃三顿饭，次数没有变，但有的人胃口大，就可以吃到别人的三倍那么多。但可惜他不是那样一个人，他不笨，但也没有更聪明，他不明白，父母生了他，为什么会不明白这些。母亲说得越是婉转他就越是生气，因为婉转从表面上看多少代表了尊重，可实际上从来没有尊重过他，所有的尊重都是他们一厢情愿地认为，从来不问他，累吗？其实即使他们说，别太在意分数，随意点吧，他也并不会因此而随意，但至少会是安慰。没有，一次也没有。他们客气地说着要继续努力的话，他生气地听着，听不下去就直接摔门回屋。和父母牵手的记忆永远停留在了小学。有一两次上街，母亲想拉着他走，他立刻甩开，太别扭了。但是他却主动拉七七的父亲——老王的手，而且一点儿也不别扭。他不知道是因为老王已经痴呆的缘故，还是因为他们之间的陌生让他可以表现得更好。就像母亲会拉七七的手，就像父亲会与七七谈电视剧一样，因为陌生反而让彼此没了顾虑。

　　父亲谈起他的婚事，希望可以早点结，其中主要原因也是因为彩礼。彩礼几乎年年都会涨，有时候一年涨两三万。父亲说，别攒来攒去，越攒反倒越少了。还说，让他别操心房子，早考虑好了，他结婚就住现在的房子，五年的房子也不算旧。他们老两口搬到旧房子去，等旧房子什么时候拆了盖新的，再让他们换回去住。说到那套旧房子，父亲脸上会露出得意的神色，当年很多人一两万就卖了，父亲一直留着，现在，好几十万了。"那可是学区房，值钱着呢。"父亲说什么，他都是点点头，一句感谢的话也说不出口，那个出口仿佛很久以前就被封存了，他只能眼睁睁看着父亲认真在那儿盘算，因为他什么也干不了。很久以前，当他闪过辞职念头的时候就发现其实他什么也干不了，他不会绘画，不会音乐，不会编程，甚至连洗头都不会，就算卖苦力也不是一把好手。

　　在医院里，老王第一次下病危通知书后，他见到了七七的姐姐和姐夫。七七的姐姐没有她母亲那样瘦,她像多数中年妇女一样有着丰盈、健壮又沉重的背影,已经完全没有了女孩儿般的轻盈。李耀不知道将来七七是否会像她姐姐这样,还是会和她母亲一样精瘦。三个女人聚在一起的时候,看着非常相像,一笑颧骨都会高高耸起,声音也都高,都爱喊着说话。七七姐姐刚到医院的时候,一看见躺着的父亲,泪"刷"地就下来了,母亲在一边劝着:危险期过了,过了,别担心,别担心……三个女人都在屋里的时候,他和七七的姐夫会在楼道里抽烟,他们一起抽着烟,一起谈论着老王,也一起谈论着王家的两个闺女。身份完全一样的他们找了很多话题来聊,他了解到他们竟然是大学同学,毕业后都分到了西安一个和军事有关的科研所,钱挣得不算少,就是不在市区,平时也不让出来,上班下班都在生活区里,生活很单调也枯燥。七七姐夫很羡慕地说:"不像你们生活在大城市里,每天这么有意思。"李耀本来想解释说,城市里也没意思,又觉得城市没意思这个话题聊起来太费劲了,干脆笑笑带了过去。第二次和第三次急救,七七的姐姐、姐夫都和第一次一样赶到了医院,虚惊一场后,他们还是站在楼道里抽烟。那次在楼道里他们还听到了隔壁一家人的争吵。每个人声音都很大,说来说去也还是那个字——钱。有的嫌多买了一支药,有的嫌多买了一顿饭,算来算去,都觉得自己又出了力,又吃了金钱的亏。本来就拥挤的走廊因为吵闹变得更加拥挤。李耀很讨厌自己目睹了这一切,不是因为嘈杂,而是所有的嘈杂听起来都那么有道理,而现实在所有这些道理之下越发显得有些刻薄无情义。七七姐姐回来的第一天就放了五万块钱。母亲说:"不用,医保能报。"

"扣来扣去报不了多少,何况马上就用钱呢,我又不能守着。"姐姐说完把钱直接塞进了柜子里。第二次回来又放了五万。如果没有这些钱,李耀不知道他们会怎么样,至少不会那么快雇护工。护工一天一百五，一个月就是三千，后来的几个月还加到了一天一百八。如果没有护工，他们三个就必须每天倒着看护老王，那样他和七七只能隔三岔五就请假，而且替老王擦洗身体也必须他们去做，包括洗老王的尿布。他不敢想象如果一切真是那样，他是否有精力在医院一直耗下去，更不能想象两个人还会有心情在夜晚互相抚摸。当钱不是可以闲置着放在口袋，放在银行，而是需要一天天、一个地方一个地方、一寸身体一寸身体去铺陈的时候，钱就比一切的话都来得更有意义。

第三次赶到医院，又是虚惊一场后七七姐姐笑着说："都快编成瞎话了，老是说抢救、抢救，十万火急，领导都问到底什么医院啊，几个月来，反复急救，每次都救得这么好，太牛了。"说着转向老王："爸，咱就好好的，行不？不用吓我，我也回来看您。"说完拍着老王的手。老王一直摇头，她们就一直笑。医院俨然成了一个快乐的地方。但医生还是那句话，病人随时有可能感染加重引发其他并发症，让他们随时准备着。好，好，准备着，准备着。这话简直就像是开玩笑才说的话一样。除了看见寿衣能让他想起老王确实是病着，而且还是医生说的重病，其他时间和在家里一样，他还是会握老王的手，尽管多数时间老王都是躺着、睡着。唯一不同的是，老王不再用力地回握他，手常常任由他握着。插了胃管的老王只要醒着还是和他有一句没一句地说话，问他是谁，来干吗？和最初见他时一样，完全是一副与他从未谋过面的眼神，有时候说着说着就睡着了。后来，老王越来越像小孩儿，睡的时间比醒的时间明显要长许多。老王有些精神的时候会问怎么不给他吃饭？其实他们每次往胃管推饭，只要他醒着，都会把装食物的针管拿给老王看，边往胃管推饭边说，老王，老王，吃饭了啊，感觉到了吧，推完轻轻拍拍他的肚子问，饱了吧？老王总是摇摇头很无辜地说：没吃呢。对于饭，老王保持着一贯的热情。过去在家里时，只要说去吃饭，从凳子上很容易就能把老王拉起来，要是上厕所就需要拖着使劲拽。老王直到最后也不肯承认从胃管打进去的算吃饭。在医院，为了能吃饭老王做过各种努力。李耀父母来医院的时候，老王正好醒着，七七母亲大声给他一一介绍，老王点点头说："吃饭，别回了，一起吃饭。"

七七母亲故意说："我没钱哎。"老王很嫌弃地瞥一眼说："小气，就是小气，吃一顿能怎么样！"出了医院李耀父母还问，痴呆了吗？不那么厉害吧，看着还算清楚。再回到病房，七七母亲还在笑着数落："老王啊老王，我看你到死都改不了好面子这个毛病，还说请人家吃饭，是自己想吃了吧……"

李耀父母来看老王，顺便也说起了他们的婚事。七七母亲的意思，怎么定都行，听大家的。他父亲试探着说："过年没几天了，等过了年准备准备，五六月份？"

听见婚期是夏天，七七挎着他的胳膊突然有些羞涩地抿着嘴。父亲又自言自语般地说："那我先找人选日子？选了你们再看看？"

4

雪并没有如期而至，就算云彩已经滚了绯红的边，不到时候，也还是下不来。大年三十，老王插着胃管出了院。问起寿衣，七七母亲说，"就放车里吧，过了年还要去医院呢，总是辛苦你。"没等他接话，七七姐姐说："太客气了啊，又不是外人，是吧，李耀。"李耀说，是，是。七七的姐姐忙着做各种吃的，肉切了若干份，有的要做排骨，有的要清炖，有的要红烧做酱梅肉，还有一块里脊准备炒过油肉。饺子馅已经拌好放一边煨着入味儿，就等包的时候再往里面放一点儿韭菜。老王坐在他的老位置上看着电视打盹儿。七七和母亲一起套刚洗干净的被罩。见时间不早，没等吃上饺子，李耀先回了家。家里也在张罗吃的,只是没有那边热闹。他洗完手说,我也包饺子吧。见母亲没什么反应又说了一遍。往年这个时候他一般窝在自己屋里,等饺子熟了才出来。母亲迟疑了一下答应着。他包得很慢,一开始还努力要捏个花边出来,后来决定放弃,就只是简单地放好馅对折然后捏紧,就这样也还是包得很慢。父亲擀皮儿,母亲包五六个他才能包一个。那晚,没有聊更多的话,但可以感觉得出母亲很高兴,煮饺子的时候一直哼着小曲儿。母亲年轻时在统计局是文艺骨干,每次单位会演都是她最忙碌的时候,从编舞到指挥唱歌样样都行。母亲也识谱,小时候,母亲除了自己哼还会教他唱,他不能清晰记忆童年听母亲唱歌时的心情,应该是高兴的吧,至少不会是反感。但上了高二他像完全变了一个人,突然对会演时忙碌的母亲感到厌烦至极,更不能在家里听她唱歌。母亲一唱,他会使劲儿摔着把门关上。其实,他不是怕吵,只是不理解母亲居然会为了单位一个不知名的会演而兴奋地忙碌,他不明白母亲的价值在哪里,即便是需要认可,难道就只需要单位那可怜的有限的几个人去认可?他一直试图通过观察了解父母的人生价值,观察的结果令他失望又难过,他们每天除了关心他的学习、吃、穿以及单位那些鸡毛蒜皮的事儿,再没有别的。关于人生,他憧憬过很多种,除了不要过父母那样的生活,别的,在他看来都尚可。但是多年后,他还是一步步地靠近了他们,靠近了之前他最看不起的生活。听着母亲唱歌,看着母亲来回走动,他竟然不再有丝毫反感,只觉得安静踏实。他不明白究竟是自己已经衰老到开始习惯一切,还是因为早就沦为了他们中的一员,为了不至于厌弃自己才学会了接受。

大年初一七七很早过来拜年,说昨晚她爸又发烧了,不过,喝了药已经退烧了。李耀母亲催他们早点过去看看老王。七七挽着母亲的胳膊说,已经没事儿了,我爸就这样老是吓人。七七和他母亲的关系看起来比之前还要亲昵，两人偶尔还会一起逛街，但是，说起结婚，说起彩礼，两个女人又立刻都开始打各自的算盘。李耀母亲试探地问了几次七七彩礼给多少合适，七七总会岔开话说别的，就当没有听见一样。七七母亲呢，也不追问，还会附和着七七说别的，就像她真的什么都没有问过一样。女人之间的关系算是这世上最微妙的一种关系，再亲密也不可能像胶那样密合，她们的关系更像缝合在一起的几张颜色不同的毛皮，也许会很结实，历经流年而不破损，但脆弱的时候也许只是轻轻一碰立刻分崩离析，那个力量不但永远需要拿捏着，而且没有人可以准确知道那个量到底是多少，有时一个眼神也会是负重，有时再严厉的骂听来都能暖心。母亲在厨房问七七的话，李耀在外屋都听得清清楚楚，但，七七就是装着听不见。他知道母亲只是心有不甘或者准确地说是心存侥幸。彩礼是肯定要给的，她自己也说只能按着行情给，但还是心存侥幸地以为或许会低一点儿。说到底也还是因为钱，如果他们有更多的钱，如果他可以赚到更多的钱，他相信母亲一定不会这样。偶尔，他也会因为这些迁怒到七七，但很快就发现七七所有的表现也还是因为他没有那么多钱，如果他有，直接给了七七，母亲和她都不用这么绕来绕去。随着婚期的临近，他的难过也越积越多，但一切又和谁都无从说起。有些问题你即便看到了，也只能是看着，因为你解决不了，而问题在你的注视除了能让你难过外绝不会变小更不会消失。所以，看着七七和母亲挽着胳膊说话，他已经学会把自己变成一个旁观者，只是等着。

初六下午，因为老王大便在裤子里引发了一场激烈的争吵。当时，他和七七还有老王都在客厅看电视，七七母亲过来叫老王上厕所，最先叫嚷了起来，嫌老王拉裤子污染家里的环境，训斥声很大。这次，老王没有像以前一样回嘴，整个人木讷呆滞了许多。听到骂声，七七姐姐从里屋跑出来，怪她母亲大惊小怪，说着又看了一眼李耀,言下之意,有外人在呢。母亲没理她继续骂着,边骂边脱了老王的裤子,用布子开始擦老王的身体。

"行了,行了,老是骂,老是骂,大过年的也不怕人笑话。"姐姐这句话说完直接就炸了锅。母亲突然扔下手里的布子,声音高得有些吓人地说:"行,你们管吧,接到你们家,你们管管试试。十几年了,我反倒怕人笑话了,你们接走吧,今天就走,走,走。"说着推搡着七七姐姐。姐姐一定没有想到母亲会生这样大的气,但还是不肯改口继续说:"他病着,总不应该这么骂吧。"

"病着,病着你怎么不回来伺候你爸,你倒是回来伺候啊。"

"你讲不讲理,我不是给钱了吗?我那儿走不开,你又不是不知道。"

"给了钱就不用伺候,来,来,我也给你钱,你伺候吧。"说着母亲回到里屋拿出一沓钱摔在了姐姐身上。姐姐哭了,边哭边说:"我又没说什么,你这么对我,我走,行了吧。"他们吵架的时候,李耀和七七最初只是站着,见姐姐哭了,七七走过去劝她姐。后来卧室又传出了母亲的哭声,姐妹俩顾不上别的一起都去了卧室,然后就传出了三个女人的哭声,边哭边说,声音呜咽着。李耀站在客厅大脑一瞬间有些恍惚,屋子里缠绕着女人持久不停的哭声,还有脱了裤子仍晾在那儿的老王,走不成,也不能老站着,那就只能蹲下给老王擦洗身体。一蹲下,他就开始想吐,忍着恶心,皱着眉用布子开始擦老王腿的外侧,这是沾屎最少的地方。那时,他才发现,再深厚的同情面对屎尿污物瞬间会被涂抹得面目全非。老王不再是平日里那个他喜欢的老人,臭味把一切拉扯到了相反的方向。他尽量拖延着时间,直到她们出来,他也只是擦了两条腿的外侧。七七母亲用手把他挡开,叫七七陪他去里屋坐着,然后和姐姐开始收拾。关上卫生间的门,足足洗了五分钟手他的心情才开始平静。这是李耀除了自己之外第一次接触屎尿污物。在医院因为有护工，他从来都是在病房外等着。回到里屋见他半天没有说话，七七解释着：父亲从医院回来已经不如过去那么好伺候了，没有两个人根本拉不起来，晚上睡觉他们三个要一起抬才能挪动他。白天光往胃管里推饭一天就要推八九次还不连推水，每隔两三个小时就要做次饭，因为都是流质食物，老是大便，今天已经是第二次拉裤子了。在医院的时候有护工在，可以帮着推饭、擦洗，她妈光是做饭就行。现在，她们三个人轮着都感觉累，昨晚她妈一宿没睡。说着七七眼圈又红了。李耀问，那怎么办？七七摇摇头说：不知道，其实过去也不好伺候，痴呆了以后就总往裤子里拉尿，但比现在要强，一星期也就往裤子拉一两次。十几年了，妈一次都没有出去玩过。七七情绪里满是刚才母女互诉衷肠的苦楚，说了很久，李耀听得有些心不在焉，但还是抱了抱七七。那天，李耀没有像往常一样留下吃饭，逃离一般，头也不回地出了门，临走也没有再去握老王的手。

一连几天都没有去七七家，他说下了班忙着陪母亲走亲戚，其实不过是幌子罢了。自从给老王擦洗过身体后，有种很奇怪的情绪滋生了出来，让他感觉很难再面对老王。正月十一，小姨父过来说要用车，见母亲要和他一起下来收拾后备箱，他摆手拒绝了。他不愿意母亲知道寿衣一直就放在他车里，虽然母亲从来也没有说过介意这些，他还是不愿意他们知道，最后生气似的看着母亲，母亲才说，好，好，那你自己收拾吧。别的东西都拿了下来，只剩包寿衣的塑料袋。李耀把它往里面使劲推了推，犹豫着要不要告诉小姨父，又怕告了小姨父，小姨再告诉母亲。临走，他只是和小姨父说后面的东西千万别丢，那个是领导的。小姨父满口答应着说，不会不会，我用呢又不借给别人，就是谈事儿、送个人，主要是家里的车你小姨要接送鹏鹏学外语，三天就还回来。怕小姨父多心，他又解释说，他也不知道是什么，领导让他先拿着，说过些时候用。李耀有些惊讶自己竟然连续不断地开始说谎，现在还拉出了他们领导做幌子。看着车远去，心里隐隐生出些不安。

正月十二，七七打电话说，母亲叫他去吃饭。见不能再躲，李耀答应了。老王看见他，笑得依旧很开心，丝毫感觉不出他的躲闪。见他坐到最远的那个沙发上，老王招着手叫他，眼神像孩子，简单开心还充满了期待。他迟疑了一下走了过去，在离老王椅子最近的沙发坐下。老王点点头抬起手，在已经痴呆的单纯的老王面前，他突然觉得自己有些猥琐、有些过分了。再握住老王的手，已经是和从前完全不一样的感觉。如果说过去更多的是好奇、是示好的心情，那么现在他开始试图了解老王的难过：一个正常人，逐渐开始丢失自己的记忆到最后丢失了原本属于自己的生活，他应该不是不难过，只是连难过最后也丢失了。如果自己有一天也会这样……李耀没有想下去，他不喜欢把自己放在这样的情境里联想，即使联想才只是开个头，也让他心生难过。但那天，李耀必须感激老王的痴呆。因为，如果老王不是笑着就当什么事都没有发生过，如果老王还能记得那天他擦洗身体时厌恶的表情，他一定没有脸再面对老王，更不会再去握他的手。现在，真好，一切都像没有发生过一样，他可以继续握着老王，老王也一如既往地笑着回应他。那天的老王在他眼里甚至有些像大学时书里看到的那些得道高僧，拥有了常人永远无法企及的宽广胸怀。从这个角度看，老王似乎又没有那么可怜。那个晚上，多年积压在李耀心底的有些东西开始松动了，虽然那时他还不能看清那些究竟是什么，但还是感觉到了一种从未有过的释然和轻松。七七说，过了十五他爸就去医院，那时他们就不会这么累了。还有三天，再等三天。七七那时不会想到以后为了这句话，她难过了很多年。

5

老王走了。正月十五凌晨一点,老王使劲呼吸着咽下了在阳世的最后一口气,只有七七目睹了这一切,那天,轮她值夜。父亲去世后很久,七七才能回忆起那晚的情景,才能放声地哭泣。当时,她没有哭,有的只是惊吓。接到电话,李耀骑自行车只用了平时一半的时间就到了,放下车子爬楼才发现自己蹬车过猛,腿有些抽筋。门大敞着,七七看见他,眼睛瞪得老大不说话直接带他往里走,七七母亲和姐姐忙着给老王擦身体。只穿着裤衩的老王赤身躺在床上,任由她们摆弄,胳膊软软地耷拉在床边。见他进来,七七母亲说,寿衣呢?他才想起没拿寿衣,给小姨父打电话关机,又给母亲打电话要了小姨家电话,小姨说小姨父晚上没回来。李耀打完电话看着七七母亲心里又沮丧又懊恼,后悔昨天晚上就该给小姨父打电话把车要回来,也后悔把车借出去,还后悔没有把寿衣拿下来。人世间种种的后悔没有一样不是发生在事后,如果世事都可以随意拨转流年,那也就没有"错过"这个词了。七七母亲听李耀磕巴地解释完,叹了口气没有说话,转身到里屋打电话。几分钟后出来说:尹先生一会儿过来会拿一套,先擦洗吧,身子硬了不好擦。最后脱裤衩的时候李耀帮着抬起脱下。老王身体一点儿也不冰冷,更不僵硬,反而比平时还要柔软,软得有些不像是男人,除了有尿还有一点儿大便,一样地刺鼻,但他已经没有了第一次时的嫌弃,更像是擦一个物件,需要仔细,再仔细,也像擦一个供品,有一丝虔诚又夹杂着些奇怪。躺着的这个人,几小时前还和他说话,握手,毫无征兆地竟然已经去了另一个世界。有了前几次在医院的经验,他甚至一度认为死亡是件很不容易的事,需要长期跋涉才有可能最终到达。看看绵软灰白的老王,李耀总结不出这其中的任何规律。尹先生进门,他们已经给老王擦洗完了身体。尹先生个子不高,大约因为太冷戴了一顶棕色的毛线帽子,脱了帽子后,头发像踩踏过的草一样,毫无章法地杂乱着,羽绒衣领子紧紧贴着下巴,领子上面是一张乌青的脸。尹先生进门脱了帽子先看了老王一眼,没脱衣服,又从包里拿出两支白蜡烛点上,嘴里念叨了半天才问:"老人走了以后,没有搬动过吧?"见大家都摇头,说:"没有搬动好,多过一道门就多受一茬罪。"

"我已经给他念了平安经,点了蜡烛,现在他已经启程了,一会儿你们轮流守着他,不要让这个屋子空了人。"听尹先生说她爸已经启程了,姐姐开始摸着父亲身体哭泣。刚开始哭,尹先生又说,泪可不能沾到他身上,那样他走得会不安心,不好转世。他这么说,姐姐立刻停止了哭泣,还摸了摸父亲,确定泪没有沾在父亲身上后竟高兴地笑了一下。那天,尹先生说什么就是什么,让他们整夜守着,他们就守着,当尹先生说她爸已经启程的时候,连李耀都确信老王只剩下了躯壳,因为穿寿衣再搬动明显比先前擦洗时轻了许多,阴阳拿来的寿衣明显没有之前的那么厚实。看见寿衣,李耀心里又一阵儿难过。穿上寿衣的老王不像是老王,像画里的人一样,发着不可思议的光。后来李耀回想当时应该是劣质绸缎在灯光下反射的光,但当时,他们确实都感觉到老王变了,就像尹先生说的,灵魂已经走了,剩下的只是躯壳,是没有任何痛苦的躯壳。听说,他们准备好的寿衣没拿来,尹先生又说:"没关系,七天以内烧给他都是一样的,他能感觉得到,现在这里只是个躯壳,他已经飘到了高处,所以你们的心,他都知道。"七七母亲这时才顾及他,也说:"听见了吧,所以你别自责,回头拿来烧了也是一样的。"李耀感激地点点头。即便那只是一个谎言,也是一个太美好的谎言,至少让他得到了些许解脱。尹先生又给他们布置了许多事情,最后说:"走了就让他好好走,凌晨一点已经是正月十五了，过了正月十五年也就算过完了，这是老人眷顾你们，你们能做的就是让他好好走完这最后一程。"那晚，后来暖和过来的尹先生脸上没有了先前进门时的乌青，在全部打开的灯光下，反而泛着一层淡黄色的光，让他们有种错觉，似乎尹先生说的全部话都不来自他本人，而来自遥远的神灵。他们能做的就是相信他。

　　下午，父亲带来了早就准备好却始终没有派上用场的寿衣。塑料袋还是完好地套在外面，还能看到福奈特洗衣店的字样。近半年的时间里，寿衣就像一个待命的士兵一样不断参加各种演练，一次又一次，日夜兼程，每天它都睁大眼睛就是等不到战争来，只是稍稍打个盹儿，结果一切就在它打盹儿的工夫彻底结束了。他以为再看见寿衣一定会比昨晚还要难过还要歉疚，很奇怪，一切的情绪都还在但已经没有昨晚那么强烈，看见寿衣最终和刚剪好的黄纸、元宝堆在一起，他甚至还替寿衣松了口气，总算是有了结果，即使这个结果并非它所愿，但至少它再也不用等待了。父亲穿着他的蓝黑棉夹克，见他看衣服，父亲低声说：这几年买的棉衣都是偏红的，穿红的来不合适。上完礼，父亲又回到灵堂，拿出烟给大家散，也递给他一支。他用打火机先给父亲点上，然后才点自己的，这是父亲长这么大头一次递烟给他，和一群帮忙葬礼的人坐在一起的父亲更像是他的一个兄弟，这让他反而有些不习惯，连抽烟都有些找不到感觉。父亲要走，他对屋里的人说，我送一下我爸，说话的时候手搭在了父亲肩上，那天遇见熟人他都是这么搭着肩。陪着父亲下了楼，父亲走几步就摆摆手让他回去，像个小孩儿一样，走很远了还是回头看。父亲的头发在寒风里激烈地左右来回摇摆，紧缩着的肩让他看起来有些瘦小。用瘦小来形容父亲，他有些不习惯，但越走越远的父亲真的是瘦小了。

　　老王下葬前一天，中午出门飘起了雪，尽管只是飘了一小会儿，连地皮都没有淋湿，饭桌上尹先生也还是说："雪扫墓，必定富，好兆头啊。"李耀发现尹先生对世间发生的一切总有一套很完善很吉利的话来解释,有了他的解释所有东西仿佛又刷了一层新漆,东西还是原来的东西,但看起来,尤其是远看,油光锃亮。虽然这世上没有几样东西经得起在阳光下仔细推敲,但人们显然还是很喜欢这短暂的光亮。吃饭的时候,尹先生喝着酒、抽着烟侃侃而谈,不时接接电话,脸和他说的话一样,泛着一层腻腻的油光。最初,老王去世的那个凌晨,灯光下,尹先生说的每个字李耀都相信极了。如果从那之后,他再没出现过,李耀一定还会相信,并且心怀敬意。但一起吃吃喝喝,听着他喝了酒后比世俗的人还要世俗地吹嘘自己,李耀已经很难再把他的话与神灵之类挂起钩来。有些东西一旦不信,就会感觉很可笑。可是李耀想起寿衣的时候,又总会一厢情愿地相信老王真的可以接收到。

  三天了,七七母亲一拨接一拨接受大家的安慰,有的人一来就拉着她的手不放,劝慰、难过、感同身受,说起老王比她显得还要难过。除了上厕所、吃饭,每天她都躺着,到了晚上还有人轮着陪睡。这么多年,她已经习惯了一个人睡,一个人呼吸,她推辞过,但推辞在别人看来更像是一种客气,不由她分辩,别人自觉地强行地开始了对她的贴身陪伴。七七后来发现母亲总是去厕所,一待就半小时。后来,她自己在厕所也会待很久,因为家里除了厕所,任何一个角落都人满为患。这么多年,她们家还从没有这样热闹过,母亲那屋的人多半会哭着劝慰,另一个上礼的屋子晚上通宵打着麻将,她们则轮流守在父亲的屋子里,屋里弥漫着浓郁的香火味,把烟味冲得很淡。尹先生第二天拿来很多东西,光香就长的短的拿了一堆,最长的香有两三米那么长,还说,点不完更好,那样最后一天能烧给老王。家里任何地方都能看见尹先生的身影,他就像父亲的替身似的。从第二天把父亲送到殡仪馆冷冻室后,屋里就只有桌前的遗像还能感觉有父亲的影子,别的,七七一点儿也感觉不到。其间还和姐夫一起去给父亲送了饭,尽管一路上,她自己也不能相信这样送去的饭父亲能吃得到,也还是在冷冻箱前认真念叨着,一边念叨,一边哗哗地落泪,她只是想:这样就死了,这样就算是死了,真的就死了……

火化前让家属最后确认遗体,李耀和姐夫一起打开布子看了看老王,老王的脸缩得只剩下平时的二分之一,下巴使劲向下紧贴着喉咙,脸色变得有些像块玉石,透明又坚硬。在尹先生的指挥下,当天所有的仪式一直有条不紊地进行着,需要哭的环节,尹先生会像一些晚会主持人一样说一些很煽情的话,虽然他的话夹杂着浓郁的方言,远没有主持人那么动听,但效果是一样的,该落泪的落泪,该难过的难过。在他的述说下,老王的一生俨然是大家的一生:工作、生活、生子、生病、死亡,无一例外,是人就很难不感同身受。只有尹先生不时地在旁边抽烟,打打电话,也看看表,当大家难过到拖延时间的时候,他会及时制止说,晚了时辰下葬不吉利。只需一句话,所有人就会停止下来,再次听他的指挥,顺利进入到下一个程序。在公墓把老王安葬完,尹先生一拿到属于他的八千块钱,就打电话:马上就到,马上。打完电话,和大家象征性招招手头也不回地走了。他走后不久,大家坐着车陆续离开,这次,不是老王离开,而是大家一起离开了老王。

6

小姨夫借车去谈的那笔生意没有谈成,尽管是很小的一笔生意,尽管他常常都是谈不成的状态,但回来知道车里放着寿衣,小姨还是埋怨了母亲很久。父亲也说,这样做的确不太妥,那毕竟是寿衣。母亲始终没有说什么,只是一连好多天都阴着脸。李耀不知道该怎么解释,索性不多说话,家里又和从前一样,恢复了沉默。七七家里,某些东西也随着老王的离去而永远消逝了。吃完饭，七七不再和他单独待着，会陪母亲一起在客厅看电视，坐在沙发上，他们很久都找不到一句话说，就那么干看着。老王没去世前，完全不是现在的样子，过去不管谁看电视，都会隔一会儿就问问老王，七七母亲会说，嗨，老王，你看，那是谁？你认识吧？对于她们的问话，老王有时候没有任何反应，有时候会把上身往前探一探认真盯电视一会儿，无论里面演什么都说，认识，认识。这时，如果七七母亲心情好，就会和他南辕北辙地瞎聊一会儿，遇着不开心就奚落他一顿。过去，只要在房间里用不了多久就能听见七七母亲喊：老王……老王……过去没有现在这样安静，也没有现在这样拘谨；过去也看不出七七母亲的苍老，虽然干瘦，却似乎有着无尽的精力，在家里走路永远像阵儿风一样快，一个人把老王从凳子上"噌"地就拉起来了，骂老王也从来都底气充沛。现在，不要说骂人，说话，走路，包括吃饭都突然变得迟缓起来，虽然脸上并没有时时都挂着悲伤的神情，但是迟缓让她看起来有些无助，也加速了衰老。在过去漫长的岁月里一直是她在照顾老王，谁也没想到老王走后，她会突然像断线的风筝一样陷入无所依托的状态里。七七很少哭，只是一味地沉默。没有了老王，李耀在七七家也再找不到过去那种久违的孩童般从容、放松的感觉。就这样，老王在离世后用另一种方式表达了他曾经的存在，直到半年后七七成功转换成这个家的主心骨。

七七母亲在李耀父母上门拜访时说：希望他们结婚后住家里，还说，这也是七七的意思，说话时神情看起来既落寞又可怜。七七没有说话，她的沉默让人误以为是一种认可。其实在七七心里对一切只有茫然，如果说，过去母亲是和父亲如影随形，那么现在就是和她，她不能推脱只能接受。那天的谈话最后以客气地告别作为结束，对于中间的冷场大家都努力视而不见。李耀发现母亲和七七之间也不再像过去那么亲密,尽管七七和过去一样拉了母亲的手,但还是让人感觉到了牵强。很多时候,人们的关系就像杯子上隐秘的裂纹,裂得恰当就是冰裂杯,日子越久越会生出别样的美丽来。但更多时候,裂纹就只是裂纹,深一点直接可以导致破碎。

李耀的父亲一回家就拍了桌子,声音高得都有些颤抖,说"上门女婿"几个字的时候神情都恨恨的。李耀说:"放心,我不去。"他说得很淡,就像说不吃饭一样的随便,听着仿佛赌气似的。在确定他没有说反话之后母亲扭身进了厨房。李耀其实完全理解父母,如果换作是他,也会这么想。他发觉自己活得越久,越感觉谁都有无尽的道理,包括七七母亲,对她而言,那应该是她全部的愿望吧,希望有人可以像老王一样重新把她再握在手里,这样想也无可厚非。晚上,已经平复了心情的父亲说:"已经谈了那么久,总不能散吧?散了再谈一个,婚期又不知要拖到什么时候,彩礼听说最近又涨了一万。"说完看着他,停了停又说:"她母亲实在想让去住,可以偶尔去你们的房子住,结婚总归是要住咱们的房子,咱们又不是没有。"李耀摸出烟抽出一支递给父亲,父亲迟疑了一两秒接过烟,在父亲眼神示意下他也抽出一根,像在七七家一样先给父亲点上,又点了自己的开始吸。那晚,谈了很久,父亲始终没有谈到他自己。经过那晚,李耀正式开始在父亲面前吸烟,他吸也会递一支给父亲。吸烟像某种仪式也像某种渠道,反正从那天起,和父亲尽管没有深聊,却还是开始了真正的沟通——一种男人之间的沟通。

老王去世后,他换了一个地方洗车。或许是害怕面对车行老板的询问,又或者是懒于解释。总之,他再也没有见过那个不断询问他寿衣下落的车行老板。再路过那里他也总是开得飞快,匆匆而过,生怕有人叫住他。七七说,母亲不知道再过多久才能不这么依赖她?李耀说:不急,等等吧。